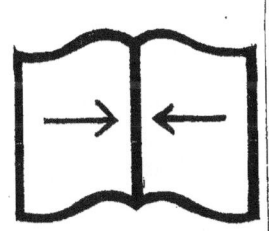

RELIURE SERREE
Absence de marges
intérieures

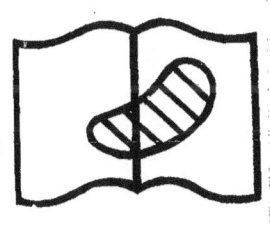

Illisibilité partielle

Début d'une série de documents
en couleur

VALABLE POUR TOUT OU PARTIE DU
DOCUMENT REPRODUIT

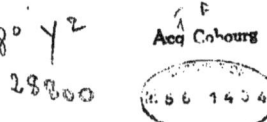
ÉTUDES DE MŒURS
AU XIXᴱ SIÈCLE.

TOME Iᴿ.

IMPRIMERIE DE A. BARBIER,
A SÈVRES, RUE DE VAUGIRARD, N. 14.

SCÈNES

DE

LA VIE PRIVÉE

PAR

M. DE BALZAC.

premier volume.

PARIS.

MADAME CHARLES-BÉCHET, ÉDITEUR,
QUAI DES AUGUSTINS, N. 59, AU PREMIER.

1835.

INTRODUCTION.

Nous avons essayé déjà de donner, dans l'*Introduction aux Études philosophiques*, le dessin général du grand ouvrage dont les ÉTUDES DE MŒURS constituent la première partie, car ici l'auteur définit en quelque sorte les termes de la proposition qu'il doit résoudre ailleurs ; ainsi, notre tâche se borne à montrer les attaches par lesquelles cette première partie, si vaste dans son ensemble, si variée dans ses accidens, se soude aux deux autres dont elle est la base. Toute œuvre humaine se produit en un certain ordre qui permet au regard d'en relier les détails à la masse, et cet ordre suppose des divisions. Si les ÉTUDES DE MŒURS manquaient de cette harmonie architecturale, il serait impossible d'en découvrir la pensée : tout y serait confus à l'œil et nécessairement fatigant à l'esprit. Avant d'examiner les ÉTUDES DE MŒURS, il faut donc en saisir les principales lignes, assez nettement accusées d'ailleurs dans les titres des six portions dont elle se compose, et que voici :

Scènes de la vie privée,
Scènes de la vie de province,
Scènes de la vie parisienne,
Scènes de la vie politique,
Scènes de la vie militaire,
Scènes de la vie de campagne.

Chacune de ces divisions exprime évidemment une face du monde social, et leurs énoncés reproduisent déjà les ondulations de la vie humaine. « Dans les *Scènes de la vie pri-*
» *vée*, avons-nous dit ailleurs, la vie est prise entre les der-
» niers développemens de la puberté qui finit, et les premiers
» calculs d'une virilité qui commence. Là donc, principale-
» ment des émotions, des sensations irréfléchies ; là, des
» fautes commises moins par la volonté que par inexpérience
» des mœurs et par ignorance du train du monde ; là, pour
» les femmes, le malheur vient de leurs croyances dans la

» sincérité des sentimens, ou de leur attachement à leurs
» rêves que les enseignemens de la vie dissiperont. Le jeune
» homme est pur ; les infortunes naissent de l'antagonisme
» méconnu que produisent les lois sociales entre les plus
» naturels désirs et les plus impérieux souhaits de nos ins-
» tincts dans toute leur vigueur; là, le chagrin a pour prin-
» cipe la première et la plus excusable de nos erreurs. Cette
» première vue de la destinée humaine était sans encadre-
» ment possible. Aussi l'auteur s'est-il complaisamment
» promené partout : ici, dans le fond d'une campagne; là,
» en province; plus loin, dans Paris. Les *Scènes de la vie
» de province* sont destinées à représenter cette phase de la
» vie humaine où les passions, les calculs et les idées pren-
» nent la place des sensations, des mouvemens irréfléchis ,
» des images acceptées comme des réalités. A vingt ans, les
» sentimens se produisent généreux; à trente ans, déjà tout
» commence à se chiffrer, l'homme devient égoïste. Un es-
» prit de second ordre se serait contenté d'accomplir cette
» tâche; l'auteur, amoureux de difficultés à vaincre, a voulu
» lui donner un cadre; il a choisi le plus simple en appa-
» rence, le plus négligé de tous jusqu'à ce jour, mais le plus
» harmonieux, le plus riche en demi-teintes, la vie de pro-
» vince. Là, dans des tableaux dont la bordure est étroite,
» mais dont la toile présente des sujets qui touchent aux
» intérêts généraux de la société, l'auteur s'est attaché à
» nous montrer sous ses mille faces la grande transition par
» laquelle les hommes passent de l'émotion sans arrière-
» pensées aux idées les plus politiques. La vie devient sé-
» rieuse ; les intérêts positifs contrecarrent à tout moment
» les passions violentes aussi bien que les espérances les plus
» naïves. Les désillusionnemens commencent : ici, se révèlent
» les frottemens du mécanisme social; là, le choc journalier
» des intérêts moraux ou pécuniaires fait jaillir le drame et,
» parfois le crime, au sein de la famille en apparence la
» plus calme. L'auteur dévoile les tracasseries mesquines
» dont la périodicité concentre un intérêt poignant sur le
» moindre détail d'existence. Il nous initie au secret de ces

» petites rivalités, de ces jalousies de voisinage, de ces tra-
» casseries de ménage dont la force s'accroissant chaque
» jour, dégrade en peu de temps les hommes, et affaiblit les
» plus rudes volontés. La grâce des rêves s'envole, chacun
» voit juste, et prise dans la vie le bonheur des matérialités,
» là où, dans les *Scènes de la vie privée*, il s'abandonnait au
» platonisme. La femme raisonne au lieu de sentir, elle cal-
» cule sa chute là où elle se livrait. Enfin la vie s'est rem-
» brunie en mûrissant. Dans les *Scènes de la vie parisienne*,
» les questions s'élargissent, l'existence y est peinte à grands
» traits; elle y arrive graduellement à l'âge qui touche à la
» décrépitude. Une capitale était le seul cadre possible pour
» ces peintures d'une époque climatérique, où les infirmités
» n'affligent pas moins le cœur que le corps de l'homme. Ici,
» les sentimens vrais sont des exceptions et sont brisés par
» le jeu des intérêts, écrasés entre les rouages de ce monde
» mécanique; la vertu y est calomniée, l'innocence y est ven-
» due, les passions ont fait place à des goûts ruineux, à des
» vices; tout se subtilise, s'analyse, se vend et s'achète; c'est
» un bazar où tout est coté; les calculs s'y font au grand jour
» et sans pudeur, l'humanité n'a plus que deux formes, le
» trompeur et le trompé; c'est à qui s'assujétira la civilisa-
» tion et la pressurera pour lui seul; la mort des grands pa-
» rens est attendue, l'honnête homme est un niais, les idées
» généreuses sont des moyens, la religion est jugée comme
» une nécessité de gouvernement, la probité devient une
» position; tout s'exploite, se débite; le ridicule est une
» annonce et un passeport; le jeune homme a cent ans, et
» il insulte la vieillesse. »

Aux *Scènes de la vie parisienne*, finissent les peintures de la vie individuelle. Déjà, dans ces trois galeries de
tableaux, chacun s'est revu jeune, homme et vieillard.
La vie a fleuri, l'âme s'est épanouie, comme a dit l'auteur, *sous la puissance solaire de l'amour;* puis les calculs
sont venus, l'amour est devenu de la passion, la force a
conduit à l'abus, enfin l'accumulation des intérêts et la
continuelle satisfaction des sens, le blasement de l'âme et

d'implacables nécessités en présence ont produit les ex-
trêmes de la vie parisienne. Tout est dit sur l'homme en
tant qu'homme. Les *Scènes de la vie politique* exprime-
ront des pensées plus vastes. Les gens mis en scène y re-
présenteront les intérêts des masses, ils se placeront au-
dessus des lois auxquelles étaient asservis les personnages
des trois séries précédentes qui les combattaient avec plus
ou moins de succès. Cette fois ce ne sera plus le jeu d'un
intérêt privé que l'auteur nous peindra; mais l'effroyable
mouvement de la machine sociale, et les contrastes pro-
duits par les intérêts particuliers qui se mêlent à l'intérêt
général. Jusque là l'auteur a montré les sentimens et la
pensée en opposition constante avec la société, mais dans
les *Scènes de la vie politique*, il montrera la pensée de-
venant une force organisatrice, et le sentiment complètement aboli. Là donc, les situations offriront un comique
et un tragique grandiose. Les personnages ont derrière eux
un peuple, et une monarchie en présence; ils symbolisent
en eux le passé, l'avenir ou ses transitions, et luttent non
plus avec des individus, mais avec des affections personni-
fiées, avec les résistances du moment représentées par des
hommes. Les *Scènes de la vie militaire* sont la conséquence
des *Scènes de la vie politique*. Les nations ont des intérêts, ces intérêts se formulent chez quelques hommes privilégiés, destinés à conduire les masses, et ces hommes
qui stipulent pour elles, les mettent en mouvement. Les
Scènes de la vie militaire sont donc destinées à peindre
dans ses principaux traits la vie des masses en marche
pour se combattre. Ce ne seront plus les vues d'intérieur
prises dans les villes, mais la peinture d'un pays tout
entier; ce ne seront plus les mœurs d'un individu, mais
celles d'une armée; ce ne sera plus un appartement, mais
un champ de bataille; non plus la lutte étroite d'un homme
avec un homme, d'un homme avec une femme ou de
deux femmes entre elles, mais le choc de la France et de
l'Europe, ou le trône des Bourbons que veulent relever
dans la Vendée quelques hommes généreux, ou l'émigra-

tion aux prises avec la république dans la Bretagne, deux
convictions qui se permettent tout, comme autrefois les
catholiques et les protestans. Enfin ce sera la nation tantôt triomphante et tantôt vaincue. Après les étourdissans
tableaux de cette série, viendront les peintures pleines
de calme de la *vie de campagne*. On retrouvera, dans les
scènes dont elles se composeront, les hommes froissés par
le monde, par les révolutions, à moitié brisés par les
fatigues de la guerre, dégoûtés de la politique. Là donc
le repos après le mouvement, les paysages après les
intérieurs, les douces et uniformes occupations de la
vie des champs, après le tracas de Paris, les cicatrices
après les blessures ; mais aussi les mêmes intérêts, la même
lutte, quoique affaiblis par le défaut de contact, comme
les passions se trouvent adoucies dans la solitude. Cette
dernière partie de l'œuvre sera comme le soir après une
journée bien remplie, le soir d'un jour chaud, le soir
avec ses teintes solennelles, ses reflets bruns, ses nuages
colorés, ses éclairs de chaleur et ses coups de tonnerre
étouffés. Les idées religieuses, la vraie philantropie, la
vertu sans emphase, les résignations s'y montrent dans
toute leur puissance, accompagnées de leurs poésies,
comme une prière avant le coucher de la famille. Partout
les cheveux blancs de la vieillesse expérimentée s'y mêlent
aux blondes touffes de l'enfance. Les larges oppositions de
cette magnifique partie avec les précédentes, ne seront comprises que quand les ÉTUDES DE MOEURS seront terminées.

Pour qui veut embrasser dans toutes ses conséquences le
thème de chaque série, dont nous venons de dessiner les
masses principales ; pour qui sait en deviner les variations,
en comprendre l'importance, en voir les mille figures,
sans même considérer le lien qui les fera toutes conver-
ger vers un centre lumineux, n'y a-t-il pas de quoi nier le
monument et douter de l'architecte ? Aussi les doutes ne
manquent-ils point. Aussi avons-nous entendu prédire le
découragement de l'auteur, et lui pronostiquer des revers,
des insuccès par des envieux qui les prépareraient, s'ils en

avaient le pouvoir. Nous lisons chaque jour les assertions les plus erronées et sur l'homme et sur ses efforts. L'un de nos critiques les plus émouvans accuse M. de Balzac de rêver des séries fantastiques de volumes qu'il n'écrira jamais, tandis qu'un autre lui demande sérieusement où l'on ira se loger s'il continue son système de publication. Enfin, il nous a été railleusement reproché de prêter notre plume à un écrivain qui, faute de temps, ne peut ni s'expliquer lui-même, ni réfuter la critique. Notre projet est trop honorable pour que nous l'abandonnions. Ce n'est pas notre faute si les mœurs littéraires de cette époque sont telles, qu'il y ait du courage à plaider une *cause gagnée*, sans avoir d'autre peine que celle de dire la vérité. Des six portions de la première partie d'une œuvre, qu'on peut à bon droit nommer gigantesque, trois sont achevées déjà. Quant aux trois autres, nous pouvons, sans nuire à aucun intérêt, montrer combien elles sont avancées. Les Conversations entre onze heures et minuit, dont un fragment a paru dans les *Contes bruns*, et qui ouvrent les *Scènes de la vie politique*, sont achevées. Les Chouans, dont la seconde édition est presque épuisée, appartiennent, aussi bien que les Vendéens, aux *Scènes de la vie militaire*. Le titre de ces deux fragmens indique assez qu'avant de montrer nos armées combattant au XIXᵉ siècle sous presque toutes les latitudes, l'auteur y a peint la guerre civile sous ses deux faces : la guerre civile régulière, honorable dans les Vendéens; et dans les Chouans, la guerre de partisans qui ne va pas sans crimes politiques ni sans pillage. La bataille annoncée déjà plusieurs fois, et dont la publication a été retardée par des scrupules pleins de modestie, ce livre connu de quelques amis, forme un des plus grands tableaux de cette série où abondent tant d'héroïques figures, tant d'incidens dramatiques consacrés par l'histoire, et que le romancier n'aurait jamais inventés aussi beaux qu'ils le sont. Les sympathies du public ont déjà, malgré les journaux, rendu justice au Médecin de campagne, la première des *Scènes de la vie de campagne*. Le Lys dans la vallée, tableau où se re-

trouvent, à un degré peut-être supérieur, les qualités du
MÉDECIN DE CAMPAGNE, et qui dépend également de cette
série, va se publier dans l'une de nos Revues. Cet aperçu
des travaux de l'auteur laisse voir au public les *Études
de mœurs*, aussi riches de tableaux gardés dans l'atelier
du peintre que de tableaux exposés. Si donc l'étendue
de l'œuvre paraît immense, l'auteur oppose une puissance, une énergie égales à la longueur et à la difficulté de
son entreprise. Néanmoins M. de Balzac ne s'abuse point
sur ses forces; s'il a ses momens de courage, il a ses momens de doute. Il fallait ne pas le connaître pour l'accuser
d'immodestie et d'exagération dans la croyance que tout
homme doit avoir en soi-même quand il veut écrire. L'auteur qui a condamné à l'oubli tous ses livres écrits avant
le DERNIER CHOUAN, et qui, désespéré de l'imperfection de
cet ouvrage, a passé plus d'une année à le recommencer
sous le titre de *Les Chouans*, cet auteur nous semble à l'abri
du ridicule. Aussi la critique nous a-t-elle semblé par trop
stérile en venant reprocher à l'écrivain ses premières éba_-
ches. N'y aurait-il pas quelque chose de ridicule à opposer aux
créations actuelles de Léopold Robert, de Schnetz, de
Gudin et de Delacroix, les yeux et les oreilles qu'ils ont
dessinés dans l'école sur leur premier vélin. Dans ce système, un grand écrivain serait comptable des thèmes et
des versions qu'il aurait manqués au collège, et la critique viendrait, jusque par-dessus son épaule, voir les
bâtons qu'il a tracés autrefois sous les regards de son premier magister. L'injustice de la critique a rendu ces misé-
rables détails d'autant plus nécessaires, que M. de Balzac
ne répond que par des progrès, aux insinuations perfides,
aux mauvaises plaisanteries, aux calomnies doucereuses,
dont il est l'objet, comme le sera tout homme qui voudra s'é-
lever au-dessus de la masse. A peine a-t-il le temps de créer,
comment aurait-il celui de discuter? Le critique empressé
de lui reprocher des jactances dans lesquelles un esprit moins
partial aurait reconnu les plaisanteries faites entre les quatre murs de la vie privée, craignait que l'incessante atten-

tion avec laquelle M. de Balzac corrige ses ouvrages n'en
altérât la valeur. Comment concilier le reproche fait à l'a-
mour-propre de l'homme, avec la bonne foi d'un auteur si
jaloux de se perfectionner ? Les *Études de mœurs* auraient
été des espèces de Mille et une nuits, de Mille et un jours,
de Mille *et un quarts d'heure*, enfin une durable collection
de contes, de nouvelles, de récits comme il en existe déjà,
sans la pensée qui en unit toutes les parties les unes aux
autres, sans la vaste trilogie que formeront les trois parties
de l'œuvre complète. Nous devons l'unité de cette œuvre
à une réflexion que M. de Balzac fit de bonne heure sur
l'ensemble des œuvres de Walter-Scott. Il nous la disait à
nous-mêmes, en nous donnant des conseils sur le sens général qu'un écrivain serait tenu de faire exprimer à ses travaux pour subsister dans la Langue. — « Il ne suffit pas
» d'être un homme, il faut être un système, disait-il. Vol-
» taire a été une pensée aussi bien que Marius, et il a triom-
» phé. Quoique grand , le barde écossais n'a fait qu'expo-
» ser un certain nombre de pierres habilement sculptées,
» où se voient d'admirables figures, où revit le génie de
» chaque époque, et dont presque toutes sont sublimes ;
» mais où est le monument? s'il se rencontre chez lui les
» séduisans effets d'une merveilleuse analyse, il y manque
» une synthèse. Son œuvre ressemble au Musée de la rue des
» Petits-Augustins où chaque chose , magnifique en elle-
» même, ne tient à rien, ne concorde à aucun édifice. Le
» génie n'est complet que quand il joint à la faculté de créer
» la puissance de coordonner ses créations. Il ne suffit pas
» d'observer et de peindre, il faut encore peindre et obser-
» ver dans un but quelconque. Le conteur du nord avait un
» trop perçant coup-d'œil pour que cette pensée ne lui vînt
» pas, mais elle lui vint certes trop tard. Si vous voulez vous
» implanter comme un cèdre ou comme un palmier dans no-
» tre littérature de sables mouvans, il s'agit donc d'être, dans
» un autre ordre d'idées, Walter-Scott plus un architecte.
» Mais, sachez-le bien, aujourd'hui vivre en littérature,
» constitue moins une question de talent qu'une question

» de temps. Avant d'être en communication avec la partie
» saine du public qui pourra juger votre courageuse entre-
» prise, il faudra boire à la coupe des angoisses pendant dix
» ans, dévorer des railleries, subir des injustices, car le
» scrutin où votent les gens éclairés, et d'où doit sortir votre
» nom glorifié, ne recevra les boules qu'une à une. »

M. de Balzac est parti de cette observation, qu'il a souvent répétée à ses amis pour réaliser lentement, pièce à
pièce, ses *Etudes de mœurs* qui ne sont rien moins qu'une
exacte représentation de la société dans tous ses effets. Son
unité devait être le monde, l'homme n'était que le détail;
car il s'est proposé de le peindre dans toutes les situations
de sa vie, de le décrire sous tous ses angles, de le saisir dans toutes ses phases, conséquent et inconséquent,
ni complètement bon, ni complètement vicieux, en
lutte avec les lois dans ses intérêts, en lutte avec les
mœurs dans ses sentimens, logique ou grand par hazard;
de montrer la Société incessamment dissoute, incessamment recomposée, menaçante parcequ'elle est menacée;
enfin d'arriver au dessin de son ensemble en en reconstrui-
sant un à un les élémens. Œuvre souple et toute d'analyse,
longue et patiente, qui devait être long-temps incomplète.
Les habitudes de notre époque ne permettent plus à un
auteur de suivre la ligne droite, d'aller de proche en
proche, de rester dix ans inconnu, sans récompense ni
salaire, et d'arriver un jour au milieu du cirque olympi-
pique, devant le siècle, en tenant à la main son poème
accompli, son histoire finie, et de recueillir, en un seul jour,
le prix de vingt années de travaux ignorés, sans l'acheter
deux fois en éprouvant, comme aujourd'hui, les railleries
dont est accompagnée la vie politique ou littéraire la plus
laborieuse comme si elle était un crime. Il lui fallait écouter patiemment un reproche d'immoralité, quand, après
avoir raconté une *scène de la vie de campagne*, il passait
brusquement à une *scène de la vie parisienne;* essuyer les
observations d'une critique à courte vue, en se voyant accusé d'être illogique, de n'avoir ni plan, ni style arrêtés,

quand il était forcé d'aller en tous les sens avant d'avoir tracé ses premiers contours, de prendre tous les styles pour peindre une société si multiple en ses détails, et d'assouplir ses fabulations au gré des caprices d'une civilisation que gagne l'hypocrisie. L'homme était le détail parce qu'il était le moyen. Au xixᵉ siècle où rien ne différencie les positions, où le pair de France et le négociant, où l'artiste et le bourgeois, où l'étudiant et le militaire ont un aspect en apparence uniforme, où rien n'est plus tranché, où les causes de comique et de tragique sont entièrement perdues, où les individualités disparaissent, où les types s'effacent, l'homme n'était en effet qu'une machine mobilisée par le jeu des sentiments au jeune âge, par l'intérêt et la passion dans l'âge mûr. Il ne fallait pas un médiocre coup d'œil pour aller chercher dans l'étude de l'avoué, dans le cabinet du notaire, au fond de la province, sous la tenture des boudoirs parisiens, ce drame que tout le monde demande, et qui, comme un serpent aux approches de l'hiver, va se cacher dans les sinuosités les plus obscures. Mais, comme nous l'avons dit ailleurs : « Ce drame avec ses passions et ses » types, il est allé le chercher dans la famille, autour du » foyer ; et, fouillant sous ces enveloppes en apparence si » uniformes et si calmes, il en a exhumé tout-à-coup des » spécialités, des caractères tellement multiples et naturels » en même temps, que chacun s'est demandé comment » des choses si familières et si vraies étaient restées si long- » temps inconnues. C'est que jamais romancier n'était » entré avant lui aussi intimement dans cet examen de » détails et de petits faits qui, interprétés et choisis avec » sagacité, groupés avec cet art et cette patience admi- » rables des vieux faiseurs de mosaïques, composent un » ensemble plein d'unité, d'originalité et de fraîcheur. » Autrefois tout était en saillie, aujourd'hui tout est en creux. L'art a changé. Dans le pays où l'hypocrisie de mœurs est arrivée à son plus haut degré, Walter-Scott avait bien deviné cette modification sociale, quand il s'appliquait à pein-

dre les figures si vigoureusement modelees de l'ancien
temps. M. de Balzac a trouvé la tâche plus difficile, mais
non moins poétique, en peignant le nouveau. Le grand
avantage du romancier historique est de trouver des personnages, des costumes et des intérieurs qui séduisent par
l'originalité que leur imprimait les mœurs d'autrefois où
le paysan, le bourgeois, l'artisan, le soldat, le magistrat,
l'homme d'église, le noble et le prince avaient des existences définies et pleines de relief. Mais combien de peines
attendaient l'historien d'aujourd'hui, s'il voulait faire ressortir les imperceptibles différences de nos habitations et de
nos intérieurs, auxquels la mode, l'égalité des fortunes, le
ton de l'époque tendent à donner la même physionomie ;
pour aller saisir en quoi les figures et les actions de ces
hommes que la société jète tous dans le même moule
sont plus ou moins originales. Mais qu'on nous permette
cette redite : « A travers les physionomies pâles et effacées
» de la noblesse, de la bourgeoisie et du peuple de notre épo-
» que, M. de Balzac a su choisir ces traits fugitifs, ces nuan-
» ces délicates, ces finesses imperceptibles aux yeux vulgai-
» res; il a creusé ces habitudes, anatomisé ces gestes, scruté
» ces regards, ces inflexions de voix et de visage, qui ne di-
» saient rien ou disaient la même chose à tous ; et sa galerie
» de portraits s'est déroulée féconde, inépuisable, toujours
» plus complète. » M. de Balzac n'oublie jamais en effet
dans la plus succincte comme dans la plus étendue de ses
peintures, ni la physionomie d'un personnage, ni les plis de
ses vêtemens, ni sa maison, ni même le meuble auquel son
héros a plus spécialement communiqué sa pensée. Certes
on peut dire de lui qu'il a fait marcher les maximes de La-
rochefoucault, qu'il a donné la vie aux observations de La-
vater en les appliquant. Il a su le parti qu'on pouvait tirer
du bric-à-brac et des haillons, du langage d'un portier, du
geste d'un artisan; de la manière dont un industriel s'ap-
puie contre la porte de son magasin, aussi bien que des momens les plus solennels de la vie, et des plus imperceptibles
finesses du cœur. On ne peut pas comprendre comment il a

pu connaître la pauvre demeure de la Mère aux enfans où
s'introduit le commandant *Genestas*, en quels lieux il a rencontré *Butifer*, le pâtre révolté contre les lois dans la campagne, et *Vautrin*, l'homme qui se joue de la civilisation
entière, la pétrit au cœur même de Paris, et la domine
au fond du bagne; en quel temps il a étudié le village et le
château, la petite et lagrande ville, le peuple, la bourgeoisie
et les grands, l'homme et la femme; car ne lui a-t-il pas fallu
tout apprendre, tout voir et ne rien oublier; savoir toutes
les difficultés qu'on éprouve à faire le bien et toutes les fa-
cilités que l'on a pour faire le mal ? Mais quand a-t-il habité la petite ville où s'est passée la lutte qu'il a décrite
dans son *fragment d'histoire générale* ? Comment a-t-il pu
être à la fois clerc d'avoué, pour si bien peindre l'étude de
Derville, et notaire, pour dessiner les notaires qu'il a mis en
scène, tous originaux : et celui qui s'écoute parler dans la
Vendetta, comme celui qui, dans le *Doigt de Dieu*, trouble
le bonheur de deux amans en croyant qu'on l'écoute ; le
M. Regnault de la *Grande Bretèche*, ce cousin du petit notaire de Sterne, comme le maître *Pierquin* de Douai , dans
la *recherche de l'absolu* ? Comment a-t-il pu se faire parfu-
meur avec le César *Birotteau* des ÉTUDES PHILOSOPHIQUES , et
vicaire à Saint-Gatien de Tours avec le *Birotteau* des ÉTUDES
DE MŒURS, cette sublime victime de *Troubert*. Comment a-t-il
pu être habitant de Saumur et de Douai, chouan à Fou-
gères et vieille fille à Issoudun. Certes nul auteur n'a mieux
su se faire bourgeois avec les bourgeois, ouvrier avec les
ouvriers; nul n'a mieux lu dans la pensée de Rastignac, ce
type du jeune homme sans argent; n'a mieux su sonder
le cœur de la duchesse aimante et hautaine comme dans NE
TOUCHEZ PAS À LA HACHE, et celui de la bourgeoise qui a
trouvé le bonheur dans le mariage, *madame Jules*, l'héroïne de FERRAGUS , CHEF DES DÉVORANS. Il a non seulement
pénétré les mystères de la vie humble et douce que l'on
mène en province ; mais il a jeté dans cette peinture mo-
notone assez d'intérêt pour faire accepter les figures qu'il y
place. Enfin, il a le secret de toutes les industries, il est

homme de science avec le savant, avare avec *Grandet*, escompteur avec *Gobseck*, il semble qu'il ait toujours vécu avec les vieux émigrés rentrés, avec le militaire sans pension, avec le négociant de la rue Saint-Denis. Mais ne serait-ce pas une fausse idée que de croire à tant d'expérience chez un aussi jeune homme. Le temps lui aurait manqué. S'il a pu rencontrer *M. de Maulincourt*, l'officier fashionable de la Restauration, auprès de *M. de Montriveau*, le militaire de l'Empire; qui lui a révélé *Chabert*, *Hulot*, *Gondrin*, *La-clef-des-cœurs* et *Beaupied*, deux soldats de Charlet, et *Merle*, *Genestas*, monsieur *de Verdun*, *M. d'Aiglemont*, *Diard*, *Montefiore*, *Goguelat*, le narrateur de la vie de Napoléon; *Castanier*, dans MELMOTH RÉCONCILIÉ, *Philippe de Sucy*, dans ADIEU, ces figures guerrières si diversement originales et qui promettent tant d'exactitude dans la peinture de la vie militaire. Non, M. de Balzac doit procéder par intuition, cet attribut le plus rare de l'esprit humain. Cependant, ne faut-il pas avoir souffert aussi, pour si bien peindre la souffrance! ne faut-il pas avoir long-temps estimé les forces de la société et les forces de la pensée individuelle, pour en si bien peindre le combat! Ce dont il faut lui savoir surtout gré, c'est de donner de l'éclat à la vertu, d'atténuer les couleurs du vice, de se faire comprendre de l'homme politique aussi bien que du philosophe en se mettant à la portée des intelligences médiocres, et d'intéresser tout le monde en restant fidèle au vrai. Mais quelle tâche d'être vrai chez la *Fosseuse*, et vrai chez madame de *Langeais*; vrai dans la *Maison-Vauquer*, et chez Sophie *Gamard*; vrai rue du Tourniquet, chez la pauvre ouvrière en dentelle, et rue Taitbout, chez mademoiselle de *Bellefeuille*; vrai rue Saint-Denis, au *Chat qui pelote*, et chez la duchesse de Carigliano; vrai chez Derville, avoué du comte *Chabert*, et chez le nourrisseur; vrai en peignant le ménage d'une fille des rues, aussi bien que dans la chaumière de *Galope-chopine*, où grandit en un moment *Barbette*, sa femme, la sublime Bretonne; vrai sur la place du Carrousel en peignant la dernière parade de l'empereur; vrai chez les *Claës* et chez la *veuve Gruget;* enfin vrai dans l'hôtel de Beauséant et dans le pavillon où pleure la *Femme abandonnée.* Mais vrai dans l'intérieur comme dans la physionomie, dans le discours comme dans le costume. La petite maîtresse la plus exigeante, la duchesse la plus moqueuse, la bourgeoise la plus minutieuse, la grisette, la femme de province, ne trouvent pas la moindre faute dans leurs toilettes. A madame de *Langeais*, sa gracieuse écharpe qu'elle jètera dans le feu; à *lady Brandon*, sa ceinture grise et tout le deuil exprimé dans sa mise; à madame *Guillaume*, ses manches et ses barbes; à *Ida Gruget*, son chale Ternaux qui ne lui tient plus qu'aux poignets, et à sa mère ce sac encyclopédique si risible; à madame *Vauquer*, son jupon de laine tricotée qui dépasse la robe; à mademoiselle *Michonneau*, son abat-jour, et son chale d'amadou; à Sophie *Gamard*, ses robes de couleurs dévotes; à madame *d'Aiglemont* la délicieuse héroïne du RENDEZ-VOUS, sa jolie robe du matin. Relisez cette œuvre kaléidoscopique, vous n'y trouverez ni deux robes pareilles, ni deux têtes semblables. Quelles études, pour avoir pu exposer en peu de mots l'un des plus ardus problèmes de la chimie moderne dans la RECHERCHE DE L'ABSOLU, la nosographie du père *Goriot* expirant, les difficultés du procès de *Chabert*, dans la COMTESSE A DEUX MARIS, et la civilisation progressive d'un village dans le MÉDECIN DE CAMPAGNE? Enfin, n'a-t-il pas fallu tout savoir du monde, des arts et des sciences, pour avoir entrepris de configurer la société avec ses principes organiques et dissolvans, ses puissances et ses misères, ses différentes morales et ses infamies. Ce n'était rien que de tout savoir, il fallait exécuter; ce n'était rien que de penser, il fallait incessamment produire; ce n'était rien que de produire, il fallait constamment plaire. Pour faire accepter à notre époque sa figure dans un vaste miroir, il fallait lui donner des espérances. L'écrivain devait donc se montrer consolateur quand le monde était cruel, ne pas mêler de honte à nos rires, et jeter du baume dans notre cœur après

avoir excité nos larmes. Enfin il ne fallait jamais renvoyer
le spectateur du théâtre sans une pensée heureuse, laisser
croire que l'homme était bon après nous l'avoir peint
mauvais, et grand lorsqu'il était petit ; placer *Juana de
Mancini* à côté de *Diard*, dessiner la figure de *mademoiselle de Verneuil* dans les CHOUANS, et celle de *mademoiselle Michonneau* dans LE PÈRE GORIOT, deux personnages
identiques, dont l'un est tout poésie, et l'autre tout
réalité ; l'un magnifique et possible, l'autre vrai mais
horrible ; il fallait mettre *Hulot* face à face avec *Corentin*; puis le colonel *Chabert* devant sa femme, *Marguerite Claës* en présence de son père, *Nanon* près du père
Grandet, la divine *Henriette de Lenoncourt* auprès de M. de
Mortsauf en son joli castel de *Clochegourde*, dans LE LYS
DANS LA VALLÉE ; peindre dans LA FLEUR DES POIS, Mademoiselle *Cormon* aux prises avec M. *de Sponde*, *Eugénie* victime de *Charles Grandet*, et *Benassis* dans son village. Il
fallait enfin découvrir dans l'unité de la vertu quelques
ressources littéraires, et ce n'est pas, auprès des esprits
supérieurs, un léger mérite que de les avoir trouvées
dans les déviations involontaires que lui imprime le sentiment ? En effet, si la *duchesse de Langeais*, *madame de
Beauséant*, *madame de Sponde*, *Eugénie Grandet*, *madame
de Mortsauf*, la *Fosseuse*, *madame Firmiani*, *Nanon*, *Benassis*, *Chabert*, *Gondrin*, *César* et *François Birotteau*, madame *Claës*, *Juana de Mancini*, sont aussi dissemblables
que peuvent l'être des créations distinctes, elles sont certes
toutes marquées du même sceau, celui du sentiment égarant un moment la vertu. Il fallait donc connaître aussi
bien la femme que l'homme, faire voir que l'une n'est jamais fautive que par passion, tandis que l'autre pèche toujours par calcul, et ne se grandit qu'en imitant la femme.
Mais aussi comme M. de Balzac a deviné la femme ! Il a
sondé tous les chastes et divins mystères de ces cœurs si
souvent incompris. Quels trésors d'amour, de dévouement,
de mélancolie il a puisés dans ces existences solitaires et
dédaignées ! La surprise fut bien grande à l'apparition des

Scènes de la vie privée, quand on vit ces premières études de femme si profondes, si délicates, si exquises,
telles enfin qu'elles semblèrent ce qu'elles étaient, une
découverte, et commencèrent la réputation de l'auteur.
Déjà pourtant il avait publié les *Chouans*, dont un personnage, *Marie de Verneuil*, avait prouvé sous quel point
de vue nouveau il savait envisager la femme ; mais l'heure
de la justice n'était pas venue pour lui, et quoique
lents à se faire jour, les succès légitimes sont inévitables.

Pour compléter sa révélation de la femme, M. de Balzac avait à faire une étude parallèle, spéciale, et non moins
pénétrante, celle de l'amour. La base était trouvée, la
conséquence se produisit naturellement. L'auteur pénétra
donc intimement dans les mystères de l'amour, dans tout
ce qu'ils ont de voluptés choisies, de délicatesses spiri-
tualistes. Là encore, il s'ouvrit un nouveau monde.
En mettant en œuvre ces précieux élémens, et sans que
cette admirable psycologie de la femme et de l'amour
ralentisse jamais dans ses récits la marche de l'action, il a
trouvé l'art de rendre attachante la peinture la plus minutieuse du plus humble détail, du développement scien-
tifique le plus aride, et d'imposer des lignes aux impalpa-
bles hallucinations du mysticisme. Chez lui, le drame,
comme la resplendissante lueur du soleil, domine tout ;
il éclaire, échauffe, anime les êtres, les objets, tous les
recoins du site ; ses ardens rayons, percent les plus épais-
ses feuillées, y font tout éclore, frissonner, et sceler. Et
quelle harmonie suave dans ses fonds de tableaux ! Comme
leurs teintes s'assortissent avec le clair-obscur des intérieurs, avec les tons de chair, et le caractère des physionomies qu'il y fait mouvoir ! Ses plus grands contrastes
même n'ont rien de heurté, parce qu'ils se rattachent à
l'ensemble, en vertu de cette lumineuse logique qui, dans
les spectacles de la nature, marie si doucement le bleu du
ciel au vert des feuillages, à l'ocre des champs, aux lignes grises ou blanches de l'horizon. Aussi tous les genres
de littérature et toutes les formes se sont-elles pressées

sous sa plume, dont la fertilité confond parce qu'elle
n'exclut ni l'exactitude, ni l'observation, ni les travaux
nocturnes d'un style plein de grâces raciniennes. L'esprit
s'étonne de la concentration de tant de qualités, car M. de
Balzac excelle en tout, et il le devait, puisqu'il voulait
peindre les maisons et les intérieurs, les portraits et le
costume, les replis du cœur et les aberrations de l'esprit,
la science et le mysticisme, l'homme dans ses rapports avec
les choses et avec la nature. Aussi est-il grand paysagiste.
Sa vallée du Dauphiné dans LE MÉDECIN DE CAMPAGNE,
les belles vues de Bretagne qui ornent les CHOUANS, ses
paysages de Touraine, et particulièrement celui de Vou-
vray dans *Même histoire;* la grande esquisse de la Norwége
dans SÉRAPHITA, celle d'une île de la Méditerranée dans
Ne touchez pas à la hache, la jolie marine des *Deux ren-
contres,* son coin de l'Auvergne dans la PEAU DE CHAGRIN, et la
vue de Paris dans le *Doigt de Dieu,* sont des morceaux
éminens dans notre littérature moderne. Il possède également au plus haut degré le style épistolaire. En quel auteur
rencontrera-t-on des lettres comparables à celles de *Louis
Lambert,* de la *Femme abandonnée,* de madame *Jules;* à
celles de *madame de Rastignac* et de sa fille dans LE PÈRE
GORIOT; à celle de *madame Firmiani?* Aussi nul mot n'a-
vait-il encore reçu une extension plus vaste que celui de
roman ou celui de *nouvelles,* sous lequel on a mêlé, rape-
tissé ses nombreuses compositions. Mais qu'on ne s'y trompe
pas! A travers toutes les fondations qui se croisent çà et là
dans un désordre apparent, les yeux intelligens sauront
comme nous reconnaître cette grande histoire de l'homme
et de la société que nous prépare M. de Balzac. Un grand
pas a été fait dernièrement. En voyant reparaître dans LE
PÈRE GORIOT quelques uns des personnages déjà créés, le
public a compris l'une des plus hardies intentions de l'auteur, celle de donner la vie et le mouvement à tout un
monde fictif dont les personnages subsisteront peut-être encore, alors que la plus grande partie des modèles seront
morts et oubliés.

Dans les trois séries dont se compose la publication actuelle, l'auteur n'a-t-il pas déjà bien accompli les conditions du vaste programme que nous venons d'expliquer? Etudions un peu les parties de l'édifice qui sont debout; pénétrons sous ces galeries ébauchées, sous ces voûtes demi-couvertes qui plus tard rendront des sons graves; examinons ces ciselures qu'un patient burin a empreintes de jeunesse, ces figures pleines de vie et qui laissent deviner tant de choses sous leurs visages frêles en apparence.

Dans *le Bal de Sceaux*, nous voyons poindre le premier mécompte, la première erreur, le premier deuil secret de cet âge qui succède à l'adolescence. Paris, la cour, et les complaisances de toute une famille ont gâté *mademoiselle de Fontaine*; cette jeune fille commence à raisonner la vie, elle comprime les battemens instinctifs de son cœur, lorsqu'elle ne croit plus trouver dans l'homme qu'elle aimait, les avantages du mariage aristocratique qu'elle a rêvé. Cette lutte du cœur et de l'orgueil, qui se reproduit si fréquemment de nos jours, a fourni à M. de Balzac une de ses peintures les plus vraies. Cette scène offre une physionomie franchement accusée et qui exprime une des individualités les plus caractéristiques de l'époque. *M. de Fontaine*, ce Vendéen sévère et loyal que Louis XVIII s'amuse à séduire, représente admirablement cette portion du parti royaliste qui se résignait à être de son époque en s'étalant au budget. Cette scène apprend toute la restauration, dont l'auteur donne un croquis à la fois plein de bonhomie, de sens et de malice. Après un malheur dont la vanité est le principe, voici, dans *Gloire et Malheur*, une mésalliance entre un capricieux artiste et une jeune fille au cœur simple. Dans ces deux scènes, l'enseignement est également moral et sévère. *Mademoiselle Emilie de Fontaine* et *mademoiselle Guillaume* sont toutes deux malheureuses pour avoir méconnu l'expérience paternelle, l'une en fuyant une mésalliance aristocratique, l'autre en ignorant les convenances de l'esprit. Ainsi que l'orgueil, la poésie a sa victime aussi.

N'est-ce pas quelque chose de touchant et de bien triste à la fois, que ces amours de deux natures si diverses; de ce peintre qui revient de Rome tout pénétré des angéliques créations de Raphaël, qui croit voir sourire une Madone, au fond d'un magasin de la rue Saint-Denis; et de cette jeune fille, humble, candide, qui se soumet, frémissante et ravie, à la poésie qu'elle comprend peut-être d'instinct, mais qui doit bientôt l'éblouir et la consumer. Le refroidissement successif de l'âme du poète, son étonnement, son dépit en reconnaissant qu'il s'est trompé, son mépris ingrat et pourtant excusable, pour l'être simple et inintelligent qu'il a attaché à sa destinée, et qui lui alourdit cruellement l'existence; ses sursauts de colère lorsque la naïve jeune femme, placée en face d'une fougueuse création de son mari, ne trouve pour répondre à son orgueilleuse interrogation que ces mots bourgeois : « C'est bien joli ! » les souffrances cachées et muettes de la douce victime, tout est saisissant et vrai. Ce drame se voit chaque jour dans notre société, si maladroitement organisée, où l'éducation des femmes est si puérile, où le sentiment de l'art est une chose tout exceptionnelle. Dans la *Vendetta* l'auteur poursuit son large enseignement, tout en continuant la jolie fresque des *Scènes de la vie privée.* Rien de plus gracieux que la peinture de l'atelier de M. *Servin*; mais aussi rien de plus terrible que la lutte de *Ginevra* et de son père. Cette étude est une des plus magnifiques et des plus poignantes. Quelle richesse dans ce contraste de deux volontés également puissantes, acharnées à rendre leur malheur complet. Le père est comptable à Dieu de ce malheur. Ne l'a-t-il pas causé par la funeste éducation donnée à sa fille dont il a trop développé la force? La fille est coupable de désobéissance, quoique la loi soit pour elle. Ici l'auteur a montré qu'un enfant avait tort de se marier en faisant les actes respectueux prescrits par le Code. Il est d'accord avec les mœurs contre un article de loi rarement appliqué. En vérité, quand on parcourt ces premières compositions *de*

M. de Balzac, on se demande comment on peut le taxer
d'immoralité. Des figures vicieuses se rencontrent sous ses
pinceaux, il est vrai ; mais ne dirait-on pas que le Vice
n'existe plus au xixe siècle? La critique, sous peine d'être
stupide, peut-elle oublier la première loi de la littérature,
ignorer la nécessité des contrastes? Si l'auteur est tenu de
peindre le vice ; et il le peint poétiquement pour le faire
accepter, s'il le met au ton général de ses tableaux, doit-on
en tirer les conséquences injustes que certaines feuilles ré-
pètent aujourd'hui à l'unisson? Est-il loyal d'isoler quelques
parties de l'ensemble, et de porter ensuite sur l'auteur
un de ces jugemens spécieux qui n'abuseront jamais les
gens de bonne foi? Certes, quand un écrivain veut configurer toute une époque, quand il s'intitule l'historien des
mœurs du xixe siècle, et que le public lui confirme le titre
qu'il a pris ; il ne peut, quoi qu'en dise la pruderie,
faire un choix entre le beau et le laid, le moral et le vicieux ; séparer l'ivraie du bon grain, les femmes amou-
reuses et tendres des femmes vertueuses et rigides. Il doit,
sous peine d'inexactitude et de mensonge, dire tout ce qui
est, montrer tout ce qu'il voit. Attendez, pour établir une
balance, que l'œuvre soit achevée, et alors, quoi qu'il ad-
vienne, n'attribuez l'honneur du plus ou du moins qu'à
ses modèles, à moins que ses portraits ne soient pas res-
semblans, ce que personne, j'imagine, n'a trouvé jusque
aujourd'hui. Si tout est vrai, ce n'est pas l'ouvrage qui
peut être immoral. Quant au droit que s'arroge le peintre de
gourmander son siècle, d'en accuser les vices, d'en sonder le
cœur, il est écrit sur toutes les chaires où montent les prédi-
cateurs. *La Fleur des Pois*, que l'auteur doit publier incessamment, est encore une histoire vraie, jumelle d'*Eugénie
Grandet*. Là, le cadre est la province. *Mademoiselle Cormon*, cette fille qui se marie à quarante ans avec un fat,
ses malheurs, l'avenir de ses enfans, composent un drame
aussi terrible par ce que l'auteur dit, que par ce qu'il
tait. Ce sera le second chant d'un poème commencé dans
Eugénie Grandet, et que l'auteur finira sans doute.

Mais à cette fleur odorante et fine nous devons laisser et
l'exquise fraîcheur de son arome, et son velouté. *La Paix
du Ménage* est un joli croquis, une vue de l'empire, un
conseil donné aux femmes d'être indulgentes pour les erreurs de leurs maris. Cette scène est la plus faible de toutes
et se ressent de la petitesse du cadre primitivement adopté.
Si l'auteur l'a laissée, peut-être a-t-il cru nécessaire de
plaire à tous les esprits, à ceux qui aiment les tableaux de
chevalet, comme à ceux qui se passionnent pour de grandes toiles. Une des créations les plus profondément étu-
diées de M. de Balzac, une de celles qui, avec Louis
Lambert, le Médecin de campagne et Séraphîta, ont
voulu chez l'auteur le plus de recherches en dehors des
travaux ordinaires du romancier, est *Balthazar Claës,
ou la Recherche de l'Absolu.* Si cette œuvre n'a pas reçu
du public un accueil aussi passionné qu'une foule d'autres
qui lui sont inférieures à quelques égards, peut-être la
raison de ce dédain momentané vient-elle de la supériorité
même de l'œuvre et de la perfidie de certains critiques.
Quelques uns ont cru, d'autres ont répété que les travaux
de *Balthazar Claës* aboutissaient à la recherche de la pierre
philosophale; et partout, on a dit la même chose en d'autres termes. Certes, si les critiques avaient lu avec quelque
attention ce livre, qui en mérite beaucoup, ils auraient
vu que le sublime Flamand est aussi supérieur aux anciens ou nouveaux alchimistes, que les naturalistes de
notre époque le sont à ceux du moyen âge. Si l'on disait
à un romancier, à un poète (et le poète, pour être complet, doit être le centre intelligent de toute chose, il doit
résumer en lui les lumineuses synthèses de toutes les connaissances humaines), si l'on disait à un homme d'imagination, au moment où il aborde un sujet qui touche à ce
que les sciences physiques ont de plus élevé : « Prenez
garde! le poème que vous rêvez sera incomplet si vous ne
pénétrez les mystères les plus intimes de la physique et de
la chimie! » Croyez-vous qu'il eût le courage de substituer
à ses vaporeuses créations les calculs ardus et les nomen-

clatures infinies de la science, jusqu'à ce que le génie de la
chimie et de la physique lui fût apparu dévoilé, nu, éclatant? S'il l'eût fait, il eût été sans doute un homme à
part, un vrai poète. Cette conquête difficile, M. de Balzac
l'a tentée, et il a réussi; car il est doué d'une de ces volontés énergiques et opiniâtres qui sont la première con-
dition des succès. Il a demandé à la chimie ce qu'elle
avait fait, jusqu'où elle était allée; il en a appris la langue; puis, s'élevant d'un de ces vigoureux coups d'aile
de poète qui font entrevoir les hauteurs immenses que la
science expérimentale gravit péniblement, il s'est armé
d'une de ces éblouissantes hypothèses qui, peut-être un
jour, seront des vérités démontrées. Si l'analyse est aux
savans, l'intuition est aux poètes. On a quelquefois reproché de l'exagération à M. de Balzac; on a dit que, tout en
partant d'un principe vrai, il en outrait quelquefois l'expression; mais n'oubliait-on pas que le propre de l'art est
de choisir les parties éparses de la nature, les détails de
la vérité, pour en faire un tout homogène, un ensemble
complet. Les critiques ont trouvé quelque chose de trop
idéal dans les quatre individualités de ce roman : les hautes qualités du génie sont trop prodiguées à *Balthazar*, et
les dévouemens de sa fille aînée ont paru trop magnifiques, trop continus. Existe-t-il ensuite des âmes aussi
loyales, aussi candides que celle de l'amant de *Marguerite*, des bossues aussi séduisantes, aussi impériales que
madame Claës? Cet excès de perfection ne serait un défaut que relativement à la vérité des mœurs. La mission
de l'artiste est aussi de créer de grands types, et d'élever
le beau jusqu'à l'idéal. Non moins que les Études dont
nous venons de parler, *la Recherche de l'absolu* est une
protestation éloquente contre le reproche d'immoralité
adressé à l'auteur, et sur lequel nous insistons obstinément parce que depuis quelque temps les critiques s'en-
tendent pour ressasser cette banalité convenue. Quelques personnes ont regretté que les scènes réunies
tout récemment sous le titre commun de *Même histoire*,

n'aient entre elles d'autre lien qu'une pensée philoso-
phique. Quoique l'auteur ait suffisamment expliqué ses
intentions dans la préface, nous partageons ce regret à
quelques égards. En effet, dans une œuvre d'imagination, quelque élevée qu'elle soit, l'esprit n'est pas seulement intéressé, et il ne suffit pas que l'on y trouve
une succession d'idées bien logique, une fraternité de
principes bien sentie; le cœur et l'imagination veulent
aussi leur part; ils renoncent avec peine à l'attachement
qu'un personnage leur avait inspiré; ils se refroidissent
quand ils en voient fréquemment revenir de nouveaux;
et, pour reconnaître la même héroïne dans chaque cha-
pitre, il faut en quelque sorte avoir lu tout le livre. Si
cette forme a de la poésie, elle a ses dangers; l'auteur
risque d'être incompris. Mais, en aucune partie de son
œuvre, M. de Balzac n'a été ni plus hardi, ni plus complet. *Le Rendez-vous* est un de ces sujets impossibles dont
lui seul pouvait se charger, et dans lequel il a été poète
au plus haut degré. Si l'influence de la pensée et des sentimens a été démontrée, n'est-ce pas dans la peinture de
ce ravissant paysage de Touraine, vu par Julie d'Aiglemont, à deux reprises différentes. Quel chef-d'œuvre que
le tableau de cette jeune femme insouciante, qui n'a
trouvé que des souffrances dans le mariage, et qui ne voit
rien de beau dans la Touraine, tandis que plus tard elle
y respire le bonheur en la revoyant au milieu des en-
chantemens d'un amour qui ne se révèle que pour disparaître. *Les souffrances inconnues* sont une œuvre désespérante.
Jamais aucun auteur n'avait osé plonger son scalpel dans
le sentiment de la maternité. Ce passage de l'œuvre est un
gouffre où tombe une femme en jetant un dernier cri. *La
femme de trente ans* n'a plus rien de commun avec la
mère que la soif du bonheur, que l'égoïsme et ce je ne
sais quel arrêt porté sur le monde ont tuée à Saint-Lange.
Là est le point brillant de l'œuvre. Quelle adresse d'a-
voir entouré ce désespoir des lignes sombres et jaunes
d'un paysage du Gâtinais! Cette transition est un poème

empreint d'une horrible mélancolie. La conclusion s'en
trouve dans L'EXPIATION, l'un des plus grands tableaux de
cette œuvre pour qui veut reconnaître *madame d'Aiglemont* dans *madame de Ballan*, laquelle voit par sa faute
l'inceste dans sa famille et sa punition sortir du cœur de
son enfant le plus chéri. Ceux qui demandent de la morale à l'auteur peuvent relire ce nouveau quatrième volume des *Scènes de la vie privée*, ils se tairont.

A la tête des *Scènes de la vie de province* se place Eugénie Grandet. « Il s'en faut de bien peu, a dit un critique ingénieux, mais quelquefois sévère jusqu'à l'injustice, que cette charmante histoire ne soit un chef-d'œuvre, oui, un chef-d'œuvre qui se classerait à côté de
tout ce qu'il y a de mieux et de plus délicat dans les romans en un volume. Il ne faudrait pour cela que des sup-
pressions en lieu opportun, quelques allègemens de
description, diminuer un peu vers la fin l'or du père
Grandet et les millions qu'il déplace et remue dans la
liquidation des affaires de son frère : quand ce désastre
de famille l'appauvrirait un peu, la vraisemblance générale ne ferait qu'y gagner. » Nous passons volontiers con-
damnation sur ces imperfections de détail qu'un œil un peu
bienveillant n'eût point remarquées, surtout quand il
s'agit d'un écrivain dont la plume ne s'est jamais trouvée
paresseuse aux corrections utiles ; nous aimons mieux
constater un fait que le public en masse a reconnu, le
public qui d'ordinaire n'a de préventions ni hostiles
ni favorables, et sait toujours à merveille où il place
ses affections. *Eugénie Grandet* a imprimé le cachet à la
révolution que M. de Balzac a portée dans le roman. Là s'est
accomplie la conquête de la vérité absolue dans l'art ; là
est le drame appliqué aux choses les plus simples de la vie
privée. C'est une succession de petites causes qui produit
des effets puissans, c'est la fusion terrible du trivial et
du sublime, du pathétique et du grotesque ; enfin c'est
la vie telle qu'elle est, et le roman tel qu'il doit être.
Les *Célibataires*, nous l'avons dit, sont une des œuvres les

plus caractéristiques de l'auteur. Là ne se rencontre aucun des élémens indispensables aux romanciers ordinaires ;
ni amour ni mariage ; peu ou point d'évènemens ; et
cependant le drame y est animé, mouvant, fortement
noué. Cette lutte sourde, tortueuse des petits intérêts
de deux prêtres, intéresse tout autant que les conflits les
plus pathétiques de passions ou d'empires. C'est là le
grand secret de M. de Balzac : rien n'est petit sous sa
plume, il élève, il dramatise les trivialités les plus humbles d'un sujet. Le critique dont nous avons déjà parlé
faisait allusion sans doute à cette face de son talent
en disant : « M. de Balzac a un sentiment de la vie privée très profond, et qui va souvent jusqu'à la minutie
du détail ; il sait vous émouvoir et vous faire palpiter
dès l'abord, rien qu'à vous décrire une allée, une
salle à manger, un ameublement. Il a une multitude
de remarques rapides sur les vieilles filles, les vieilles
femmes, les filles disgraciées et contrefaites, les jeunes
femmes étiolées et malades, les amantes sacrifiées et dé-
vouées, les célibataires, les avares. On se demande où il
a pu, avec son train d'imagination pétulante, discerner,
amasser tout cela. » Nous-même, nous avions cherché
long-temps auparavant à lui rendre cette justice en nous
exprimant ainsi : « Souvent, M. de Balzac n'a encore
» décrit que l'intérieur d'une cuisine, d'une arrière-bou-
» tique, d'une chambre à coucher, que sais-je? et déjà
» l'intérêt arrive, le drame palpite, l'action est entamée ;
» de l'arrangement de ces meubles, de la disposition de
» ces intérieurs et de leur minutieuse description, s'exhale
» une révélation lumineuse du caractère de ceux qui les
» habitent, de leurs passions, de leurs intérêts dominans,
» de toute leur vie en un mot. Les Allemands et les An-
» glais, déjà si excellens dans ce genre, ont été complète-
» ment surpassés par M. de Balzac, qui n'a, en France,
» ni maître ni égal. » Le *Message*, la *Femme abandonnée*
et la *Grenadière*, sont une divine trilogie des souffrances
de la femme supérieure, et suffiraient à assurer la répu-

tation d'un écrivain. Dans les trois chants fraternels de ce poème exquis, la femme est élevée à une hauteur qui la place d'autant mieux à côté des héroïnes de Richardson et de Rousseau, que les traits principaux en sont empruntés à une nature perceptible pour tous. Ces trois individualités qui font un type unique, réalisent, non pas l'idéal de la vertu, M. de Balzac veut avant tout que ses créations tiennent à la réalité, mais l'idéal de la grâce, de l'élégance, des belles manières, de l'esprit le plus fin, de la sensibilité la plus pénétrante. L'*Illustre Gaudissart* est un portrait un peu chargé du commis-voyageur, physionomie si essentiellement de notre époque, et qui, comme le dit l'auteur, relie à tout moment la province et Paris. Ces figures accessoires, qui touchent à la caricature, prouvent avec quel soin M. de Balzac cherche à compléter son œuvre. Ne nous doit-il pas la caricature comme le type, l'individualité comme l'idéal? LA GRANDE BRETÊCHE est une des plus fines esquisses de la vie de province. Le personnage de *madame de Méré* tient au système qui nous a valu *madame de Beauséant* et *madame de Langeais*. Ce drame est le plus terrible de tous ceux qu'a inventés l'auteur; il doit troubler le sommeil des femmes. Les *Scènes de la vie de province* sont terminées par le *Cabinet des antiques*, *Fragment d'histoire générale*, et *Illusions perdues*. Cette livraison étant entièrement inédite, nous respecterons les intérêts du libraire, en laissant apprécier au lecteur comment M. de Balzac a complété son cadre. Aujourd'hui, malheureusement pour l'art, il est impossible de dégager la plus consciencieuse entreprise littéraire de la question pécuniaire qui étrangle la librairie et gêne ses rapports avec la jeune littérature. Les capitaux exigent des ouvrages tout faits, comme cet ambassadeur anglais voulait acheter l'amour.

La *Femme vertueuse* ouvre les *Scènes de la vie parisienne*. A cette étude, nous reprocherons son titre, qui est une ironie d'autant plus injuste qu'il existe, dans les œuvres de l'auteur, un grand nombre de femmes belles et pieuses. Sa prétendue *Femme vertueuse* n'est qu'une prude revêche, intolérante et glaciale. Changez le titre, cette étude sera parfaite. Il n'y a pas moins de vérité dans le portrait de la femme illégitime que dans celui de l'épouse fanatiquement orthodoxe. La veuve *Crochard*, mère de *Caroline de Bellefeuille* est une des créations les plus extraordinaires de l'auteur. Cette vieille comparse de l'Opéra, qui laisse aller sa fille rue Taitbout, et se contente de demeurer loin d'elle au Marais, sans se dire sa mère afin de ne pas lui nuire, est une conception qui, malheureusement, ne peut être appréciée qu'à Paris; elle est germaine du Père Goriot. *Madame Crochard* vend presque sa fille, tandis que *Goriot* est purement heureux du bonheur de la sienne. Pourquoi donc a-t-on admis la *veuve Crochard*, et blâmé *Goriot*? Paris respire tout entier dans cette scène où abondent les personnages et les intérieurs, celui de la maison rue du Tourniquet, celui du magistrat au Marais, et celui de la rue Teinture à Bayeux. Quel mouvement dans cette œuvre! quelle jeunesse de talent. La mort de la veuve *Crochard* est un tableau complet croqué en six pages. *La Bourse* est une de ces compositions attendrissantes et pures auxquelles excelle M. de Balzac, une page toute allemande qui tient à Paris par la description de l'appartement habité par une vieille femme ruinée, un de ses plus jolis tableaux de chevalet. Le vieil émigré suivi de son ombre, *Adélaïde de Rouville* et sa mère, sont des figures où le talent de M. de Balzac se retourne pour ainsi dire sur lui-même avec une souplesse inouïe. Ce tableau fait un contraste prodigieux entre *la Femme vertueuse* et le *Papa Gobseck*. En lisant *Gobseck* on est frappé de cette profondeur qui permet à M. de Balzac de deviner les différences qui séparent *Gobseck*, ce cousin de Shylock, et qui est l'avarice intelligente, puissante, haineuse, du père *Grandet* qui est l'avarice dans son instinct, l'avarice pure. Là paraissent, pour la première fois, ces trois personnages, *M. de Trailles*, *M. Restaud* et sa femme, *Anastasie Goriot* qui produisent tant d'effet dans le Père Goriot. Là commence également le personnage de *Derville*, l'avoué du comte *Chabert*. Une phrase, un mot, un détail dans chaque œuvre, les lie ainsi les unes aux autres et préparent l'histoire de cette société fictive qui sera comme un monde complet. *Les Marana* offrent trois personnages, *Diard*, *Juana de Mancini*, et *la Marana* qui, lors de leur apparition, ont le plus contribué à mettre l'auteur hors de ligne. L'*histoire de madame Diard* est un de ces morceaux qui doivent faire rêver aussi bien les hommes que les femmes. Si Louis Lambert n'existait pas, cette œuvre, prodigieuse par le talent d'analyse qui s'y déploie, prouverait que M. de Balzac est aussi habile à la peinture métaphysique des sentimens que dans leur jeu dramatisé. Cette seconde partie des *Marana*, l'*histoire de madame Diard*, est bien supérieure comme idées à la première qui se recommande par le mouvement et les images; il semble que M. de Balzac ait pris plaisir à mettre deux systèmes littéraires en présence. Le dénouement si bien préparé est un des plus beaux de l'auteur qui en compte tant de parfaits, qu'il a conquis le droit de finir ses drames, à la façon de Molière, comme il lui plaît. Toutes les qualités de M. de Balzac se trouvent richement reproduites dans cette *Histoire des Treize*, qui est à elle seule toute une épopée moderne, où la nouvelle Sodome apparaît avec sa face changeante, grimée, mesquine, terrible; avec son royal pouvoir, ses misères, ses vices et ses ravissantes exceptions. La mystérieuse union des Treize et le pouvoir gigantesque qu'elle leur assure au milieu d'une société sans liens, sans principes, sans homogénéité, réalise tout ce qu'il est permis à notre époque de comprendre et d'accepter de fantastique. Rien de saisissant comme le contraste des chastes amours de monsieur et de madame *Jules* et de la ténébreuse et effrayante physionomie de *Ferragus*. Le terrible ne joue pas un moindre rôle dans le deuxième épisode qui a pour titre : *Ne touchez pas à la hache*; on y remarque surtout un por-

trait achevé d'une sœur cadette de la *Femme sans cœur*,
ce type de la coquette, ou, si vous l'aimez mieux, de la
vie parisienne ; mais auquel il a rendu toutes les saintetés
de la femme, en la rendant à l'amour et à la religion.
Madame de Langeais acceptant le cloître comme le seul
dénouement possible de sa passion trompée, est un res-
souvenir de mademoiselle de Montpensier, de la duchesse
de Lavallière et des grandes figures féminines d'autrefois.
La duchesse de Langeais est une œuvre tout aristocratique, qui ne peut être comprise qu'au faubourg Saint-Germain dont M. de Balzac a été, dont il sera le seul peintre.
Dans *la fille aux yeux d'or*, troisième épisode de l'*Histoire des Treize*, et dans *Sarrasine*, M. de Balzac a
osé aborder la peinture de deux vices étranges, sans
lesquels sa large vue de Paris n'eût pas été complète.
Là, l'auteur s'est pris corps à corps avec la difficulté,
et l'a vaincue. Il y a dans *la Fille aux yeux d'or* un
boudoir vraiment féerique, mais décrit avec une telle
exactitude, que pour le peindre ainsi l'auteur a dû
l'avoir sous les yeux. Quoique vrai au fond, le caractère de *Henri de Marsay* est exalté au-delà du réel.
Cette observation, également applicable à *Ferragus* et au
général *Montriveau*, n'est point une critique. Dans les
trois drames où elles figurent, ces trois individualités devaient être à la hauteur de l'idée ; et c'est là, nous le répé-
tons, que nous reprenons l'idéal. *Madame Firmiani* est
encore une réponse à l'allégation qui a été faite contre la
moralité de M. de Balzac. Aussi comprenons-nous la boutade légèrement impertinente que cette pudique levée de
boucliers a suscitée tout récemment en lui, et qui nous a
valu la spirituelle préface du PÈRE GORIOT. Nous ne ré-
pondons pas toutefois que ses rigides aristarques ne le
prennent au mot, et ne prennent acte de cette déclaration
moqueuse pour corroborer l'anathème qu'ils ont lancé
contre lui. LE LIS DANS LA VALLÉE, où M. de Balzac a, si
promptement et avec un talent qui tient du prodige, réa-
lisé la railleuse promesse faite dans sa préface, en peignant

l'idéal de la vertu dans *Henriette de Lenoncourt*, la femme
de *M. de Mortsauf*, nous semble une réponse doublement
victorieuse. Maintenant, grâce aux changemens heureux
que l'auteur vient de faire subir à *la Comtesse à deux
maris*, qui a paru dans un journal sous le titre de *la Trans-
action*, cette étude est une histoire irréprochable. On y
remarque un type de l'avoué que la haute comédie adop-
terait à coup sûr, si nous avions aujourd'hui une haute comédie. La manière dont ce drame est conduit prouve avec
quel éclat M. de Balzac paraîtrait au théâtre, si sa volonté
n'était pas énergiquement fixée ailleurs. Au théâtre aussi,
certes, il ouvrirait une voie nouvelle; mais il s'est imposé
une tâche immense, et veut l'accomplir jusqu'au bout. Il
ne peut apporter un jour à la scène que le surplus des
forces exorbitantes qui font de lui le plus rude athlète de
notre littérature, mais aussi le plus inoffensif des écrivains.
En effet, il ne juge personne, il n'attaque ni ses contem-
porains, ni leurs livres; il marche, comme l'a dit dernièrement un critique en rendant justice à son caractère, il
marche seul, à l'écart, comme un Paria, que la tyrannie
de son talent a fait mettre au ban de la littérature. Sa conquête à lui est le vrai dans l'art. Pour arriver à cette conquête, toujours si difficile, aujourd'hui surtout que l'individualité disparaît dans les lettres comme dans les mœurs,
il fallait être neuf. M. de Balzac a su l'être en ramassant
tout ce que dédaignait la littérature au moment où elle
faisait plus de théories que de livres. Il ne s'est jamais
proclamé réformateur. Au lieu de crier sur les toits:
« — Ramenons l'art à la nature! » il accomplissait labo-
rieusement dans la solitude sa part de révolution littéraire;
tandis que la plupart de nos écrivains se perdaient en des
efforts infructueux, sans suite, ni portée. Chez beaucoup,
en effet, une nature de convention succédait au faux con-
venu des classiques. Ainsi, en haine des formules, des gé-
néralités et de la froide stéréotypie de l'ancienne école, ils
ne s'attachaient qu'à certains détails d'individualité, à des
spécialités de forme, à des originalités d'épiderme; en

un mot, c'était une exagération substituée à une autre, et toujours du système. Ou bien, pour arriver au nouveau, d'autres faisaient des passions à leur usage, ils les arrangeaient et les développaient selon les caprices de leur poétique; s'ils évitaient le connu, ils rencontraient l'impossible. Ceux-ci partaient d'un principe vrai; puis l'imagination les emportait sur ses ailes, et les livrait à des illusions d'optique, à des verres grossissans, à des rayonnemens prismatiques. Ils empâtaient un trait d'abord pur, anéantissaient les demi-teintes, jetaient çà et là les crudités, puis l'énergie, la passion, la poésie à pleines mains, et produisaient une dramatique et grandiose caricature. Ceux-là abandonnaient les individualités, combinaient des symboles, effaçaient les contours, et se perdaient dans les nuées de l'insaisissable, ou dans les puériles merveilles du pointillé. Complètement étranger à tout ce qui était coterie, convention, système, M. de Balzac, introduisait dans l'art la vérité la plus naïve, la plus absolue. Observateur sagace et profond, il épiait incessamment la nature; puis lorsqu'il l'a eu surprise, il l'a examinée avec des précautions infinies, il l'a regardée vivre et se mouvoir; il a suivi le travail des fluides et de la pensée; il l'a décomposée, fibre à fibre, et n'a commencé à la reconstruire que lorsqu'il a eu deviné les plus imperceptibles mystères de sa vie organique et intellectuelle. En la recomposant par ce chaud galvanisme, par ces injections enchantées qui rendent la vie aux corps, il nous l'a montrée frémissant d'une animation nouvelle qui nous étonne et nous charme. Cette science n'excluait pas l'imagination. Aussi, loin qu'elle ait manqué à cette patiente élaboration, y a-t-elle déployé sa plus grande puissance : elle a su maîtriser ses écarts, s'asservir à ne donner aux organes de l'œuvre que la quantité de vie nécessaire : rien de moins, rien de plus. Ce travail doit être le plus difficultueux de tous, car d'ordinaire le principe vital est si mal réparti dans la foule des embryons littéraires de notre époque, que les uns ont tout dans la tête et les autres tout dans les jambes, rarement ont-ils un cœur; tandis que chez M. de Balzac, la vie procède surtout du cœur; il triomphe là où les autres périssent. Aussi, dans celles de ses œuvres que nous venons d'analyser, nulle fantaisie, nulle exagération, nul mensonge; ses portraits sont d'une scrupuleuse vérité; si vous n'avez déjà vu les originaux, vous les rencontrerez infailliblement.

Qu'il marche donc, qu'il achève son œuvre, et ne retourne pas la tête aux cris envieux d'une critique dont la mesure, trop petite pour les beautés de l'ensemble, ne s'attache qu'à des imperfections de détail! qu'il marche, il sait bien où il va. Ses premières conquêtes nous répondent de celles de l'avenir. Cet avenir ne se rapproche-t-il donc pas, et pour son œuvre et pour lui? Déjà le public a compris l'importance des ÉTUDES DES MŒURS et celle des ÉTUDES PHILOSOPHIQUES. Quand viendra la troisième partie de l'œuvre, les ÉTUDES ANALYTIQUES, la critique sera muette devant l'une des plus audacieuses constructions qu'un seul homme ait osé entreprendre. Les esprits attentifs auront facilement reconnu les liens qui rattachent les ÉTUDES DE MŒURS aux ÉTUDES PHILOSOPHIQUES; mais, s'il fallait, pour les gens superficiels, résumer par une seule réflexion le sens qui se dégage de tous ces effets sociaux, si complètement accusés et qui forment un terrain solide sur lequel l'auteur assied l'examen de leurs causes; nous dirions que, peindre les sentimens, les passions, les intérêts, les calculs en guerre constante avec les institutions, les lois et les mœurs, c'est montrer l'homme en lutte avec sa pensée, et préparer magnifiquement le système des *Etudes philosophiques* où M. de Balzac démontre les ravages de l'intelligence, et fait voir en elle le principe le plus dissolvant de l'homme en société : belle thèse dont nous avons expliqué déjà les poésies, et dont les *Etudes analytiques* contiendront la conclusion.

FÉLIX **DAVIN.**

27 avril 1835.

LE BAL DE SCEAUX.

LE BAL DE SCEAUX.

Monsieur le comte de Fontaine, chef de l'une des plus anciennes familles du Poitou, avait servi la cause des Bourbons avec intelligence et courage pendant les longues guerres que les Vendéens firent à la république. Après avoir eu le bonheur d'échapper à la mort, en courant les dangers dont les soldats royalistes étaient menacés durant cette orageuse et salutaire époque de l'histoire contemporaine, il disait gaîment : Je suis un de ceux qui se sont fait tuer sur les

marches du trône ! Mais cette plaisanterie n'était
pas sans quelque vérité pour un homme laissé
parmi les morts à la sanglante journée des
Quatre-Chemins. Quoique ruiné par des con-
fiscations, ce fidèle Vendéen refusa constamment de remplir les places lucratives qui lui furent offertes par l'empereur Napoléon. Invariable dans sa religion aristocratique, il en
avait aveuglément suivi les maximes quand il
jugea convenable de se choisir une compagne. Au mépris des séductions dont l'entourait la famille d'un riche parvenu de la révolution, l'ex-comte épousa une jeune fille sans
fortune qui appartenait à la meilleure maison
de la province.

La restauration surprit M. de Fontaine chargé
d'une nombreuse famille. Quoiqu'il n'entrât pas
dans les idées du généreux gentilhomme de
solliciter des graces, il céda néanmoins aux désirs de sa femme, quitta la petite terre dont le
revenu modique suffisait à peine aux besoins de
ses enfans , et vint à Paris. Contristé de l'avidité
avec laquelle ses anciens camarades convoitaient
la curée des places et des dignités créées par
l'empire, il allait retourner à sa terre, lorsqu'il
reçut une lettre ministérielle, dans laquelle une

Excellence assez connue lui annonçait sa nomi-
nation au grade de maréchal-de-camp, en vertu
de l'ordonnance qui permettait aux officiers
des armées catholiques de compter les vingt
premières années du règne de Louis XVIII
comme années de service. Puis, quelques jours
après, le Vendéen reçut, sans aucune sollici-
tation, et d'office, l'ordre de la Légion d'Honneur et celui de Saint-Louis.

Ebranlé dans sa résolution par ces graces
successives, dont il se croyait redevable au souvenir du monarque, il pensa qu'il ne devait plus
se contenter de mener sa famille, comme il
l'avait pieusement fait chaque dimanche, crier
vive le Roi dans la salle des maréchaux, quand
les princes se rendaient à la chapelle. Il solli-
cita la faveur d'une entrevue particulière. Cette
audience lui fut gracieusement accordée, mais
n'eut rien de particulier. Le salon royal était
plein de vieux serviteurs dont les têtes pou-
drées, vues d'une certaine hauteur, ressemblaient à un tapis de neige. Le gentilhomme
retrouva beaucoup d'anciens compagnons qui
le reçurent d'un air un peu froid. Les princes
lui parurent *adorables*. Cette expression d'enthousiasme lui échappa, quand le plus gracieux

de ses maîtres, dont il ne se croyait connu que de nom, vint à lui, lui serra la main et le proclama à haute voix, le plus pur des Vendéens. Mais aucune de ces royales personnes n'eut l'idée de lui demander ni le compte des pertes qu'il avait subies, ni celui de l'argent qu'il avait versé dans les caisses de l'armée catholique. Il s'aperçut, un peu tard, qu'il avait fait la guerre à ses dépens. Vers la fin de la soirée, il hasarda une allusion fort spirituelle à l'état de ses affaires, état qui devait être celui de bien des gentilshommes. Sa majesté se prit à rire d'assez bon cœur, car tout ce qui était marqué au coin de l'esprit avait le don de lui plaire ; mais elle répliqua par une de ces royales plaisanteries dont la douceur est plus à craindre que la colère d'une réprimande. Un des plus intimes confidens du roi ne tarda pas à s'approcher du Vendéen calculateur, et fit entendre à M. de Fontaine, par une phrase fine et polie, que le moment n'était pas encore venu de compter avec les maîtres ; qu'il y avait sur le tapis des mémoires plus arriérés que le sien, et qui devaient sans doute servir à l'histoire de la révolution.

Le comte sortit prudemment du groupe vénérable qui décrivait un respectueux demi-

cercle devant l'auguste famille; puis après avoir,
non sans peine, dégagé son épée parmi les
jambes grêles où elle était engagée, il regagna
pédestrement, à travers la cour des Tuileries,
le fiacre qu'il avait laissé en station sur le quai.
Avec cet esprit rétif qui distingue la noblesse de
vieille roche, chez laquelle le souvenir de la
Ligue et des Barricades n'est pas encore éteint,
il se plaignit dans le fiacre, à haute voix et de
manière à se compromettre, sur le changement survenu à la cour. — Autrefois, se disait-
il, chacun parlait librement au roi de ses petites affaires, et tous les seigneurs pouvaient à
leur aise lui demander des graces et de l'argent. Ne voilà-t-il pas qu'aujourd'hui l'on n'ob-
tiendra pas, sans scandale, de se faire rem-
bourser les sommes avancées pour son service !
Morbleu ! la croix de Saint-Louis et le grade
de maréchal-de-camp ne valent pas six cent
mille livres que j'ai bel et bien dépensées pour
la cause royale. Je veux parler au roi, en face,
et dans son cabinet.

Cette scène refroidit d'autant plus le zèle
de M. de Fontaine, que ses demandes d'audience restèrent constamment sans réponse,
et qu'il vit les intrus de l'empire arriver à quel-

ques-unes des charges réservées sous l'ancienne
monarchie aux meilleures maisons.

— Tout est perdu, dit-il un matin. Je crois,
morbleu, que le roi s'est fait révolutionnaire.
Sans Monsieur, qui au moins ne déroge
pas, et console ses fidèles serviteurs, je ne sais
en quelles mains irait un jour la couronne de
France, si cela continuait. Décidément, ce qu'ils
appellent le régime constitutionnel est le plus
mauvais de tous les gouvernemens, et ne
pourra jamais convenir à la France. Louis XVIII
a tout gâté à Saint-Ouen.

Le comte, désespéré, se préparait à retourner à sa terre, en abandonnant avec
noblesse ses prétentions à une indemnité.
Tout à coup, les événemens du vingt mars
annoncèrent une nouvelle tempête qui mena-
ça d'engloutir la légitimité et ses défenseurs.
Semblable à ces gens généreux qui ne ren-
voient pas un serviteur par un temps de pluie,
M. de Fontaine emprunta sur sa terre,
pour suivre la monarchie en déroute, sans
savoir si cette complicité d'émigration lui
serait plus propice que son dévoûment passé.
Il avait, il est vrai, remarqué qu'à la cour les
compagnons de l'exil étaient mieux reçus et

plus avancés en faveur que les braves qui avaient protesté, les armes à la main, contre l'établissement de la république; et peut-être espérait-il trouver dans ce voyage plus de profit que dans un service actif et périlleux à l'intérieur. Ses calculs de courtisanerie ne furent pas une de ces vaines spéculations qui, après avoir promis sur le papier des résultats superbes, ruinent par leur exécution. Il fut un des cinq cents fidèles serviteurs qui partagèrent l'exil de la cour à Gand, et l'un des cinquante mille qui en revinrent.

Pendant cette courte absence de la royauté, M. de Fontaine eut le bonheur d'être employé par Louis XVIII. Il eut plus d'une occasion de donner au roi des preuves d'une grande probité politique et d'un attachement sincère. Un soir, où le monarque n'avait rien de mieux à faire, il se souvint du bon mot dit par M. de Fontaine aux Tuileries. Le vieux Vendéen ne laissa pas échapper un tel à-propos, et raconta son histoire assez spirituellement pour que ce roi, qui n'oubliait rien, pût se la rappeler en temps utile. L'auguste littérateur remarqua la tournure fine donnée à quelques notes dont il avait confié la rédaction au

discret gentilhomme, et cette dernière circonstance inscrivit M. de Fontaine, dans la
mémoire du roi, parmi les plus loyaux serviteurs de sa couronne. Au second retour, le comte
fut un de ces envoyés extraordinaires qui parcoururent les départemens, avec la mission de
juger souverainement les fauteurs de la rébel-
lion. Il usa modérément du terrible pouvoir
qui lui était confié; puis, aussitôt que cette
juridiction temporaire eut cessé, il s'assit dans
un des fauteuils du conseil-d'état, devint dé-
puté, parla peu, écouta beaucoup, et changea considérablement d'opinion. Quelques circonstances qui ont échappé à l'investigation des
plus curieux biographes, le firent entrer assez
avant dans l'intimité du prince, pour qu'un
jour le malicieux monarque l'interpellât ainsi
en le voyant entrer : — Mon ami Fontaine, je
ne m'aviserais pas de vous nommer directeur-
général ni ministre ! Ni vous ni moi si nous
étions *employés* ne resterions en place, à cause
de nos opinions. Le gouvernement représentatif a cela de bon qu'il nous ôte la peine que
nous avions jadis, de renvoyer nous-mêmes
nos pauvres amis les secrétaires d'état. Notre
conseil est une véritable hôtellerie, où l'opi-

nion publique nous envoie souvent de singuliers voyageurs, mais enfin nous saurons toujours où placer nos fidèles serviteurs.

Cette ouverture moqueuse fut suivie d'une ordonnance qui donnait à M. de Fontaine l'administration du domaine extraordinaire de la Couronne. Par suite de l'intelligente attention avec laquelle il écoutait les phrases sardoniques de son royal ami, son nom se trouva sur les lèvres du prince, toutes les fois qu'il fallut créer une commission dont les membres devaient être lucrativement appointés. Il eut le bon esprit de taire la faveur dont l'honorait le monarque, et sut l'entretenir par la manière piquante dont il racontait secrètement, dans une de ces causeries familières dont Louis XVIII était aussi avide que de billets agréablement écrits, toutes les anecdotes politiques, et, s'il est permis de se servir de cette expression, les cancans diplomatiques ou parlementaires dont l'époque était passablement féconde. On sait que les détails de sa *gouvernementabilité*, mot adopté par l'auguste railleur, l'amusaient infiniment. Graces au bon sens, à l'esprit et à l'adresse de M. le comte de Fontaine, chaque membre de sa nombreuse famille, quelque jeune qu'il

fût, finit, ainsi qu'il le disait plaisamment à
son maître, par se poser comme un ver-à-soie
sur les feuilles du budget. Ainsi, par les bontés
du roi, l'aîné de ses fils parvint à une place fort
éminente dans la magistrature inamovible. Le
second, simple capitaine avant la restauration,
obtint une légion immédiatement après son retour de Gand ; puis, à la faveur des mouvemens de 1815, pendant lesquels on observa
peu les réglemens, il passa dans la garde
royale, repassa dans les gardes-du-corps, revint dans la ligne, et se trouva lieutenant-général avec un commandement dans la Garde,
après l'affaire du Trocadéro. Le dernier, nommé
sous-préfet, ne tarda pas à devenir maître des
requêtes et directeur d'une administration mu-
nicipale de la Ville de Paris, où il était à l'abri
des tempêtes législatives. Ces graces sans éclat,
secrètes comme la faveur du comte, passaient
inaperçues. Quoique le père et les trois fils eussent chacun assez de sinécures pour jouir d'un
revenu budgétif presque aussi considérable
que celui d'un directeur-général, leur fortune
politique n'excita l'envie de personne. Dans
ces temps de premier établissement du système constitutionnel, peu de personnes avaient

des idées justes sur les régions paisibles du
budget, dans lesquelles d'adroits favoris surent trouver l'équivalent des abbayes détrui-
tes. M. le comte de Fontaine, qui naguère
encore se vantait de n'avoir pas lu la Charte,
et se montrait si courroucé contre l'avidité
des courtisans, ne tarda pas à faire voir à
son auguste maître qu'il comprenait aussi bien
que lui, l'esprit et les ressources du *représen-*
tatif.

Cependant, malgré la sécurité des carrières
qu'il avait ouvertes à ses trois fils; malgré les
avantages pécuniaires qui résultaient du cu-
mul de quatre places, M. de Fontaine se
trouvait à la tête d'une famille trop nombreuse
pour pouvoir rétablir promptement et facilement sa fortune. Ses trois fils étaient riches
d'avenir, de faveur et de talent; mais il avait
trois filles, et craignait de lasser la bonté du
monarque. Il imagina de ne jamais lui parler
que d'une seule de ces vierges pressées d'al-
lumer leur flambeau. Le roi avait trop bon
goût pour laisser son œuvre imparfaite. Il aida
au mariage de la première avec un receveur-général, par une de ces phrases royales qui ne
coûtent rien et valent des millions. Un soir que

le monarque était maussade, il se mit à sourire
en apprenant qu'il existait encore une demoiselle de Fontaine, et lui trouva pour mari un
jeune magistrat d'extraction bourgeoise, il est
vrai, mais riche, plein de talent, et qu'il prit
plaisir à créer baron. Mais lorsque le Vendéen
parla de mademoiselle Émilie de Fontaine, le
roi lui répondit, de sa petite voix aigrelette :
— *Amicus Plato, sed magis amica Natio.* Puis,
quelques jours après, il régala *son ami Fontaine*
d'un quatrain assez innocent qu'il appelait une
épigramme, et dans lequel il le plaisantait sur
ses trois filles si habilement produites sous la
forme d'une trinité; c'était, s'il faut en croire la
chronique, dans l'unité des trois personnes
divines que le monarque avait été chercher son
bon mot.

— Si Votre Majesté daignait changer son épigramme en épithalame, dit le comte en essayant
de faire tourner cette boutade à son profit.

— Je n'en vois pas la rime, répondit aigrement le roi, qui ne goûta point cette plaisanterie faite sur sa poésie quelque douce qu'elle fût.

Dès ce jour, son commerce avec M. de Fontaine eut moins d'aménité. Sans doute il s'é-
tait lassé de son favori. Comme presque tous les

enfans venus les derniers, Emilie de Fontaine
était un Benjamin gâté par tout le monde. Le
refroidissement du monarque fit donc d'autant
plus de peine au comte, que jamais mariage ne
fut plus difficile à conclure que l'était celui de
cette fille chérie. Pour concevoir tous ces
obstacles, il faut pénétrer dans l'enceinte du
bel hôtel où l'administrateur était logé aux dépens de la Liste Civile.

Émilie, ayant passé son enfance à la terre
de Fontaine, y avait joui de cette abondance
qui suffit aux premiers plaisirs de la jeunesse.
Ses moindres désirs y étaient des lois pour ses
sœurs, pour ses frères, pour sa mère, et même
pour son père. Tous ses parens en raffolaient.
Arrivée à l'âge de raison, précisément au moment où sa famille fut comblée des faveurs de la
fortune, l'enchantement de sa vie continua. Le
luxe dont elle fut entourée lui sembla tout aussi
naturel que l'étaient cette richesse de fleurs ou
de fruits, et cette opulence champêtre qui
avaient fait le bonheur de ses premières années.
De même qu'elle n'avait éprouvé aucune contrariété dans son enfance, quand elle voulait satisfaire de joyeux désirs ; de même elle se vit en-

core obéie, lorsqu'à l'âge de quatorze ans elle
se lança dans le tourbillon du monde. Comprenant ainsi, par degrés, les jouissances de
la fortune, elle apprécia les avantages de la
parure, devint amoureuse de l'élégance, s'ha-
bitua aux dorures des salons, au luxe des équipages, aux complimens flatteurs, aux recherches de la toilette, aux bijoux, aux parfums
des fêtes, aux vanités de la cour. Tout lui souriait. Elle vit de la bienveillance pour elle,
dans tous les yeux; et comme la plupart des enfans gâtés, elle en profita pour tyranniser ceux
qui l'aimaient, tandis qu'elle réservait ses coquetteries aux indifférens. Ses défauts ne firent
que grandir avec elle. Son père et sa mère devaient tôt ou tard recueillir les fruits amers de
cette éducation funeste. Mademoiselle Émilie
de Fontaine était arrivée à l'âge de dix-neuf ans
sans avoir voulu faire de choix parmi les nombreux jeunes gens dont la politique de M. de Fontaine peuplait ses fêtes. Cette jeune personne
jouissait dans le monde de toute la liberté d'esprit que peut y avoir une femme mariée. Sa
beauté était si remarquable, que, pour elle,
paraître dans un salon, c'était y régner. Sem-

blable aux rois, elle n'avait pas d'amis, et devenait partout l'objet d'une flatterie à laquelle un
naturel meilleur que le sien n'eût peut-être pas
résisté. Aucun homme, fût-ce même un vieillard, n'avait la force de contredire les opinions
d'une jeune fille dont un seul regard ranimait
l'amour dans un cœur froid. Élevée avec des
soins qui avaient manqué à ses sœurs, elle peignait assez bien et dessinait encore mieux. Elle
était d'une force désespérante sur le piano, avait
une voix délicieuse, et savait entretenir une
conversation spirituelle sur toutes les littéra-
tures. Elle parlait l'italien et l'anglais. Enfin, elle
aurait pu faire croire que, comme dit Masca-
rille, les gens de qualité viennent au monde en
sachant tout. Elle éblouissait les gens superficiels; quant aux gens profonds, son tact naturel l'aidait à les reconnaître, et pour eux elle déployait tant de coquetterie, qu'à la faveur de ses
séductions, elle savait échapper à leur examen.
Elle raisonnait facilement peinture, italienne,
flamande, Moyen-âge, Renaissance, littérature anglaise, jugeait à tort et à travers, faisait ressortir avec une cruelle grace d'esprit les
défauts d'un ouvrage; et la plus simple de ses
phrases était reçue par la foule idolâtre, comme

par les Turcs un *fefta* du Sultan. Ce vernis séduisant, cette brillante écorce couvraient un
cœur insouciant, l'opinion commune à beaucoup de jeunes filles que personne n'habitait une
sphère assez élevée pour pouvoir comprendre
l'excellence de son ame, et un orgueil qui s'ap-
puyait autant sur sa naissance que sur sa beauté.
En l'absence du sentiment violent qui règne tôt
ou tard dans le cœur d'une femme, elle portait sa jeune ardeur dans un amour immodéré
des distinctions, et témoignait le plus profond
mépris pour tous les gens qui n'étaient pas nobles. Fort impertinente avec la nouvelle no-
b'esse, elle faisait tous ses efforts pour que ses
parens marchassent de pair au milieu des familles les plus anciennes du faubourg Saint-
Germain.

Ces sentimens n'avaient pas échappé à l'œil
observateur de M. de Fontaine, qui plus d'une
fois eut à gémir des sarcasmes et des bons mots
d'Emilie, lorsqu'il maria ses deux premières filles. Les gens logiques s'étonneront d'avoir vu le
vieux Vendéen donner sa première fille à un
receveur-général qui, à la vérité, possédait bien
quelques anciennes terres seigneuriales, mais
dont le nom n'était cependant pas précédé de

cette particule à laquelle le trône dut tant de
défenseurs, et la seconde à un magistrat baron-
nifié, mais trop récemment encore pour
faire oublier que le père avait vendu des
fagots. Ce notable changement dans les idées
du noble Vendéen, et au moment où il atteignait
sa soixantième année, époque à laquelle les
hommes quittent rarement leurs croyances,
n'était pas dû seulement à la déplorable habitation de la moderne Babylone où tous les
gens de province finissent par perdre leurs
rudesses; la nouvelle conscience politique du
comte de Fontaine était encore le résultat de
l'amitié du roi et de ses conseils. Ce prince philosophe avait pris plaisir à convertir le Vendéen
aux idées qu'exigeaient la marche du dix-
neuvième siècle et la rénovation de la monarchie.

Louis XVIII voulait fondre les partis, comme
Napoléon avait fondu les choses et les hommes. Le roi légitime, peut-être aussi spirituel que
son rival, agissait en sens contraire. Le chef de la
maison de Bourbon était aussi empressé à satisfaire le tiers-état et les gens de l'empire, en contenant le clergé, que le premier des Napoléon
avait été jaloux d'attirer auprès de lui les grands

seigneurs ou à doter l'église. Confident des
royales pensées, le conseiller d'état était insensiblement devenu l'un des chefs les plus
influens et les plus sages de ce parti modéré
qui désirait vivement, au nom de l'intérêt na-
tional, la fusion de toutes les opinions. Il prêchait les coûteux principes du gouvernement
constitutionnel et secondait de toute sa puissance les jeux de la bascule politique qui permettait à son maître de gouverner la France
au milieu des agitations de la révolution re-
naissante. Peut-être M. de Fontaine se flattait-il
d'arriver à la pairie par un de ces coups de
vent législatifs dont il voyait des effets si bizarres ; car un de ses principes les plus fixes
consistait à ne plus reconnaître en France d'autre noblesse que la pairie, puisque les familles
à manteau bleu étaient les seules qui eussent des
priviléges.—En effet, disait-il, comment concevoir une noblesse sans priviléges ? c'est un manche sans outil. Aussi éloigné du parti de M. de La-
fayette que du parti de M. de La Bourdonnaye, il
entreprenait avec ardeur la réconciliation générale, d'où devaient sortir une ère nouvelle et de
brillantes destinées pour la France. Il cherchait
à convaincre toutes les familles chez lesquelles

il avait accès, du peu de chances favorables qu'offraient désormais la carrière militaire et l'administration; il engageait les mères à lancer leurs enfans dans les professions indépendantes et industrielles, en leur donnant à entendre que les emplois militaires et les hautes fonctions du gouvernement finiraient par appartenir très constitutionnellement aux cadets des familles nobles de la pairie, et que la nation avait conquis une part assez large dans l'administration par son assemblée élective, par les places de la magistrature, et par celles de la finance qui seraient toujours l'apanage des notabilités du tiers-état.

Les nouvelles idées du chef de la famille de Fontaine, et les sages alliances qui en étaient résultées pour ses deux premières filles avaient rencontré une forte opposition au sein de son ménage. La comtesse de Fontaine resta fidèle aux vieilles croyances aristocratiques, peut-être parce qu'elle appartenait aux Montmorency du côté de sa mère. Aussi s'opposa-t-elle un moment au bonheur et à la fortune qui attendaient ses deux filles aînées; mais elle fut forcée de céder à ces considérations secrètes

que les époux se confient le soir quand leurs têtes
reposent sur le même oreiller. M. de Fontaine
démontra froidement à sa femme par d'exacts
calculs, que le séjour de Paris, l'obligation d'y
représenter, la splendeur de sa maison (splendeur qu'il ne blâmait pas puisqu'elle les dédom-
mageait, quoique tardive, des privations qu'ils
avaient courageusement partagées au fond de la
Vendée); les dépenses faites pour leurs fils ab-
sorbaient la plus grande partie de leur revenu
budgétaire. Il fallait donc saisir, comme une faveur céleste, l'occasion qui se présentait pour
eux d'établir leurs filles aussi richement; elles
devaient jouir un jour de soixante ou quatre-
vingt mille livres de rente; des mariages aussi
avantageux ne se rencontraient pas tous les
jours pour des filles sans dot; enfin, il était
temps de penser à économiser, pour augr
menter les revenus de la terre de Fontaine
afin de reconstruire territorialement l'antique fortune de leur famille. Madame de Fontaine céda, comme toutes les mères l'auraient
fait, à sa place, quoique de meilleure grace
peut-être, à des argumens aussi persuasifs;
mais elle déclara qu'au moins sa fille Emilie

serait mariée au gré de l'orgueil qu'elle avait
malheureusement contribué à développer dans
cette jeune ame.

Ainsi les événemens qui auraient dû répan-
dre la joie dans cette famille, y introduisirent un
léger levain de discorde. Le receveur-général
et le jeune président furent en butte aux froi-
deurs d'un cérémonial tout particulier que la
comtesse et sa fille Emilie eurent le talent de
créer. Leur étiquette trouva bien plus ample-
ment lieu d'exercer ses tyrannies domestiques,
lorsque le lieutenant-général épousa la fille
unique d'un banquier ; quand le magistrat se
maria avec une demoiselle dont le père, tout
millionnaire qu'il était, avait fait le commerce des
toiles peintes ; et que le troisième frère se montra fidèle à ces doctrines roturières en prenant
sa jeune épouse dans la famille d'un riche notaire de Paris. Les trois belles-sœurs et les deux
beaux-frères trouvaient tant de charmes et d'a-
vantages personnels à rester dans la haute sphère
des puissances politiques, à parcourir les salons
du faubourg Saint-Germain, qu'ils s'accordèrent
tous, pour former une petite cour à la hautaine Emilie. Ce pacte d'intérêt et d'orgueil n'é-
tait cependant pas tellement bien cimenté que

la jeune souveraine n'excitât souvent des révolutions dans son petit état. Des scènes que le
bon ton ne pouvait entièrement désavouer
entretenaient, entre tous les membres de cette
puissante famille, une humeur moqueuse qui,
sans altérer sensiblement l'amitié affichée en
public, dégénérait quelquefois dans l'intérieur
en sentimens peu charitables. Ainsi, la femme
du lieutenant-général, devenue vicomtesse, se
croyait tout aussi noble qu'une Rohan, et pré-
tendait que cent bonnes mille livres de rente
lui donnaient le droit d'être aussi impertinente
que l'était sa belle-sœur Emilie, à laquelle elle
souhaitait par fois avec ironie un mariage heureux, en annonçant que la fille de tel pair venait
d'épouser monsieur un tel, tout court. La
femme du baron de Fontaine s'amusait à éclipser Emilie, par le bon goût et la richesse qui
se faisaient remarquer dans ses toilettes, ses
ameublemens et ses équipages. L'air moqueur
dont les belles-sœurs et les deux beaux-
frères accueillaient quelquefois les prétentions
avouées par mademoiselle de Fontaine excitait
chez elle un courroux qui ne se calmait jamais
que par une grêle d'épigrammes. Lorsque le
chef de la famille éprouva quelque refroidis-

sement dans la tacite et précaire amitié du monarque, il trembla d'autant plus, que, par
suite des défis railleurs de ses sœurs, jamais
sa fille chérie n'avait jeté ses vues si haut.

Ce fut au milieu de ces circonstances et au
moment où cette petite lutte domestique était
devenue fort grave, que le monarque auprès
duquel M. de Fontaine croyait rentrer en grace,
fut attaqué de la maladie dont il devait périr.
En effet, le grand politique qui sut si bien conduire sa nauf au sein des orages ne tarda
pas à succomber. Incertain de la faveur à venir,
le comte de Fontaine fit les plus grands efforts
pour rassembler autour de sa dernière fille, l'é-
lite des jeunes gens à marier. Ceux qui ont été à
même de chercher à résoudre le problème difficile de l'établissement d'une fille orgueilleuse et fantasque, comprendront peut-être
les peines que se donna le pauvre Vendéen. Achevée au gré de son enfant chéri, cette
dernière entreprise aurait couronné dignement
la carrière que le comte parcourait depuis
dix ans à Paris. Par la manière dont sa famille envahissait les traitemens de tous les
ministères, elle pouvait se comparer à la maison
d'Autriche, qui, par ses alliances, menace

d'envahir l'Europe. Aussi le vieux Vendéen
ne se rebutait-il pas dans ses présentations de
prétendus, tant il avait à cœur le bonheur de
sa fille. Mais rien n'était plus plaisant que la
manière dont l'impertinente créature pronon-
çait ses arrêts et jugeait le mérite de ses adora-
teurs. On eût dit que, semblable à l'une de ces
princesses des Mille et un Jours, elle fût assez
riche, assez belle pour avoir le droit de
choisir parmi tous les princes du monde. Elle
faisait mille objections plus bouffonnes les unes
que les autres. Tantôt l'un avait les jambes trop
grosses ou les genoux cagneux, l'autre était
myope; celui-ci s'appelait Durand; celui-là boi-
tait; presque tous étaient trop gras. Et plus
vive, plus charmante, plus gaie que jamais,
après avoir rejeté deux ou trois prétendus,
elle s'élançait vers les fêtes de l'hiver et courait
au bal où ses yeux perçans examinaient les
célébrités du jour; où souvent, à l'aide de son
ravissant babil, elle parvenait à deviner les
secrets du cœur le plus dissimulé, où elle se
plaisait à tourmenter tous les jeunes gens et à
exciter avec une coquetterie instinctive des demandes qu'elle rejetait toujours.

La nature lui avait donné en profusion les

avantages nécessaires au rôle qu'elle jouait.
Grande et svelte, Émilie de Fontaine avait une
démarche imposante ou folâtre, à son gré. Son
cou un peu long lui permettait de prendre de
merveilleuses attitudes de dédain et d'impertinence. Elle s'était fait un fécond répertoire de
ces airs de tête et de ces gestes féminins qui
expliquent si cruellement ou si heureusement
les demi-mots et les sourires. De beaux cheveux
noirs, des sourcils très fournis et fortement arqués prêtaient à sa physionomie une expression
de fierté que la coquetterie autant que son miroir lui avaient appris à rendre terrible ou à tem-
pérer par la fixité ou par la douceur de son regard,
par l'immobilité ou par les légères inflexions
de ses lèvres, par la froideur ou la grace de son
souris. Quand Émilie voulait s'emparer d'un
cœur, sa voix pure ne manquait pas de mélodie;
mais elle savait aussi lui imprimer une sorte de
clarté brève, quand elle entreprenait de paraly-
ser la langue indiscrète d'un cavalier. Sa figure
blanche et son front de marbre étaient semblables à la surface limpide d'un lac qui tour à tour
se ridait sous l'effort d'une brise ou reprenait sa
sérénité joyeuse. Plus d'un jeune homme en
proie à ses dédains, l'accusait de jouer la co-

médie; mais il y avait tant de feu et tant de
promesses dans ses yeux noirs, qu'elle faisait
bondir les cœurs de ses élégans danseurs, sous
leurs fracs noirs. Parmi les jeunes filles à la
mode, nulle ne savait mieux qu'elle prendre
un air de hauteur en recevant le salut d'un
homme qui n'avait que du talent, déployer cette
politesse insultante pour les personnes qu'elle
regardait comme ses inférieures, et déverser
son impertinence sur tous ceux qui essayaient
de marcher de pair avec elle. Elle semblait, partout où elle se trouvait, recevoir
plutôt des hommages que des complimens;
et, même chez une princesse, sa tournure et ses airs eussent converti le fauteuil
sur lequel elle se serait assise en un trône im-
périal.

Alors, mais trop tard, M. de Fontaine
découvrit combien l'éducation de la fille qu'il
aimait le plus, avait été faussée par la tendresse dont elle était encore l'objet. L'admiration que le monde témoigne d'abord à une
jeune personne, et dont il se venge plus tard,
avait encore exalté l'orgueil d'Émilie et accru
sa confiance en elle-même. Les bontés dont
elle était comblée par tous ceux qui l'entouraient,

développèrent dans son cœur l'égoïsme naturel
aux enfans gâtés qui, semblables à des rois,
s'amusent de tout ce qui les approche. En ce
moment, la grace de la jeunesse et le charme
des talens cachaient à tous les yeux ces défauts,
d'autant plus odieux chez une femme qu'elle
ne peut plaire que par le dévoûment et l'ab-
négation. Mais rien n'échappe à l'œil d'un bon
père. M. de Fontaine voulut essayer d'expliquer
à sa fille les principales pages du livre énigma-
tique de la vie, vaine entreprise. Il eut trop
souvent à gémir sur l'indocilité capricieuse et
la sagesse ironique de sa fille, pour persévé-
rer dans une tâche aussi difficile que l'était
celle de corriger un si pernicieux naturel. Il se
contenta de donner de temps à autre des conseils pleins de douceur et de bonté; mais il
avait la douleur de voir ses plus tendres paroles glisser sur le cœur de sa fille comme s'il eût
été de marbre.

Les yeux d'un père se dessillent si tard, qu'il
fallut au vieux Vendéen plus d'une épreuve pour
s'apercevoir de l'air de condescendance avec laquelle sa fille lui accordait de rares caresses.
Elle ressemblait à ces jeunes enfans qui paraissent dire à leur mère :— Dépêche-toi de m'em-

brasser pour que j'aille jouer. Enfin, Émilie
daignait avoir de la tendresse pour ses parens.
Mais souvent par des caprices soudains qui semblent inexplicables chez les jeunes filles, elle
s'isolait, et ne se montrait plus que rarement.
Elle se plaignait d'avoir à partager avec trop de
monde le cœur de son père et de sa mère.
Elle devenait jalouse de tout, même de
ses frères et de ses sœurs; et après avoir pris
bien de la peine à créer un désert autour d'elle,
elle accusait la nature entière de ce qu'elle restait seule. Armée de son expérience de vingt
ans, elle condamnait le sort, parce que, ne sachant pas que le premier principe du bonheur
est en nous, elle demandait aux choses de la
vie de le lui donner. Elle aurait fui au
bout du globe, pour éviter des mariages semblables à ceux de ses deux sœurs; et parfois,
elle avait dans le cœur une affreuse jalousie
de les voir mariées, riches et heureuses. Enfin, quelquefois elle donnait à penser à sa
mère, victime de ses procédés tout autant
que M. de Fontaine, qu'elle était en proie à
quelque folie. Mais cette aberration était
assez explicable. En effet, rien n'est plus commun que cette secrète fierté née au cœur

des jeunes personnes que la nature a douées
d'une grande beauté, et qui appartiennent à
une famille un peu élevée sur l'échelle sociale.
Puis elles sont presque toutes persuadées
que leurs mères, arrivées à l'âge de quarante ou cinquante ans, ne peuvent plus ni
sympathiser avec leurs jeunes ames, ni en concevoir les fantaisies. Elles s'imaginent que la
plupart des mères jalouses de leurs filles,
veulent les habiller à leur mode dans le dessein prémédité de les éclipser et de leur ravir
des hommages. De là, souvent, des larmes secrètes ou de sourdes révoltes contre la prétendue
tyrannie maternelle. Au milieu de ces chagrins
qui deviennent réels, quoique assis sur une base
imaginaire, elles ont encore la manie de com-
poser un thême pour leur existence, et se tirent
à elles-mêmes leur horoscope, sans autre magie
que celle de prendre leurs rêves pour des réalités. Ainsi elles résolvent secrètement dans
leurs longues méditations de n'accorder leur
cœur et leur main qu'à l'homme qui possèdera
tel ou tel avantage. Elles dessinent dans leur
imagination un type auquel il faut, bon gré
mal gré, que leur futur ressemble, et ce n'est

qu'après avoir expérimenté la vie et fait les
reflexions sérieuses qu'amènent les années,
à force de voir le monde et son train pro-
saïque, à force d'exemples malheureux,
que les brillantes couleurs de leur figure
idéale s'abolissent, et qu'elles se trouvent un
beau jour, au milieu du courant de la vie,
tout étonnées d'être heureuses sans la nuptiale
poésie de leurs rêves. Mademoiselle Émilie de
Fontaine avait, suivant cette poétique, arrêté,
dans sa fragile sagesse, un programme auquel devrait se conformer celui qu'elle aimerait. De là ses dédains et ses impertinens sarcasmes.

—Avant tout, s'était-elle dit, il sera jeune,
et de noblesse ancienne. Encore faut-il qu'il
soit pair de France ou fils aîné d'un pair :
il me serait insupportable de ne pas voir mes
armes peintes sur les panneaux de ma voiture
au milieu des plis flottans d'un manteau d'azur,
et de ne pas courir comme les princes dans la
grande allée des Champs-Élysées de Longchamp.
Puis, mon père prétend que ce sera un jour la
plus belle dignité de France. Je le veux militaire,
en me réservant de lui faire donner sa démis-

sion ; mais je le veux décoré, pour que l'on nous porte les armes.

Ces rares qualités n'étaient rien, si cet être de raison n'avait pas encore une grande amabilité, une jolie tournure, de l'esprit, enfin s'il n'était pas svelte. La maigreur, cette grace du corps, quelque fugitive qu'elle pût être, surtout dans un gouvernement représentatif, était une qualité de rigueur. Mademoiselle de Fontaine avait une certaine mesure idéale qui lui servait de modèle, et le jeune homme qui, au premier coup d'œil, ne remplissait pas les conditions voulues par le prospectus, n'obtenait même pas un second regard.

— O mon Dieu ! qu'il est gras, était chez elle la plus haute expression de son mépris.

A l'entendre, les gens d'une honnête corpulence étaient incapables de sentimens, mauvais maris et indignes d'entrer dans une société civilisée. Quoique ce fût une beauté recherchée en Orient chez les femmes, l'embonpoint était un malheur ; mais, chez un homme, c'était un crime.

Ces opinions paradoxales amusaient, graces à une certaine gaîté d'élocution ; mais

M. de Fontaine sentit que plus tard les prétentions de sa fille, dont certains esprits féminins, clairvoyans et peu charitables, commençaient à apercevoir le ridicule, deviendraient
un fatal sujet de raillerie. Il craignit que les
idées bizarres de sa fille ne se changeassent en
mauvais ton. Il tremblait même que le monde
impitoyable ne se moquât déjà d'une personne qui restait si long-temps en scène sans
donner un dénoûment au drame qu'elle y
jouait. Plus d'un acteur, mécontent d'un refus, paraissait attendre le moindre incident
malheureux pour se venger. Les indifférens,
les oisifs, commençaient à se lasser, car l'admiration semble être une fatigue pour l'espèce
humaine. Le vieux Vendéen savait mieux
que personne que s'il n'existe qu'un moment
pour entrer sur les tréteaux du monde, sur ceux
de la cour, dans un salon, ou sur la scène, il n'y
en a non plus qu'un pour en sortir. Aussi,
pendant le premier hiver qui suivit l'avéne-
ment de S. M. Charles X au trône, redoubla-t-
il d'efforts, conjointement avec ses trois fils et
ses gendres, pour réunir dans les brillans salons de son hôtel les meilleurs partis que Paris
et les différentes députations des départemens

pouvaient présenter. L'éclat de ses fêtes, le
luxe de sa salle à manger et ses dîners parfu-
més de truffes rivalisaient avec les célèbres repas par lesquels les ministres du temps s'assu-
raient le vote de leurs soldats parlementaires.
L'honorable Vendéen fut signalé comme un
des plus puissans corrupteurs de la probité
législative de cette chambre qui sembla mourir d'indigestion. Chose bizarre! Les efforts
qu'il faisait pour marier sa fille, le main-
tinrent dans une éclatante faveur. Peut-
être trouva-t-il quelque avantage secret à
vendre deux fois ses truffes. Cette accusation
due à certains libéraux railleurs, qui se
vengeaient, par l'abondance des paroles, de la
rareté de leurs adhérens dans la chambre,
n'eut aucun succès. La conduite du gentilhomme poitevin était en général si noble et si
honorable, qu'il ne reçut pas une seule de ces
épigrammes dont les malins journaux de cette
époque assaillirent les trois cents votans du
centre, les ministres, les cuisiniers, les directeurs généraux, les princes de la fourchette et
les défenseurs d'office qui soutenaient l'admi-
nistration-Villèle.

A la fin de cette campagne, pendant laquelle

M. de Fontaine avait, à plusieurs reprises, fait donner toutes ses troupes, il crut que son assemblée de prétendus ne serait pas, cette fois, une fantasmagorie pour sa fille, et qu'il était temps de la consulter. Il avait une certaine satisfaction intérieure d'avoir si bien rempli son devoir de père ; et, comme il avait fait flèche de tout bois, il espérait que, parmi tant de cœurs offerts à la capricieuse Émilie, il pouvait s'en rencontrer au moins un qu'elle eût distingué. Incapable de renouveler cet effort, il était comme lassé de la conduite de sa fille. Vers la fin du carême, un matin que la séance de la chambre ne réclamait pas trop impérieusement son vote, il résolut de faire un coup d'autorité. Pendant qu'un valet de chambre dessinait artistement, sur son crâne jaune, le delta de poudre qui complétait, avec des ailes de pigeon pendantes, sa coiffure vénérable, le père d'Émilie ordonna, non sans une secrète émotion, à un vieux serviteur d'aller avertir l'orgueilleuse demoiselle de comparaître immédiatement devant le chef de la famille.

— Joseph, dit-il au valet de chambre qui avait achevé sa coiffure, ôtez cette serviette, tirez ces rideaux, mettez ces fauteuils en place, secouez le tapis de la cheminée, essuyez partout... Allons! Donnez un peu d'air à mon cabinet en ouvrant la fenêtre.

Le comte, en multipliant ses ordres, essoufla Joseph, qui devina les intentions de son maître, et restitua quelque fraîcheur à cette pièce naturellement la plus négligée de toute la maison. Il réussit à imprimer une sorte d'harmonie à des monceaux de compte, quelque symétrie aux cartons, aux livres et aux meubles de ce sanctuaire où se débattaient les intérêts du domaine de la couronne. Quand Joseph eut achevé de mettre un peu d'ordre dans ce chaos et de placer en évidence, comme dans un magasin de nouveautés, les choses qui pouvaient être les plus agréables à voir et produire par leurs couleurs une sorte de poésie bureaucratique, il s'arrêta au milieu du dédale des paperasses qui, en quelques endroits, étaient étalées même jusque sur le tapis, il s'admira lui-même un moment, hocha la tête et sortit. Mais le sinécuriste ne partagea pas la bonne opinion de son serviteur. Avant de s'asseoir dans son immense fauteuil à oreilles, il jeta un regard de méfiance autour de lui, examina d'un air hostile la blancheur de sa robe de chambre, en chassa quelques grains de tabac, s'essuya soigneusement le nez, rangea les pelles et les pincettes, attisa le feu, releva les quartiers de ses pantoufles, rejeta en arrière sa petite queue qui s'était horizontalement logée entre le col de son gilet et celui de sa robe de chambre; puis, après lui avoir fait reprendre sa position perpendiculaire, il donna un coup de balai aux cendres d'un foyer qui pouvait attester l'obstination de son catharre. Enfin le vieux Vendéen ne s'assit qu'après avoir repassé une dernière fois en revue son cabinet, en espérant que rien n'y pourrait donner lieu à ces remarques aussi plaisantes qu'impertinentes par lesquelles sa fille avait coutume de répondre à ses sages avis. En cette occurrence, il ne voulait pas compromettre sa dignité paternelle. Il prit délicatement une prise de tabac, et toussa deux ou trois fois comme s'il se disposait à demander l'appel nominal; car il entendait le pas léger de sa fille qui entra en fredonnant un air de l'opéra d'*il Barbiere*.

—Bonjour, mon père. Que me voulez-vous donc si matin?

Et, après ces paroles jetées comme la ritournelle de l'air qu'elle chantait, elle embrassa le comte, non pas avec cette tendresse familière qui rend le sentiment filial chose si douce, mais avec l'insouciante légèreté d'une maîtresse sûre de toujours plaire, quoi qu'elle fasse.

—Ma chère enfant, dit gravement M. de Fontaine, je t'ai fait venir pour causer très sérieusement avec toi, sur ton avenir. La nécessité où tu es en ce moment de choisir un mari de manière à assurer ton bonheur...

—Mon bon père, répondit Émilie en employant les sons les plus caressans de sa voix pour l'interrompre, il me semble que l'armistice que nous avons conclu relativement à mes prétendus n'est pas encore expiré.

— Émilie, cessons aujourd'hui de badiner sur un sujet aussi important. Depuis quelque temps les efforts de ceux qui t'aiment véritablement, ma chère enfant, se réunissent pour te procurer un établissement convenable, et ce serait te rendre coupable d'ingratitude que d'accueillir légèrement les marques d'intérêt que je ne suis pas seul à te prodiguer.

En entendant ces paroles la jeune fille
avait jeté un regard malicieusement investiga-
teur sur les meubles du cabinet paternel. Elle
alla prendre celui des fauteuils qui paraissait
avoir le moins servi aux solliciteurs, l'apporta elle-même de l'autre côté de la cheminée, de manière à se placer en face de
son père, prit une attitude si grave qu'il était
impossible de n'y pas voir les traces d'une mo-
querie, et se croisa les bras sur la riche garni-
ture d'une pèlerine *à la neige* dont elle froissa
les nombreuses ruches de tulle. Après avoir
regardé de côté, et en riant, la figure soucieuse
de son vieux père, elle rompit le silence : — Je
ne vous ai jamais entendu dire, mon bon père,
que le gouvernement fit ses communications
en robe de chambre. — Mais, ajouta-t-elle en
souriant, n'importe, le peuple n'est pas difficile.
Voyons donc vos projets de loi et vos présentations officielles...

    — Je n'aurai pas toujours la facilité de vous
en faire, jeune folle! Enfin, écoute Émilie? mon
intention n'est pas de compromettre plus long-
temps mon caractère, qui est une partie de la
fortune de mes enfans, à recruter ce régiment
de danseurs que tu mets en déroute à chaque

printemps. Déjà tu as été la cause innocente
de bien des brouilleries dangereuses avec certaines familles, j'espère que tu comprendras
mieux aujourd'hui les difficultés de ta position
et de la nôtre. Tu as vingt ans, ma fille, et
voici près de trois ans que tu devrais être mariée. Tes frères, tes deux sœurs sont tous établis richement et heureusement. Mais, mon enfant, les dépenses que nous ont suscitées ces
mariages et le train de maison que tu fais tenir
à ta mère ont absorbé tellement nos revenus,
que c'est tout au plus si je pourrai te donner
cent mille francs de dot. Dès aujourd'hui je
veux m'occuper du sort à venir de ta mère qui ne
doit pas être sacrifiée à ses enfans. Je veux,
Émilie, si je venais à manquer à ma famille,
que madame de Fontaine ne soit à la merci de
personne, et continue à jouir de l'aisance dont
j'ai récompensé trop tard son dévoûment à mes
malheurs. Tu vois, mon enfant, que la faiblesse
de ta dot ne saurait être en harmonie avec tes
idées de grandeur... Encore sera-ce un sacrifice
que je n'ai fait pour aucun autre de mes enfans;
mais ils se sont généreusement accordés à ne
pas se prévaloir un jour de l'avantage que nous
ferons, ta mère et moi, à un enfant trop chéri.

— Dans leur position ! dit Émilie en agitant la tête avec ironie.

— Ma fille, que je ne vous entende jamais déprécier ainsi ceux qui vous aiment. Sachez qu'il n'y a que les pauvres de généreux ! Les riches ont toujours d'excellentes raisons pour ne pas abandonner vingt mille francs à un parent... Eh bien ! ne boude pas, mon enfant ! et parlons raisonnablement : parmi les jeunes gens de notre société, n'as-tu pas remarqué M. de Montalant ?

— Oh ! il dit *zeu* au lieu de jeu, il regarde toujours son pied parce qu'il le croit petit, et il se mire ! D'ailleurs, il est blond, je n'aime pas les blonds

— Eh bien ! M. de Grosbois ?

— Il n'est pas noble. Il est mal fait et gros. A la vérité il est brun. Il faudrait que ces deux messieurs s'entendissent pour réunir leurs fortunes, et que le premier donnât son corps et son nom au second, qui garderait ses cheveux, et alors... peut-être...

— Qu'as-tu à dire contre M. de Saluces ?

— Il s'est fait banquier.

— M. de Comines ?

— Il danse mal ; mais, mon père, tous ces

gens-là n'ont pas de titres. Je veux être au moins comtesse comme l'est ma mère.

— Tu n'as donc vu personne cet hiver qui...

— Non, mon père.

— Que veux-tu donc?

— Le fils d'un pair de France.

— Ma fille, dit M. de Fontaine en se levant, vous êtes folle !

Mais tout à coup il leva les yeux au ciel, sembla puiser une dose plus forte de résignation dans une pensée religieuse; puis, jetant un regard de pitié paternelle sur son enfant qui devint émue, il lui prit la main, la serra, et lui dit avec attendrissement :

— Dieu m'est témoin! pauvre créature égarée, que j'ai consciencieusement rempli mes devoirs de père envers toi, que dis-je, consciencieusement! avec amour, mon Émilie. Oui, Dieu sait que, cet hiver, j'ai amené près de toi plus d'un honnête homme dont les qualités, les mœurs, le caractère m'étaient connus, et tous nous ont paru dignes de toi. Mon enfant, ma tâche est remplie. D'aujourd'hui je te rends l'arbitre de ton sort, me trouvant heureux et malheureux tout ensemble de me

voir déchargé de la plus lourde des obligations
paternelles. Je ne sais pas si long-temps encore tu entendras une voix qui, par malheur,
n'a jamais été sévère; mais souviens-toi que
le bonheur conjugal ne se fonde pas tant sur
des qualités brillantes et sur la fortune, que
sur une estime réciproque. Cette félicité est, de
sa nature, modeste et sans éclat. Va, ma fille,
mon aveu est acquis à celui que tu me présen-
teras pour gendre; mais si tu devenais malheureuse, songe que tu n'auras pas le droit d'accuser ton père. Je ne me refuserai pas à faire
des démarches et à t'aider; seulement si tu fais
un choix, qu'il soit définitif; je ne com-
promettrai pas deux fois le respect dû à mes
cheveux blancs.

L'affection que lui témoignait son père, et
l'accent solennel qu'il mit à son onctueuse
allocution touchèrent vivement mademoiselle
de Fontaine ; mais elle dissimula son attendrissement, sauta sur les genoux du
comte qui s'était assis tout tremblant encore, lui fit les caresses les plus douces, et
le câlina avec une grace féminine si suave
que le front du vieillard se dérida. Quand Émilie jugea que son père était remis de sa péni-

ble émotion, elle lui dit à voix basse : — Je vous remercie bien de votre gracieuse attention, mon cher père. Vous avez arrangé votre appartement pour recevoir votre fille chérie. Vous ne saviez peut-être pas la trouver si folle et si rebelle. Mais, mon père, est-ce donc bien difficile d'épouser un pair de France? Vous prétendiez qu'on en faisait par douzaines. Ah! vous ne me refuserez pas des conseils au moins!

— Non! pauvre enfant! non! et je te crierai plus d'une fois : Prends garde! Songe donc que la pairie est un ressort trop nouveau dans notre gouvernementabilité, comme disait le feu roi, pour que les pairs puissent posséder de grandes fortunes. Ceux qui sont riches veulent le devenir encore plus. Le plus opulent de tous les membres de notre pairie n'a pas la moitié du revenu que possède le moins riche lord de la chambre haute du parlement anglais. Or, les pairs de France chercheront tous de riches héritières pour leurs fils, n'importe où elles se trouveront; et la nécessité où ils sont tous de faire des mariages d'argent durera encore plus d'un siècle. Il est possible qu'en attendant l'heureux

hasard que tu désires, recherche qui peut
te coûter tes plus belles années, tes charmes
(car on s'épouse considérablement par amour
dans notre siècle), tes charmes, dis-je, opèrent
un prodige. Lorsque l'expérience se cache sous
un visage aussi frais que le tien, l'on peut en espérer des merveilles. N'as-tu pas d'abord la facilité de reconnaître les vertus dans le plus ou
le moins de volume que prennent les corps. Ce
n'est pas un petit mérite. Aussi n'ai-je pas besoin de prévenir une personne aussi sage que
toi de toutes les difficultés de l'entreprise. Je
suis certain que tu ne supposeras jamais à un
inconnu du bon sens en lui voyant une figure
flatteuse, ou des vertus, parce qu'il aura une
jolie tournure. Enfin je suis parfaitement de
ton avis sur l'obligation dans laquelle sont tous
les fils de pair d'avoir un air à eux et une manière tout-à-fait distinctive. Quoique aujour-
d'hui rien ne marque le haut rang, ces jeunes
gens-là auront pour toi, peut-être, un *je ne sais
quoi* qui te les révélera. D'ailleurs tu tiens ton
cœur en bride comme un bon cavalier certain
de ne pas laisser broncher son coursier. Ma
fille ! Bonne chance.

— Tu te moques de moi, mon père. Eh

bien! je te déclare que j'irai plutôt mourir au couvent de mademoiselle de Condé, que de ne pas être la femme d'un pair de France.

Elle s'échappa des bras de son père, et, toute fière d'être sa maîtresse, elle s'en alla en chantant l'air de *Cara non dubitare* du *Matrimonio secreto*. Ce jour-là, le hasard fit que la famille se trouva réunie pour fêter l'anniversaire d'une fête domestique. Au dessert, madame Bonneval, la femme du receveur général et l'aînée d'Émilie, parla assez hautement d'un jeune Américain, possesseur d'une immense fortune, qui, devenu passionnément épris de sa sœur, lui avait fait des propositions extrêmement brillantes.

— C'est un banquier, je crois, dit négligemment Émilie. Je n'aime pas les gens de finance.

— Mais, Émilie, répondit le baron de Villaine, le mari de la seconde sœur de mademoiselle de Fontaine, vous n'aimez pas non plus la magistrature, de manière que je ne vois pas trop, si vous repoussez les propriétaires non titrés, dans quelle classe vous choisirez un mari.

— Surtout, Émilie, avec ton système de
maigreur, ajouta le lieutenant-général.

— Je sais, répondit la jeune fille, ce qu'il
me faut.

— Ma sœur veut un grand nom, dit la baronne de Fontaine, et cent mille livres de
rente.

— Je sais, ma chère sœur, reprit Émilie, que
je ne ferai pas un sot mariage comme j'en ai
tant vu faire. D'ailleurs, pour éviter ces discussions nuptiales que j'exècre, je déclare que je
regarderai comme les ennemis de mon repos
ceux qui me parleront de mariage.

Un oncle d'Émilie, dont la fortune venait
de s'augmenter d'une vingtaine de mille livres
de rente, par suite de la loi d'indemnité,
vieillard septuagénaire qui était en possession
de dire de dures vérités à sa petite-nièce dont
il raffolait, s'écria, pour dissiper l'aigreur de
cette conversation : — Ne tourmentez donc pas
cette pauvre Émilie. Ne voyez-vous pas qu'elle
attend la majorité du duc de Bordeaux ?

Un rire universel accueillit la plaisanterie
du vieillard.

— Prenez garde que je ne vous épouse, vieux

fou! s'écria la jeune fille dont heureusement
les dernières paroles furent étouffées par le
bruit.

— Mes enfans, dit madame de Fontaine pour
adoucir cette impertinence, Émilie ne prendra
conseil que de sa mère, de même que vous
avez tous pris conseil de votre père.

— O mon Dieu! je n'écouterai que moi dans
une affaire qui ne regarde que moi? dit fort
distinctement mademoiselle de Fontaine.

Tous les regards se portèrent alors sur le
chef de la famille. Chacun semblait être curieux de voir comment il allait s'y prendre
pour maintenir sa dignité. Non-seulement, le
vénérable Vendéen jouissait d'une grande considération dans le monde, mais encore, plus
heureux que bien des pères, il était apprécié
par sa famille dont tous les membres avaient
su reconnaître les qualités solides qui lui ser-
virent à faire la fortune de tous ses parens.
Aussi était-il entouré de ce profond respect qui
règne dans les familles anglaises et dans quelques maisons aristocratiques du continent pour
le représentant de l'arbre généalogique. Il s'é-
tablit un profond silence, et les yeux des convives se portèrent alternativement sur la figure

houdeuse et altière de l'enfant gâté et sur les
visages sévères de monsieur et de madame de
Fontaine.

— J'ai laissé ma fille Émilie maitresse de son
sort, fut la réponse que laissa tomber le
comte d'un son de voix profond et agité. Tous
les parens et les convives regardèrent mademoiselle de Fontaine avec une curiosité mêlée de
pitié. Cette parole semblait annoncer que la
bonté paternelle s'était lassée de lutter contre
un caractère que toute la famille savait être
incorrigible. Les gendres murmurèrent, et les
frères lancèrent à leurs femmes des sourires
moqueurs. Puis, dès ce moment, chacun cessa
de s'intéresser au mariage de l'orgueilleuse fille.
Son vieil oncle fut le seul qui, en sa qualité d'ancien marin, osât courir des bordées avec elle, et
essuyer ses boutades, sans être jamais embarrassé de lui rendre feu pour feu.

Quand la belle saison fut venue après le
vote du budget, cette famille, véritable
modèle des familles parlementaires de l'autre
bord de la Manche, qui ont un pied dans toutes
les administrations et dix voix aux Communes,
s'envola, comme une nichée d'oiseaux, vers les
beaux sites d'Aulnay, d'Antony et de Châtenay.

L'opulent receveur général avait récemment
acheté dans ces parages une maison de campagne pour sa femme, qui ne restait à Paris
que pendant les sessions. Quoique la belle
Émilie méprisàt la roture, ce sentiment n'allait pas jusqu'à dédaigner les avantages de
la fortune amassée par des bourgeois. Elle
accompagna donc sa sœur à sa *villa* somptueuse, moins par amitié pour les personnes de sa famille qui s'y réfugièrent, que
parce que le bon ton ordonne impérieusement à toute femme qui se respecte d'abandonner Paris pendant l'été. Les vertes campagnes
de Sceaux remplissaient admirablement bien
les conditions du compromis signé entre le
bon ton et le devoir des charges publiques.
Comme il est un peu douteux que la réputation
du bal champêtre de Sceaux ait jamais dépassé
la modeste enceinte du département de la
Seine, il est nécessaire de donner quelques détails sur cette fête hebdomadaire qui, par son
importance, menace de devenir une institution.
Les environs de la petite ville de Sceaux jouissent d'une renommée due à des sites qui passent pour être ravissans. Peut-être sont-ils fort
ordinaires et ne doivent-ils leur célébrité qu'à la

stupidité des bourgeois de Paris, qui, au sortir
des abîmes de moellon où ils sont ensevelis,
seraient disposés à admirer une plaine de la
Beauce. Cependant les poétiques ombrages
d'Aulnay, les collines d'Antony et de Fontenay-
aux-Roses étant habités par quelques artistes
qui ont voyagé, par des étrangers, gens fort
difficiles, et par nombre de jolies femmes
qui ne manquent pas de goût, il est à croire
que les Parisiens ont raison. Mais Sceaux possède un autre attrait non moins puissant pour
le Parisien. Au milieu d'un jardin d'où la vue
découvre de délicieux aspects, se trouve une
immense rotonde, ouverte de toutes parts, dont
le dôme aussi léger que vaste est soutenu par
d'élégans piliers. Sous ce dais champêtre est une
salle de danse célèbre. Il est rare que les propriétaires les plus collets-montés du voisinage
n'émigrent pas une fois ou deux, pendant la
saison, vers ce palais de la Terpsychore villa-
geoise, soit en cavalcades brillantes, soit dans
ces élégantes et légères voitures qui saupou-
drent de poussière les piétons philosophes.
L'espoir de rencontrer là quelques femmes du
beau monde et d'en être vu, l'espoir moins souvent trompé d'y voir de jeunes paysannes aussi

rusées que des juges, fait accourir le dimanche,
au bal de Sceaux, de nombreux essaims de
clercs d'avoués, de disciples d'Esculape et de
jeunes gens dont le teint blanc et la fraîcheur
sont entretenus par l'air humide des arrière-
boutiques parisiennes. Aussi bon nombre de mariages bourgeois ont-ils commencé aux sons de
l'orchestre qui occupe le centre de cette salle
circulaire. Si le toit pouvait parler, que d'a-
mours ne raconterait-il pas? Cette intéressante
mêlée rend le bal de Sceaux plus piquant que
ne le sont deux ou trois autres bals des environs
de Paris, sur lesquels sa rotonde, la beauté du
site et les agrémens de son jardin lui donnent
d'incontestables avantages. Émilie fut la première à manifester le désir d'aller *faire peuple* à
ce joyeux bal de l'arrondissement, en se pro-
mettant un énorme plaisir à se trouver au milieu de cette assemblée. C'était la première fois
qu'elle désirait errer au sein d'une telle cohue:
l'incognito est, pour les grands, une très vive
jouissance. Mademoiselle de Fontaine se plaisait
à se figurer d'avance toutes ces tournures citadi-
nes; elle se voyait laissant dans plus d'un cœur
bourgeois le souvenir d'un regard et d'un sourire
enchanteurs. Elle riait déjà des danseuses à

prétentions , et taillait ses crayons pour les scènes dont elle comptait enrichir les pages de son
album satyrique.

Le dimanche n'arriva jamais assez tôt au gré
de son impatience. La société du pavillon Bonneval se mit en route à pied, afin de ne pas com-
mettre d'indiscrétion sur le rang des personnages
qui allaient honorer le bal de leur présence. On
avait dîné de bonne heure, et, pour comble
de plaisir, le mois de mai favorisa cette escapade aristocratique par la plus belle de ses soirées. Mademoiselle de Fontaine fut toute surprise de trouver, sous la rotonde, quelques
quadrilles composés de personnes qui paraissaient appartenir à la bonne compagnie. Elle
vit bien, çà et là, quelques jeunes gens qui
semblaient avoir employé les économies d'un
mois pour briller pendant une journée, et reconnut plusieurs couples dont la joie trop franche
n'accusait rien de conjugal ; mais elle n'eut qu'à
glaner au lieu de récolter. Elle s'étonna de voir
le plaisir habillé de percale ressembler si fort au
plaisir vêtu de satin, et la bourgeoisie danser avec
autant de grace que la noblesse, quelquefois
mieux. La plupart des toilettes étaient simples ,
mais bien portées. Enfin les députés qui, dans

cette assemblée, représentaient les suzerains
du territoire, c'est-à-dire les paysans, se tenaient
dans leur coin avec une incroyable politesse.
Il fallut même à mademoiselle Émilie une certaine étude des divers élémens qui composaient
cette réunion avant qu'elle pût y trouver un
sujet de plaisanterie. Mais elle n'eut ni le
temps de se livrer à ses malicieuses critiques,
ni le loisir d'entendre beaucoup de ces propos
interrompus que les caricaturistes recueillent
avec délices. L'orgueilleuse créature rencontra
subitement dans ce vaste champ, une fleur,
la métaphore est de saison, dont l'éclat et les
couleurs agirent sur son imagination avec
tout le prestige d'une nouveauté. Il nous
arrive souvent de regarder une robe, une
tenture, un papier blanc avec assez de distraction pour n'y pas apercevoir sur-le-champ
une tache ou quelque point brillant, qui plus
tard frappent tout à coup notre œil comme
s'ils y survenaient à l'instant seulement où
nous les voyons. Mademoiselle de Fontaine
reconnut, par une espèce de phénomène mo-
ra. assez semblable à celui-là, dans un jeune
homme qui s'offrit à ses regards, le type
des perfections extérieures qu'elle rêvait de-

puis si long-temps. Elle était assise sur une de
ces chaises grossières qui décrivaient l'enceinte
obligée de la salle, et s'était placée à l'extré-
mité du groupe formé par sa famille, afin de
pouvoir se lever ou s'avancer suivant ses fantaisies. Elle en agissait effectivement avec les tableaux offerts par cette salle, comme si c'eût
été une exposition du musée. Elle braquait avec
impertinence son lorgnon sur une figure qui
se trouvait à deux pas d'elle, et faisait ses réflexions comme si elle eût critiqué ou loué une
tête d'étude, une scène de genre. Ses regards,
après avoir erré sur cette vaste toile animée,
furent tout à coup saisis par une figure qui
semblait avoir été mise exprès dans un coin
du tableau, sous le plus beau jour, comme
un personnage hors de toute proportion avec
le reste.

L'inconnu était rêveur et solitaire. Légèrement appuyé sur une des colonnes
qui supportent le toit, il avait les bras
croisés et se tenait penché comme s'il se fût
placé là pour permettre à un peintre de
faire son portrait. Mais cette attitude pleine
d'élégance et de fierté, paraissait être une pose
sans affectation. Aucun geste ne démontrait

qu'il eût mis sa face de trois quarts et faiblement incliné sa tête à droite, comme Alexandre, lord Byron, et quelques autres grands génies, dans le seul but d'attirer sur lui l'attention. Son regard fixe et immobile qui suivait les mouvemens d'une danseuse, prouvait qu'il était absorbé par quelque sentiment profond. Il avait une taille svelte et dégagée qui rappelait à la mémoire les belles proportions de l'Apollon. De beaux cheveux noirs se bouclaient naturellement sur son front élevé. D'un seul coup d'œil mademoiselle de Fontaine remarqua la finesse de son linge, la fraîcheur de ses gants de daim, évidemment pris chez le bon faiseur, et la petitesse d'un pied merveilleusement chaussé dans une botte en peau d'Irlande. Il n'avait sur lui aucun de ces ignobles brimborions dont se chargent les anciens petits-maîtres de la garde nationale, ou les Adonis de comptoir. Seulement un ruban noir auquel était suspendu son lorgnon flottait sur un gilet d'une blancheur irréprochable. Jamais la difficile Émilie n'avait vu les yeux d'un homme ombragés par des cils aussi longs et aussi recourbés. La mélancolie et la passion respiraient dans cette figure d'un teint olivâtre et

mâle. Sa bouche semblait toujours prête à
sourire et à relever les coins de deux lèvres élo-
quentes; mais cette disposition n'annonçait pas
de gaîté. C'était plutôt une sorte de grace
triste. L'observateur le plus rigide n'aurait pu
s'empêcher, en voyant l'inconnu, de le prendre pour un homme de talent attiré par quelque intérêt puissant à cette fête de village. Il
y avait trop d'avenir dans cette tête, trop de
distinction dans sa personne, pour qu'on pût
en dire : — Voilà un bel homme ou un joli
homme. Il était un de ces personnages qu'on
désire connaître

Cette masse d'observations ne coûta guère
à Émilie qu'un moment d'attention, pendant lequel cet homme privilégié fut soumis
à une analyse sévère, après laquelle il devint l'objet d'une secrète admiration. Elle ne se
dit pas : — Il faut qu'il soit pair de France !
mais — Oh! s'il est noble, et il doit l'être....
Sans achever sa pensée, elle se leva tout à coup,
elle alla, suivie de son frère le lieutenant-général, vers cette colonne en paraissant regarder les
joyeux quadrilles; par un artifice d'optique fa-
milier à plus d'une dame, elle ne perdait pas un
seul des mouvemens du jeune homme dont elle

s'approcha; mais il s'éloigna poliment pour céder
la place aux deux survenans, et s'appuya sur une
autre colonne. Émilie fut aussi piquée de la politesse de l'étranger qu'elle l'eût été d'une impertinence, et se mit à causer avec son frère en élevant la voix beaucoup plus que le bon ton ne
le voulait. Elle prit des airs de tête, fit des
gestes gracieux, et rit sans trop en avoir sujet,
moins pour amuser son frère, que pour attirer
l'attention de l'imperturbable inconnu. Aucun
de ces petits artifices ne réussit. Alors mademoiselle de Fontaine suivit la direction que
prenaient les regards du jeune homme, et
aperçut la cause de cette insouciance apparente. Au milieu du quadrille qui se trouvait
devant elle, dansait une jeune personne
simple, pâle, et semblable à ces déités écossaises
que Girodet a placées dans son immense composition des guerriers français reçus par Ossian.
Émilie crut reconnaître en elle une jeune vicomtesse anglaise qui était venue habiter depuis
peu une campagne voisine. Elle avait pour cavalier un jeune homme de quinze ans, aux
mains rouges, en pantalon de nankin, en habit bleu, en souliers blancs, qui prouvait
que son amour pour la danse ne la ren-

dait pas difficile sur le choix de ses partners.
Ses mouvemens ne se ressentaient pas de
son apparente faiblesse, mais une rougeur
légère colorait déjà ses joues blanches, et son
teint commençait à s'animer.

Mademoiselle de Fontaine s'approcha du quadrille pour pouvoir examiner l'étrangère au
moment où elle reviendrait à sa place, pendant que les vis-à-vis répèteraient la figure
qu'elle exécutait alors. Lorsque Émilie com-
men... cet examen, elle vit l'inconnu s'avancer, se pencher vers la jolie danseuse, et
put entendre distinctement ces paroles, quoique prononcées d'une voix à la fois impérieuse et douce : — Clara, je ne veux plus que
vous dansiez. Clara fit une petite moue bou-
deuse, inclina la tête en signe d'obéissance et finit
par sourire. Après la contredanse, le jeune
homme eut les précautions d'un amant, en
mettant sur les épaules de la jeune fille un
châle de cachemire, et la fit asseoir de manière à ce qu'elle fût à l'abri du vent. Puis bientôt mademoiselle de Fontaine les vit se lever et
se promener autour de l'enceinte comme des
gens disposés à partir; elle trouva le moyen
de les suivre sous prétexte d'admirer les points

de vue du jardin, et son frère se prêta avec une
malicieuse bonhomie aux caprices d'une marche assez vagabonde. Émilie put voir ce joli
couple monter dans un élégant tilbury que gardait un domestique à cheval et en livrée. Au moment où le jeune homme fut assis et tâcha de
rendre les guides égales, elle obtint d'abord de
lui un de ces regards que l'on jette sans but sur
les grandes foules, mais elle eut la faible satisfaction de le voir retourner la tête à deux reprises différentes, et la jeune inconnue l'imita.
Était-ce jalousie ?

— Je présume que tu as maintenant assez
vu le jardin, lui dit son frère, nous pouvons retourner à la danse.

— Je le veux bien, dit-elle. Je suis sûre que
c'est la vicomtesse Abergaveny... J'ai reconnu
sa livrée.

Le lendemain, mademoiselle de Fontaine
manifesta le désir de faire une promenade à
cheval. Insensiblement elle accoutuma son vieil
oncle et ses frères à l'accompagner dans certaines
courses matinales, très salutaires, disait-elle,
pour sa santé. Elle affectionnait singulièrement
les maisons du village habité par la vicomtesse.
Malgré ses manœuvres de cavalerie, elle ne

rencontra pas l'inconnu aussi promptement que
la joyeuse recherche à laquelle elle se livrait
pouvait le lui faire espérer. Elle retourna plusieurs fois au bal de Sceaux, sans pouvoir y
rencontrer le jeune homme qui était venu tout
à coup dominer ses rêves et les embellir. Quoique rien n'aiguillonne plus le naissant amour
d'une jeune fille qu'un obstacle, il y eut cependant un moment où mademoiselle Emilie de
Fontaine fut sur le point d'abandonner son
étrange et secrète poursuite, en désespérant
presque du succès d'une entreprise dont la singularité peut donner une idée de la hardiesse
de son caractère. Elle aurait pu en effet tourner
long-temps autour du village de Châtenay sans
revoir son inconnu. La jeune Clara, puisque tel est le nom que mademoiselle de Fontaine avait entendu, n'était ni vicomtesse, ni
Anglaise, et l'étranger n'habitait pas plus qu'elle
les bosquets fleuris et embaumés de Châtenay.

Un soir, Émilie sortit à cheval avec son
oncle, qui depuis les beaux jours avait obtenu
de sa goutte une assez longue cessation d'hos-
tilités, et rencontra la calèche de la vicomtesse Abergaveny. La véritable étrangère avait
pour compagnon un gentlemen très prude

et très élégant dont la fraîcheur et le coloris ;
dignes d'une jeune fille, n'annonçaient pas
plus la pureté du cœur qu'une brillante toilette n'est un indice de fortune. Hélas ! ces deux
étrangers n'avaient rien dans leurs traits ni dans
leur contenance qui pût ressembler aux deux
séduisans portraits que l'amour et la jalousie
avaient gravés dans la mémoire d'Émilie. Elle
tourna bride sur-le-champ avec le dépit d'une
femme frustrée dans son attente. Son oncle eut
toutes les peines du monde à la suivre tant elle
faisait galoper son petit cheval avec rapidité.

— Apparemment que je suis devenu trop
vieux pour comprendre ces esprits de vingt
ans, se dit le marin en mettant son cheval au
galop, ou peut-être la jeunesse d'aujourd'hui
ne ressemble-t-elle plus à celle d'autrefois...
J'étais cependant un fin voilier et j'ai toujours
bien su prendre le vent. Mais qu'a donc ma
nièce? La voilà maintenant qui marche à petits pas comme un gendarme en patrouille
dans les rues de Paris. Ne dirait-on pas qu'elle
veut cerner ce brave bourgeois qui m'a l'air
d'être un auteur rêvassant à ses poésies, car il a,
je crois, un *album* en main. Je suis par ma

foi un grand sot! Ne serait-ce pas le jeune
homme en quête duquel nous sommes.

A cette pensée le vieux marin fit marcher
tout doucement son cheval sur le sable,
de manière à pouvoir arriver sans bruit auprès de sa nièce. L'ancien voltigeur avait
fait trop de noirceurs dans les années 1771
et suivantes, époque de nos annales où la ga-
lanterie était en honneur, pour ne pas deviner sur-le-champ qu'Émilie avait, par le plus
grand hasard, rencontré l'inconnu du bal de
Sceaux. Malgré le voile que l'âge répandait sur
ses yeux gris, le comte de Kergarouët sut reconnaître les indices d'une agitation extraordinaire chez sa nièce, en dépit de l'immobilité
qu'elle essayait d'imprimer à son visage. Les
yeux perçans de la jeune demoiselle étaient
fixés avec une sorte de stupeur sur l'étranger
qui marchait paisiblement devant elle.

— C'est bien cela! se dit le marin, elle va
le suivre comme un vaisseau marchand suit
un corsaire dont il a peur. Puis, quand elle
l'aura vu s'éloigner, elle sera au désespoir de
ne pas savoir qui elle aime, et d'ignorer si c'est
un marquis ou un bourgeois. Vraiment les

jeunes têtes devraient toujours avoir une vieille perruque comme moi avec elles...

Alors il poussa tout à coup son cheval à l'improviste, de manière à faire partir celui de sa nièce; passa si vite entre elle et le jeune promeneur, qu'il le força de se jeter sur le talus de verdure dont le chemin était encaissé. Arrêtant aussitôt son cheval, le comte, tout en colère, s'écria: — Ne pouviez-vous pas vous ranger?

—Ah! pardon, monsieur! répondit l'inconnu. J'oubliais que c'était à moi de vous faire des excuses de ce que vous avez failli me renverser.

—Eh! l'ami, reprit aigrement le marin en prenant un son de voix dont le ricanement avait quelque chose d'insultant, je suis un vieux loup de mer engravé par ici, ne vous émancipez pas avec moi, morbleu, j'ai la main légère! En même temps le comte leva plaisamment sa cravache comme pour fouetter son cheval, et toucha l'épaule de son interlocuteur. — Ainsi, blanc-bec, ajouta-t-il, que l'on soit sage en bas de la cale.

Le jeune homme gravit le talus de la route en entendant ce sarcasme, il se croisa les

bras et répondit d'un ton fort ému : — Monsieur, je ne puis croire en voyant vos cheveux blancs, que vous vous amusiez encore à
chercher des duels.

— Cheveux blancs ! s'écria le marin en l'interrompant, tu en as menti par ta gorge, ils ne
sont que gris. Bourgeois ! si j'ai fait la cour à
vos grand'-mères, je n'en suis que plus habile
à la faire à vos femmes, si elles en valent la
peine toutefois...

Une dispute aussi bien commencée devint
en quelques secondes si chaude, que le jeune
adversaire oublia le ton de modération qu'il
s'était efforcé de conserver. Au moment où
le comte de Kergarouët vit sa nièce arriver à
eux avec toutes les marques d'une vive inquiétude, il donnait son nom à son antagoniste, en
lui disant de garder le silence devant la jeune
personne confiée à ses soins. L'inconnu ne put
s'empêcher de sourire, et remit une carte au
vieux marin, en lui faisant observer qu'il
habitait une maison de campagne à Chevreuse ;
après la lui avoir indiquée ; il s'éloigna rapidement.

— Vous avez manqué blesser ce pauvre pé-
kin, ma nièce ! dit le comte en s'empressant

d'aller au-devant d'Émilie. Vous ne savez donc
plus tenir votre cheval en bride? Vous me lais-
sez-là compromettre ma dignité pour couvrir
vos folies ; tandis que si vous étiez restée, un
seul de vos regards ou une de vos paroles polies, une de celles que vous dites si joliment
quand vous n'êtes pas impertinente, aurait
tout raccommodé, lui eussiez-vous cassé le
bras.

— Eh ! mon cher oncle ! c'est votre cheval,
et non le mien, qui est cause de cet accident. Je
crois en vérité que vous ne pouvez plus monter
à cheval, vous n'êtes déjà plus si bon cavalier
que vous l'étiez l'année dernière. Mais au lieu
de dire des riens...

— Diable ! des riens ! Ce n'est donc rien
que de faire une impertinence à votre oncle?

— Ne devrions-nous pas aller savoir si ce
jeune homme est blessé? Il boite, mon oncle,
voyez donc...

— Non, il court ! Ah ! je l'ai rudement mo-
rigéné.

— Ah ! mon oncle, je vous reconnais là !

— Halte-là, ma nièce, dit le comte en arrêtant le cheval d'Émilie par la bride. Je ne vois
pas la nécessité de faire des avances à quelque

boutiquier trop heureux d'avoir été jeté à terre
par une jeune fille ou par un vieux marin aussi
nobles que nous le sommes.

—Pourquoi croyez-vous que ce soit un rotu-
rier, mon cher oncle? Il me semble qu'il a des
manières fort distinguées.

— Tout le monde a des manières aujourd'hui,
ma nièce.

— Non, mon oncle, tout le monde n'a pas
l'air et la tournure que donne l'habitude des
salons, et je parierais avec vous volontiers que
ce jeune homme est noble.

— Vous n'avez pas trop eu le temps de l'examiner.

— Mais ce n'est pas la première fois que je le
vois.

— Et ce n'est pas non plus la première fois
que vous le cherchez, lui répliqua le comte en
riant.

Émilie rougit, et son oncle se plut à la laisser quelque temps dans l'embarras, puis il
lui dit : — Émilie, vous savez que je vous aime
comme mon enfant, précisément parce que vous
êtes la seule de la famille qui ayez cet orgueil
légitime que donne une haute naissance.
Corbleu ! ma petite nièce, qui aurait cru que

les bons principes deviendraient si rares !
Eh bien, je veux être votre confident. Ma
chère petite, je vois que ce jeune gentilhomme ne vous est pas indifférent. Chut !...
Ils se moqueraient de nous dans la famille, si
nous nous embarquions sous un faux pavillon.
Vous savez ce que cela veut dire. Ainsi, laissez-
moi vous aider, ma nièce. Gardons-nous tous
deux le secret, et je vous promets d'amener
ce brick-là sous votre feu croisé, au milieu de
notre salon.

— Et quand, mon oncle ?

— Demain.

— Mais, mon cher oncle, je ne serai obligée
à rien ?

— A rien du tout, et vous pourrez le bombar-
der, l'incendier, et le laisser là comme une vieille
caraque si cela vous plaît ! Ce ne sera pas le premier, n'est-ce pas ?

— Etes-vous bon ! mon oncle.

Aussitôt que le comte fut rentré, il mit ses
besicles, tira secrètement la carte de sa poche,
et lut : M. MAXIMILIEN LONGUEVILLE, RUE DU
SENTIER.

— Soyez tranquille, ma chère nièce, dit-il à
Émilie, vous pouvez le harponner en toute sécu-

rité de conscience, il appartient à une de nos
familles historiques, et s'il n'est pas pair de
France, il le sera infailliblement.

— D'où savez-vous cela ?

— C'est mon secret.

— Vous connaissez donc son nom ?

Le comte inclina en silence sa tête grise, qui
ressemblait assez à un vieux tronc de chêne autour duquel auraient voltigé quelques feuilles
roulées par le froid de l'automne. A ce signe,
sa nièce vint essayer sur lui le pouvoir toujours neuf de ses coquetteries. Instruite dans
l'art de cajoler le vieux marin, elle lui prodigua les caresses les plus enfantines, les paroles les plus tendres ; elle alla même jusqu'à
l'embrasser, afin d'obtenir de lui la révélation
d'un secret aussi important. Le vieillard, qui
passait sa vie à faire jouer à sa nièce de ces
sortes de scènes, et qui les payait souvent par
le prix d'une parure, où par l'abandon de sa
loge aux Italiens, se complut cette fois à se
laisser prier et surtout caresser. Mais, comme
il faisait durer ses plaisirs trop long-temps,
Émilie se fâcha, passa des caresses aux sarcasmes, et bouda. Elle revint dominée par la curiosité. Le marin diplomate obtint solennel-

lement de sa nièce une promesse d'être à
l'avenir plus réservée, plus douce, moins volontaire, de dépenser moins d'argent, et surtout de lui tout dire. Le traité conclu et signé
par un baiser qu'il déposa sur le front blanc
de sa nièce, il l'amena dans un coin du salon,
l'assit sur ses genoux, plaça la carte sous ses
deux pouces et ses doigts, de manière à la
cacher, découvrit lettre à lettre le nom de
Longueville, et refusa fort obstinément d'en
laisser voir davantage.

Cet événement rendit le sentiment secret de
mademoiselle de Fontaine plus intense. Elle
déroula pendant une grande partie de la nuit
les tableaux les plus brillans des rêves dont
elle avait nourri ses espérances. Enfin, graces
à ce hasard imploré si souvent, elle avait maintenant tout autre chose qu'un être de raison
pour créer une source aux richesses imagi-
naires dont elle se plaisait à doter sa vie future.
Ignorant, comme toutes les jeunes personnes,
les dangers de l'amour et du mariage, elle se
passionna pour les dehors trompeurs du mariage et de l'amour. N'est-ce pas dire que son
sentiment naquit comme naissent presque tous
ces caprices du premier âge, douces et cruelles

erreurs qui exercent une si fatale influence sur
l'existence des jeunes filles assez inexpérimen-
tées pour ne s'en remettre qu'à elles-mêmes du
soin de leur bonheur à venir.

Le lendemain matin, avant qu'Émilie fût
réveillée, son oncle avait couru à Chevreuse.

En reconnaissant, dans la cour d'un élégant
pavillon, le jeune homme qu'il avait si résolu-
ment insulté la veille, il alla vers lui avec cette
affectueuse politesse des vieillards de l'ancienne cour.

—Eh! mon cher monsieur, qui aurait dit
que je me ferais une affaire, à l'âge de soixan-
te-treize ans, avec le fils ou le petit-fils d'un
de mes meilleurs amis? Je suis contre-amiral,
monsieur; c'est vous dire que je m'embarrasse
aussi peu d'un duel que de fumer un cigare
de la Havane. Dans mon temps, deux jeunes
gens ne pouvaient devenir intimes qu'après
avoir vu la couleur de leur sang. Mais, ventre-
dieu, hier, j'avais, en ma qualité de marin,
embarqué un peu trop de rhum à bord, et
j'ai sombré sur vous. Touchez là! J'aimerais
mieux recevoir cent coups de cravache d'un
Longueville que de causer la moindre peine à
sa famille.

Quelque froideur que le jeune homme s'efforçât de marquer au comte de Kergarouët, il ne put long-temps tenir à la franche bonté de ses manières, et se laissa serrer la main.

Vous alliez monter à cheval, dit le comte, ne vous gênez pas. Mais venez avec moi, à moins que vous n'ayez des projets, je vous invite à dîner aujourd'hui au pavillon de Bonneval. Mon neveu, le comte de Fontaine, y sera, et c'est un homme essentiel à connaître! Ah! je prétends, morbleu! vous dédommager de ma brusquerie en vous présentant à cinq des plus jolies femmes de Paris. Hé! hé! jeune homme, votre front se déride! J'aime les jeunes gens! j'aime à les voir heureux. Leur bonheur me rappelle les bienfaisantes années de 1771, 1772 et autres, où les aventures ne manquaient pas plus que les duels! On était gai, alors! Aujourd'hui, vous raisonnez, et l'on s'inquiète de tout, comme s'il n'y avait eu ni xve ni xvie siècle.

— Mais, monsieur, nous avons, je crois, raison, car le xvie siècle n'a donné que la liberté religieuse à l'Europe, et le xixe...

— Ah! ne parlons pas politique. Je suis une vieille *ganache* d'ultrà, voyez-vous. Mais je

n'empêche pas les jeunes gens d'être révo-
lutionnaires, pourvu qu'ils me laissent la liberté de serrer ma petite queue dans son ruban noir.

A quelques pas de là, lorsque le comte et
son jeune compagnon furent au milieu des
bois, le marin, avisant un jeune bouleau assez
mince, arrêta son cheval, prit un de ses pis-
tolets dont il logea la balle au milieu de l'arbre, à quinze pas de distance.

— Vous voyez, mon brave, que je ne crains
pas un duel ! dit-il avec une gravité comique,
en regardant M. Longueville.

— Ni moi non plus, reprit ce dernier, qui
arma promptement son pistolet, visa le trou
fait par la balle du comte, et ne plaça pas la
sienne loin de ce but.

— Voilà ce qui s'appelle un jeune homme
bien élevé, s'écria le marin avec une sorte
d'enthousiasme.

Pendant la promenade qu'il fit avec celui qu'il regardait déjà comme son neveu, il
trouva mille occasions de l'interroger sur toutes
les bagatelles dont la parfaite connaissance
constituait, selon son code particulier, un
gentilhomme accompli.

— Avez-vous des dettes ? demanda-t-il enfin à son compagnon après bien des questions.

— Non, Monsieur.

— Comment ! vous payez tout ce qui vous est fourni ?

— Exactement, monsieur, autrement nous perdrions tout crédit et toute espèce de considération.

— Mais au moins vous avez plus d'une maîtresse ? Ah vous rougissez ! Ventre-dieu, mon camarade, les mœurs ont bien changé ! Avec ces idées d'ordre légal, de kantisme et de liberté, la jeunesse s'est gâtée. Vous n'avez ni Guimard, ni Duthé, ni créanciers, et vous ne savez pas le blason : mais, mon jeune ami, vous n'êtes pas *élevé !* Sachez que celui qui ne fait pas ses folies au printemps les fait en hiver. Mais ventre-dieu ! si j'ai eu quatre-vingt mille livres de rente à soixante-dix ans, c'est que j'en avais mangé le double à trente ans. Néanmoins vos imperfections ne m'empêcheront pas de vous annoncer au pavillon Bonneval. Songez que vous m'avez promis d'y venir, et je vous y attends...

— Quel singulier petit vieillard ! se dit le

jeune Longueville; il est vert comme un pré;
mais tout bon homme qu'il peut paraître, je ne
m'y fierai pas. J'irai au pavillon Bonneval, parce
qu'il y a de jolies femmes, dit-on; mais y rester à dîner, il faudrait être fou!

Le lendemain, sur les quatre heures, au moment où toute la compagnie était éparse dans
les salons ou au billard, un domestique annonça
aux habitans du pavillon de Bonneval : M. *de*
Longueville. Au nom du personnage dont le
vieux *comte de* Kergarouët avait entretenu la
famille, tout le monde, jusqu'au joueur qui
allait faire une bille, accourut, autant pour observer la contenance de mademoiselle de Fontaine, que pour juger le phénix humain qui
avait *mérité* une mention honorable au détri-
ment de tant de rivaux. Une mise aussi élégante que simple, des manières pleines d'aisance, des formes polies, une voix douce et
d'un timbre qui faisait vibrer les cordes du
cœur, concilièrent à M. Longueville la bienveillance de toute la famille. Il ne sembla pas
étranger au luxe oriental de la demeure du fas-
tueux receveur général. Quoique sa conversation fût celle d'un homme du monde, chacun
put facilement deviner qu'il avait reçu la plus

brillante éducation et que ses connaissances
étaient aussi solides qu'étendues. Il trouva si
bien le mot propre dans une discussion assez
légère suscitée par le vieux marin, sur les
constructions navales, qu'une dame lui fit observer qu'il semblait être sorti de l'École Polytechnique.

— Je crois, madame, répondit-il, qu'on
peut regarder comme un titre de gloire d'en
avoir été l'élève.

Malgré toutes les instances qui lui furent
faites, il se refusa avec politesse, mais avec
fermeté, au désir qu'on lui témoigna de le garder à dîner, et arrêta les observations des
dames en disant qu'il était l'Hippocrate d'une
jeune sœur dont la santé très délicate exigeait
beaucoup de soins.

— Monsieur est sans doute médecin? demanda avec ironie une des belles-sœurs d'Émilie.

— Monsieur est sorti de l'École Polytechnique, répondit avec bonté mademoiselle de
Fontaine, dont la figure s'anima des teintes les
plus riches, au moment où elle apprit que la
jeune fille du bal était la sœur de M. Longueville.

— Mais, ma chère, on peut être médecin et avoir été à l'École Polytechnique, n'est-ce pas, monsieur?

— Madame, répondit le jeune homme, rien ne s'y oppose.

Tous les yeux se portèrent sur Émilie, qui regardait alors avec une sorte de curiosité inquiète le séduisant inconnu. Elle respira plus librement quand elle l'entendit ajouter en souriant : — Je n'ai pas l'honneur d'être médecin, madame, et j'ai même renoncé à entrer dans le service des ponts-et-chaussées afin de conserver mon indépendance.

— Et vous avez bien fait, dit le comte. Mais comment pouvez-vous regarder comme un honneur d'être médecin? ajouta le noble Breton. Ah! mon jeune ami, pour un homme comme vous!

— Monsieur le comte, je respecte infiniment toutes les professions qui ont un but d'utilité.

— Eh! nous sommes d'acord! Vous respectez ces professions-là, j'imagine, comme un jeune homme respecte une douairière.

La visite de M. Longueville ne fut ni trop longue, ni trop courte. Il se retira au moment où il s'aperçut qu'il avait plu à tout le monde, et que la curiosité de chacun s'était éveillée sur son compte.

— C'est un rusé compère! dit le comte en rentrant au salon, après l'avoir reconduit.

Mademoiselle de Fontaine, qui seule était dans le secret de cette visite, avait fait une toilette assez recherchée pour attirer les regards du jeune homme; mais elle eut le petit chagrin de voir qu'il ne fit pas à elle autant d'attention qu'elle croyait en mériter. La famille fut assez surprise du silence dans lequel elle se renferma. En effet, Émilie était habituée à déployer pour les nouveaux venus tous les trésors de sa coquetterie, toutes les ruses de son babil spirituel, et l'inépuisable éloquence de ses regards et de ses attitudes. Soit que la voix mélodieuse du jeune homme et l'attrait de ses manières l'eussent charmée, ou qu'elle aimât sérieusement, et que ce sentiment eût opéré en elle un changement, son maintien perdit en cette occasion toute affectation. Devenue simple et naturelle, elle dut sans doute paraître plus belle. Quelques-unes de ses sœurs et une vieille dame, amie de la famille, pensèrent que c'était un raffinement de coquetterie. Elles supposèrent

que, jugeant le jeune homme digne d'elle,
Émilie se proposait peut-être de ne montrer
que lentement ses avantages, afin de l'éblouir
tout à coup, au moment où elle lui aurait
plu.

Toutes les personnes de la famille étaient
curieuses de savoir ce que cette capricieuse
fille pensait du jeune homme. Mais lorsque, pendant le dîner, chacun prit plaisir
à doter M. Longueville d'une qualité nouvelle,
en prétendant l'avoir seul découverte, mademoiselle de Fontaine resta muette pendant quelque temps. Mais tout à coup un léger sarcasme
de son oncle la réveilla de son apathie. Elle dit
d'une manière assez épigrammatique que cette
perfection céleste devait couvrir quelque grand
défaut, et qu'elle se garderait bien de juger à
la première vue un homme qui paraissait être
aussi habile. Elle ajouta que ceux qui plaisaient
ainsi à tout le monde ne plaisaient à personne,
et que le pire de tous les défauts était de n'en
avoir aucun. Comme toutes les jeunes filles qui
aiment, elle caressait l'espérance de pouvoir
cacher son sentiment au fond de son cœur en
donnant le change aux Argus dont elle était entourée; mais, au bout d'une quinzaine de

jours, il n'y eut pas un des membres de cette
nombreuse famille qui ne fût initié dans ce
petit secret domestique.

A la troisième visite que fit M. Longueville,
Émilie crut en avoir été le sujet. Cette découverte
lui causa un plaisir si enivrant qu'elle l'étonna
quand elle put réfléchir. Il y avait là quelque chose
de pénible pour son orgueil. Habituée à se faire
le centre du monde, elle était obligée de reconnaître une force qui l'attirait hors d'elle-
même. Elle essaya de se révolter, mais elle ne
put chasser de son cœur l'élégante image du
jeune homme. Puis vinrent bientôt des inquiétudes. En effet, deux qualités de M. Longueville, très contraires à la curiosité générale, et
surtout à celle de mademoiselle de Fontaine,
étaient une discrétion et une modestie incroya-
bles. Il ne parlait jamais ni de lui, ni de ses occupations, ni de sa famille. Les finesses dont
Émilie semait sa conversation et les piéges
qu'elle y tendait pour se faire donner par ce
jeune homme des détails sur lui-même étaient
tous inutiles. Son amour-propre la rendait
avide de révélations. Parlait-elle peinture?
M. Longueville répondait en connaisseur.
Faisait-elle de la musique? Le jeune homme

prouvait sans fatuité qu'il était assez fort sur
le piano. Un soir, il avait enchanté toute la
compagnie, lorsque sa voix délicieuse s'unit à
celle d'Émilie dans un des plus beaux duos de
Cimarosa. Mais, quand on essaya de s'infor-
mer s'il était artiste, il plaisanta avec tant de
grace, qu'il ne laissa pas aux femmes, et même
aux plus exercées dans l'art de deviner les
sentimens, la possibilité de décider ce qu'il
était réellement. Avec quelque courage que le
vieil oncle jetàt le grappin sur ce bâtiment,
Longueville s'esquivait avec tant de souplesse, qu'il sut conserver tout le charme du
mystère. Il lui fut d'autant plus facile de rester *le bel inconnu* au pavillon Bonneval, que
la curiosité n'y excédait pas les bornes de la
politesse. Émilie, tourmentée de cette réserve, espéra tirer meilleur parti de la sœur que
du frère pour ces sortes de confidences. Secon-
dée par son oncle, qui s'entendait aussi bien à
cette manœuvre qu'à celle d'un bâtiment, elle
essaya de mettre en scène le personnage jusqu'alors muet de mademoiselle Clara Longueville. La société du pavillon Bonneval manifesta
bientôt le plus grand désir de connaître une
aussi aimable personne, et de lui procurer

quelque distraction. Un bal sans cérémonie fut
proposé et accepté. Les dames ne désespérèrent pas complètement de faire parler une
jeune fille de seize ans.

Malgré ces petits nuages amoncelés par ces
mystères et créés par la curiosité, un jour
éclatant éclairait la vie de mademoiselle de
Fontaine qui jouissait délicieusement de
l'existence en la rapportant à un autre qu'à
elle. Elle commençait à concevoir les rapports sociaux. Soit que le bonheur nous
rende meilleurs, soit qu'elle fût trop occupée
pour tourmenter les autres, elle devint moins
caustique, plus indulgente, plus douce; et le
changement de son caractère enchanta sa famille étonnée. Peut-être, après tout, son
amour allait-il être plus tard un égoïsme à deux.
Attendre l'arrivée de son timide et secret
adorateur, était une joie céleste. Sans qu'un
seul mot d'amour eût été prononcé entre eux,
elle savait qu'elle était aimée, et avec quel art
ne se plaisait-elle pas à faire déployer au jeune
inconnu tous les trésors de son instruction !
Elle s'aperçut qu'elle en était observée avec
soin, et alors elle essaya de vaincre tous les
défauts que son éducation avait laissés croître

en elle. C'était déjà un premier hommage
rendu à l'amour, et un reproche cruel qu'elle
s'adressait à elle-même. Elle voulait plaire,
elle enchanta ; elle aimait, elle fut idolâtrée.
Sa famille sachant qu'elle était gardée par
son orgueil, lui donnait assez de liberté
pour qu'elle pût savourer toutes ces petites
félicités enfantines qui donnent tant de charme et de violence aux premières amours.
Plus d'une fois le jeune homme et mademoiselle
de Fontaine se mirent à errer dans les allées
d'un parc assez vaste où la nature était parée
comme une femme qui va au bal. Plus d'une
fois, ils eurent de ces entretiens sans but et
sans physionomie dont les phrases les plus
vides de sens sont celles qui cachent le plus
de sentimens. Ils admirèrent souvent ensemble
le soleil couchant et ses riches couleurs ; cueil-
lirent des marguerites, pour les effeuiller ; et
chantèrent les duos les plus passionnés, en
se servant des notes rassemblées par Pergolèse
ou par Rossini, comme de truchemens fidèles
pour exprimer leurs secrets.

Le jour du bal arriva. Clara Longueville et
son frère, que les valets s'obstinaient à dé-
corer de la noble particule, en furent les

héros; et, pour la première fois de sa vie, mademoiselle de Fontaine vit le triomphe d'une jeune fille avec plaisir. Elle prodigua sincèrement à Clara ces caresses gracieuses et ces petits soins que les femmes ne se rendent ordinairement entre elles que pour exciter la jalousie des hommes. Mais Émilie avait un but, elle voulait surprendre des secrets. Mademoiselle Longueville montra plus de réserve encore que n'en avait montré son frère. Elle déploya même en sa qualité de fille, plus de finesse et d'esprit; elle n'eut pas même l'air d'être discrète; mais elle eut soin de tenir la conversation sur des sujets étrangers à tout intérêt individuel, et sut l'empreindre d'un si grand charme, que mademoiselle de Fontaine en conçut une sorte d'envie, et surnomma Clara *la syrène*. Émilie avait formé le dessein de faire causer Clara, ce fut Clara qui interrogea Émilie. Elle voulait la juger, elle en fut jugée. Elle se dépita souvent d'avoir laissé percer son caractère dans quelques réponses que lui arracha malicieusement Clara, dont l'air modeste et candide éloignait tout soupçon de perfidie. Il y eut un moment où mademoiselle de Fontaine parut fâchée d'avoir fait contre les rotu-

riers une imprudente sortie provoquée par
Clara.

— Mademoiselle, lui dit cette charmante
créature, j'ai tant entendu parler de vous par
Maximilien, que j'avais le plus vif désir de vous
connaître par attachement pour lui ; mais vouloir vous connaître, c'est vouloir vous aimer.

— Ma chère Clara, j'avais peur de vous dé-
plaire en parlant ainsi de ceux qui ne sont pas
nobles.

— Oh ! rassurez-vous. Aujourd'hui, ces sortes de discussions sont sans objet, et, quant à
moi, elles ne m'atteignent pas. Je suis en dehors de la question.

Quelque ambitieuse que fût cette réponse,
mademoiselle de Fontaine en ressentit une
joie profonde. Semblable à tous les gens passionnés, elle l'expliqua comme s'expliquent les
oracles, dans le sens qui s'accordait avec ses désirs. Alors elle s'élança à la danse, plus joyeuse
que jamais, et, en regardant M. Longueville,
dont les formes et l'élégance surpassaient peut-
être celles de son type imaginaire, elle ressentit
une satisfaction de plus en songeant qu'il
était noble. Ses yeux noirs scintillèrent, et elle
dansa avec tout le plaisir qu'on trouve à ce

mystérieux dédale de pas et de mouvemens en
présence de celui qu'on aime. Jamais les deux
amans ne s'entendirent mieux qu'en ce moment ; et plus d'une fois ils sentirent le bout
de leurs doigts frémir et trembler, lorsque les
lois de la contredanse leur imposèrent la douce
tâche de les effleurer.

Ils atteignirent le commencement de l'automne, au milieu des fêtes et des plaisirs
de la campagne, en se laissant doucement
abandonner au courant du sentiment le plus
doux de la vie, en le fortifiant par mille petits
accidens que chacun peut imaginer, car les
amours se ressemblent toujours en quelques
points. L'un et l'autre s'étudiaient autant que
l'on peut s'étudier quand on aime.

— Enfin, disait le vieil oncle qui suivait les
deux jeunes gens de l'œil, comme un naturaliste
examine un insecte au microscope, jamais
amourette n'a si vite tourné en mariage d'inclination.

Ce mot effraya M. et madame de Fontaine.
Le vieux Vendéen cessa d'être aussi indifférent
au mariage de sa fille qu'il avait naguère promis de l'être. Il alla chercher à Paris des renseignemens qu'il n'y trouva pas. Inquiet de ce

mystère, et ne sachant pas encore quel serait
le résultat de l'enquête qu'il avait prié un administrateur parisien de lui faire sur la famille Longueville, il crut devoir avertir sa fille
de se conduire prudemment. L'observation
paternelle fut reçue avec une feinte obéissance
pleine d'ironie.

— Au moins, ma chère Émilie, si vous l'aimez, ne le lui avouez pas !

— Mon père, il est vrai que je l'aime, mais
j'attendrai pour le lui dire que vous me le per-
mettiez.

— Cependant, Émilie, songez que vous igno-
rez encore quelle est sa famille, son état.

— Si je l'ignore, c'est que je le veux bien.
Mais, mon père, vous avez souhaité me voir
mariée, vous m'avez donné la liberté de faire
un choix; le mien est fait irrévocablement. Que
faut-il de plus?

— Il faut savoir, ma chère enfant, si celui que
tu as choisi est fils d'un pair de France, répondit ironiquement le vénérable gentilhomme.

Émilie resta un moment silencieuse; puis,
elle releva bientôt la tête, regarda son père, et
lui dit avec une sorte d'inquiétude : — Est-ce
que les Longueville....

— Sont éteints en la personne du vieux duc qui a péri sur l'échafaud en 1793. Il était le dernier rejeton de la dernière branche cadette.

— Mais, mon père, il y a de fort bonnes maisons issues de bâtards. L'histoire de France fourmille de princes qui mettaient des barres à leurs écus.

— Tes idées ont bien changé ! dit le vieux gentilhomme en souriant.

Le lendemain était le dernier jour que la famille Fontaine dût passer au pavillon Bonneval. Émilie, que l'avis de son père avait fortement inquiétée, attendit avec une vive impatience l'heure à laquelle M. Longueville avait l'habitude de venir, afin d'obtenir de lui une explication. Elle sortit après le dîner et alla errer dans le parc ; elle savait que l'empressé jeune homme viendrait la surprendre au sein du bosquet sombre où ils causaient souvent. Aussi fut-ce de ce côté qu'elle se dirigea en songeant à la manière dont elle s'y prendrait pour réussir à surprendre, sans se compromettre, un secret si important. C'était chose difficile ; car, jusqu'à présent, aucun aveu direct n'avait sanctionné le sentiment

qui l'unissait à M. Longueville. Elle avait secrètement joui, comme lui, de la douceur d'un
premier amour; mais aussi fiers l'un que l'autre, il semblait que chacun d'eux craignît de
s'avouer qu'il aimât. Maximilien Longueville, à
qui Clara avait inspiré des soupçons qui n'é-
taient pas sans fondement sur le caractère d'É-
milie, se trouvait à chaque instant emporté par
la violence d'une passion de jeune homme, et
retenu par le désir de connaître et d'éprouver
la femme à laquelle il devait confier tout son
avenir et le bonheur de sa vie. Il ne voulait essayer de combattre les préjugés qui gâtaient le
caractère d'Émilie, préjugés que son amour ne
l'avait pas empêché de reconnaître en elle, qu'a-
près s'être assuré qu'il en était aimé, car il ne
voulait pas plus hasarder le sort de son amour
que celui de sa vie. Il s'était donc constamment tenu dans un silence que ses regards,
son attitude et ses moindres actions démen-
taient. De l'autre côté, la fierté naturelle à une
jeune fille, encore augmentée chez mademoiselle de Fontaine par la sotte vanité que lui
donnaient sa naissance et sa beauté, l'empêchaient d'aller au-devant d'une déclaration
qu'une passion croissante lui persuadait quel-

quefois de solliciter. Aussi les deux amans
avaient-ils instinctivement compris leur situation sans s'expliquer leurs secrets motifs. Il
est des momens de la vie où le vague plaît à de
jeunes ames ; et par cela même que l'un et l'autre avaient trop tardé de parler, ils semblaient
tous deux se faire un jeu cruel de leur attente.
L'un cherchait à découvrir s'il était aimé par
l'effort que coûterait un aveu à son orgueilleuse
maîtresse ; l'autre espérait voir rompre à tout
moment un trop respectueux silence.

Mademoiselle de Fontaine s'était assise sur
un banc rustique, et songeait à tous les événemens qui venaient de se passer. Chaque jour de
ces trois mois lui semblait être le brillant pétale
d'une fleur radieuse et embaumée. Les soupçons
de son père étaient les dernières craintes dont son
ame pouvait être atteinte. Elle en fit même justice par deux ou trois de ces réflexions de jeune
fille inexpérimentée qui lui semblèrent victo-
rieuses. Avant tout, elle convint avec elle-
même qu'il était impossible qu'elle se trompât.
Pendant toute une saison, elle n'avait pu
apercevoir en M. Maximilien, ni un seul
geste, ni une seule parole qui indiquassent une
origine ou des occupations communes ; il

avait dans la discussion une habitude qui décé-
lait un homme occupé des hauts intérêts du
pays. — D'ailleurs, se dit-elle, un homme de
bureau, un financier ou un commerçant n'aurait pas eu le loisir de rester une saison entière à me faire la cour au milieu des champs
et des bois, en dispensant son temps aussi li-
béralement qu'un noble qui a devant lui toute
une vie libre de soins. Elle était plongée dans
une méditation beaucoup plus intéressante
pour elle que ne l'étaient ces pensées prélimi-
naires, quand un léger bruissement du feuillage
lui annonça que depuis un moment elle était
sans doute contemplée avec la plus profonde
admiration.

— Savez-vous que cela est fort mal, lui dit-
elle en souriant, de surprendre ainsi les jeunes
filles !

— Surtout, répondit-il, lorsqu'elles sont occupées de leurs secrets.

— Pourquoi n'aurais-je pas les miens, puisque vous avez les vôtres ?

— Vous pensiez donc réellement à vos secrets? reprit-il en riant.

— Non, je songeais aux vôtres. Les miens ?
je les connais.

— Mais, s'écria doucement le jeune homme
en saisissant le bras de mademoiselle de Fontaine et le mettant sous le sien, peut-être mes
secrets sont-ils les vôtres, et vos secrets les
miens.

Ils avaient fait quelques pas et se trouvaient
sous un massif d'arbres que les couleurs du
couchant enveloppaient comme d'un nuage
rouge et brun. Cette magie naturelle imprima
une sorte de solennité à ce moment. L'action
vive et libre du jeune homme, et surtout l'a-
gitation de son cœur bouillant dont le bras
d'Émilie sentait les pulsations précipitées,
l'avaient jetée dans une exaltation d'autant
plus pénétrante qu'elle n'était excitée que
par les accidens les plus simples et les plus in-
nocens. La réserve dans laquelle vivent les
jeunes filles du grand monde donne une force
incroyable aux explosions de leurs sentimens,
et c'est un des plus grands dangers qui puisse
les atteindre quand elles rencontrent un amant
passionné. Jamais les yeux d'Émilie et de Maximilien n'avaient tant parlé. En proie à cette
ivresse, ils oublièrent aisément les petites sti-
pulations de l'orgueil, de la défiance, et les
froides considérations de leur raison. Ils ne pu-

rent même s'exprimer d'abord que par un serrement de main qui servit d'interprète à leurs
joyeuses pensées.

— Monsieur, dit en tremblant et d'une voix
émue mademoiselle de Fontaine après un long
silence et après avoir fait quelques pas avec une
certaine lenteur, j'ai une question à vous faire.
Mais, songez, de grace, qu'elle m'est en quelque sorte commandée par la situation assez
étrange où je me trouve vis-à-vis de ma famille.

Une pause effrayante pour Émilie succéda
à ces phrases qu'elle avait presque bégayées.
Pendant le moment que dura le silence, cette
jeune fille si fière n'osa soutenir le regard
éclatant de celui qu'elle aimait, car elle avait
un secret sentiment de la bassesse des mots
suivans qu'elle ajouta : — Êtes-vous noble ?.

Quand ces dernières paroles furent prononcées, elle aurait voulu être au fond d'un lac.

— Mademoiselle, reprit gravement M. Longueville dont la figure attérée contracta une sorte
de dignité sévère, je vous promets de répondre
sans détour à cette demande quand vous aurez
répondu avec sincérité à celle que je vais vous
faire. Il quitta le bras de la jeune fille, qui, tout
à coup, se crut seule dans la vie, et il lui dit :

— Dans quelle intention me questionnez-vous sur ma naissance? Elle demeura immobile, froide et muette. — Mademoiselle, reprit Maximilien, n'allons pas plus loin, si nous ne nous comprenons pas. — Je vous aime, ajouta-t-il d'un son de voix profond et attendri. Eh bien, reprit-il d'un air joyeux après avoir entendu l'exclamation de bonheur que ne put retenir la jeune fille, pourquoi me demander si je suis noble?

— Parlerait-il ainsi s'il ne l'était pas? s'écria une voix intérieure qu'Émilie crut sortie du fond de son cœur. Elle releva gracieusement la tête, sembla puiser une nouvelle vie dans le regard du jeune homme, et lui tendit le bras comme pour faire une nouvelle alliance.

— Vous avez cru que je tenais beaucoup à des dignités? demanda-t-elle avec une finesse malicieuse.

— Je n'ai pas de titres à offrir à ma femme, répondit-il d'un air moitié gai, moitié sérieux. Mais si je la prends dans un haut rang et parmi celles que leur fortune a habituées au luxe et aux plaisirs de l'opulence, je sais à quoi un tel choix m'oblige. L'amour donne tout, ajouta-t-il avec gaîté, mais aux amans seulement.

Quant aux époux, il leur faut un peu plus que
le dôme du ciel, des fruits et le tapis des prai-
ries.

— Il est riche, se dit-elle. Quant aux titres,
il veut peut-être m'éprouver! On lui aura dit
que j'étais entichée de noblesse, et que je n'a-
vais voulu épouser qu'un pair de France. Ce
sont mes bégueules de sœurs qui m'auront joué
ce tour-là. — Je vous assure, monsieur, que j'ai
eu des idées bien exagérées sur la vie et le monde;
mais aujourd'hui, dit-elle en le regardant d'une
manière à le rendre fou, je sais où sont nos
véritables richesses.

— J'ai besoin de croire que vous parlez à
cœur ouvert, répondit-il avec une sorte de
gravité douce. Mais cet hiver, ma chère Émilie, dans moins de deux mois peut-être, je
serai fier de ce que je pourrai vous offrir, si
vous tenez aux jouissances de la fortune. Ce
sera le seul secret que je garderai là (il montra son cœur), car de sa réussite dépend mon
bonheur, je n'ose dire le nôtre...

— Oh! dites, dites!

Ce fut au milieu des plus doux propos qu'ils
revinrent à pas lents rejoindre la compagnie
au salon. Jamais mademoiselle de Fontaine ne

trouva son amant plus aimable, ni plus spirituel. Ses formes sveltes, ses manières enga-
geantes lui semblèrent plus charmantes encore
depuis une conversation qui venait en quelque
sorte de lui confirmer la possession d'un cœur
digne d'être envié par toutes les femmes.
Ils chantèrent un duo italien avec une expression si ravissante, que l'assemblée les
applaudit avec une sorte d'enthousiasme. Leur
adieu eut un accent de convèntion qui cachait le sentiment le plus délicieux. Enfin cette
journée devint pour la jeune fille comme une
chaîne qui la lia pour toujours à la destinée
de l'inconnu. La force et la dignité qu'il avait
déployées dans la scène secrète pendant laquelle ils s'étaient révélé leurs sentimens,
avaient peut-être aussi imposé à mademoiselle de Fontaine ce respect sans lequel il
n'existe pas de véritable amour. Lorsque, restée
seule avec son père dans le salon, le vénérable
Vendéen s'avança vers elle, lui prit affectueu-
sement les mains, et lui demanda si elle avait
acquis quelque lumière sur la fortune, l'état
et la famille de M. de Longueville, elle répondit : — Oui, mon cher et bien-aimé père, je
suis plus heureuse que je ne pouvais le désirer,

et M. de Longueville est le seul homme que je veuille épouser.

— C'est bien, Émilie, reprit le comte, je sais ce qui me reste à faire.

— Connaîtriez-vous quelque obstacle, demanda-t-elle avec une véritable anxiété.

— Ma chère enfant, ce jeune homme est absolument inconnu ; mais, à moins que ce ne soit un malhonnête homme, du moment où tu l'aimes, il m'est aussi cher qu'un fils.

— Un malhonnête homme ? reprit Émilie, je suis bien tranquille ! mon oncle peut vous répondre de lui, car c'est lui qui nous l'a présenté. Dites, cher oncle, a-t-il été flibustier, forban, corsaire ?

— Bon ! je savais bien que j'allais me trouver là, s'écria le vieux marin en se réveillant.

Il regarda dans le salon ; mais sa nièce avait disparu comme un feu Saint-Elme, pour se servir de son expression habituelle.

— Eh bien ! mon oncle, reprit M. de Fontaine, comment avez-vous pu nous cacher tout ce que vous saviez sur ce jeune homme ? Vous avez cependant dû vous apercevoir de nos inquiétudes. Est-il de bonne famille ?

— Je ne le connais ni d'Ève ni d'Adam !

s'écria le comte de Kergarouët. Me fiant au
tact de cette petite folle, je lui ai amené son
Adonis par un moyen à moi connu. Je sais qu'il
tire le pistolet admirablement, chasse très
bien, joue merveilleusement au billard, aux
échecs, au trictrac, et qu'il fait des armes et
monte à cheval comme feu le chevalier de
Saint-Georges. Il a une érudition corsée relativement à nos vignobles. Il calcule comme
Barême, dessine, danse et chante bien. Que
diable avez-vous donc, vous autres? Si ce
n'est pas là un gentilhomme parfait, montrez-
moi un bourgeois qui sache tout cela. Trou-
vez-moi un homme qui vive aussi noblement
que lui? Fait-il quelque chose? Compromet-
il sa dignité à aller dans des bureaux, à se
courber devant de petits gentillâtres que vous
appelez des directeurs généraux? Il marche
droit. C'est un homme. Mais, au surplus, je
viens de retrouver dans la poche de mon gilet la
carte qu'il m'a donnée quand il croyait que je
voulais lui couper la gorge; pauvre innocent!
La jeunesse d'aujourd'hui n'est guère rusée!
Tenez, voici.

—Rue du Sentier, n° 5, dit M. de Fon-

taine en cherchant à se rappeler, parmi tous
les renseignemens qu'on lui avait donnés, celui qui pouvait concerner le jeune inconnu.
Que diable cela signifie-t-il? MM. Georges
Brummer, Schilken et compagnie, banquiers
dont le principal commerce est celui des mousselines, calicots, toiles peintes, que sais-je!
demeurent là. Bon, j'y suis. Longueville, le dé-
puté, a un intérêt dans leur maison. Oui, mais
je ne connais à Longueville qu'un fils de trente-
deux ans, qui ne ressemble pas du tout au nôtre,
et auquel il donne cinquante mille livres de rente
en mariage, afin de lui faire épouser la fille d'un
ministre, il a envie d'être pair tout comme
un autre. Jamais je ne lui ai entendu parler de
ce Maximilien. A-t-il une fille? Qu'est-ce que
cette Clara. Au surplus, permis à plus d'un
intrigant de s'appeler Longueville. Mais la
maison Brummer, Schilken et compagnie,
n'est-elle pas à moitié ruinée par une spéculation au Mexique ou aux Indes. J'éclaircirai
tout cela.

—Tu parles tout seul comme si tu étais sur
un théâtre, et tu parais me compter pour zéro,
dit tout-à-coup le vieux marin. Tu ne sais donc

pas que s'il est gentilhomme, j'ai plus d'un
sac dans mes écoutilles pour parer à son défaut
de fortune?

— Quant à cela! s'il est fils de Longueville,
il n'a besoin de rien, dit M. de Fontaine en
agitant la tête de droite à gauche, son père n'a
même pas acheté de savonette à vilain. Avant
la révolution il était procureur. Le *de* qu'il a
pris depuis la restauration lui appartient tout
autant que la moitié de sa fortune.

— Bah! bah, s'écria gaîment le marin,
heureux ceux dont les pères ont été pendus.

Trois ou quatre jours après cette mémorable
journée, et dans une de ces belles matinées du
mois de novembre qui font voir aux Parisiens
leurs boulevards nettoyés soudain, par le
froid piquant d'une première gelée, mademoiselle de Fontaine, parée d'une fourrure nouvelle qu'elle voulait mettre à la mode, était sortie avec deux de ses belles-sœurs sur lesquelles
elle avait jadis décoché le plus d'épigrammes.
Ces trois dames étaient bien moins invitées à
cette promenade parisienne par l'envie d'essayer
une voiture très élégante et des robes qui devaient
donner le ton aux modes de l'hiver, que par le
désir de voir une merveilleuse pèlerine dont

une de leurs amies avait remarqué la coupe
élégante et originale, dans un riche magasin
de lingerie situé au coin de la rue de la Paix.
Quand les trois dames furent entrées dans
la boutique, madame la baronne de Fontaine
tira Émilie par la manche et lui montra
M. Maximilien Longueville assis dans le comptoir, et occupé à rendre avec une grace mer-
cantile la monnaie d'une pièce d'or à la
lingère avec laquelle il semblait en conférence. Le *bel inconnu* tenait à la main quelques échantillons qui ne laissaient aucun
doute sur son honorable profession. Sans
qu'on pût s'en apercevoir, Émilie fut saisie d'un
frisson glacial. Cependant, graces au savoir-
vivre de la bonne compagnie, elle dissimula
parfaitement la rage qu'elle avait dans le cœur,
et répondit à sa sœur un : — Je le savais ! dont
la richesse d'intonation et l'accent inimitable
eussent fait envie à la plus célèbre actrice de ce
temps. Elle s'avança vers le comptoir. M. Longueville leva la tête, mit les échantillons dans
sa poche avec une grace et un sang-froid désespérant ; salua mademoiselle de Fontaine, et
s'approcha d'elle en lui jetant un regard pénétrant.

Mademoiselle, dit-il à la lingère qui l'avait suivi d'un air très inquiet, j'enverrai régler ce compte, ma maison le veut ainsi. Mais tenez, ajouta-t-il à l'oreille de la jeune femme en lui remettant un billet de mille francs, prenez? Ce sera une affaire entre nous. — Vous me pardonnerez, j'espère, mademoiselle, dit-il en se retournant vers Émilie. Vous aurez la bonté d'excuser la tyrannie qu'exercent les affaires.

— Mais il me semble, monsieur, que cela m'est fort indifférent, répondit mademoiselle de Fontaine en le regardant avec une assurance et un air d'insouciance moqueuse qui pouvaient faire croire qu'elle le voyait pour la première fois.

— Parlez-vous sérieusement? demanda Maximilien d'une voix altérée.

Émilie lui avait tourné le dos avec une incroyable impertinence. Ce peu de mots, prononcés à voix basse, avaient échappé à la curiosité des deux belles-sœurs. Quand, après avoir pris la pèlerine, les trois dames furent remontées en voiture, Émilie, qui se trouvait assise sur le devant, ne put s'empêcher d'embrasser, par son dernier regard, la profondeur

de cette odieuse boutique, où elle vit M. Maximilien, qui resta debout et les bras croisés,
dans l'attitude d'un homme supérieur au malheur dont il était si subitement atteint. Leurs
yeux se rencontrèrent, et se lancèrent deux
rayons d'une implacable rigueur. Chacun d'eux
espéra qu'il blessait cruellement le cœur qu'il
aimait, et en un moment, tous deux se trouvèrent aussi loin l'un de l'autre que s'ils eussent
été, l'un à la Chine et l'autre au Groënland. La
vanité a un souffle qui dessèche tout. En proie
au plus violent combat qui puisse agiter le
cœur d'une jeune fille, mademoiselle de Fontaine recueillit la plus ample moisson de douleurs que jamais les préjugés et les petitesses
eussent semée dans une ame humaine. Son visage frais et velouté naguère, était sillonné de
tons jaunes, de taches rouges, et parfois les
teintes blanches de ses joues se verdissaient
soudain. Dans l'espoir de dérober son trouble à
ses sœurs, elle leur montrait en riant tantôt un
passant, tantôt une toilette ridicules ; mais ce
rire était convulsif, et intérieurement elle se sentait plus vivement blessée de la compassion silencieuse dont ses sœurs l'accablèrent à leur insu,
que des épigrammes par lesquelles elles auraient

pu se venger. Elle employa tout son esprit à les
entraîner dans une conversation où elle essaya
d'exhaler sa colère par des contradictions in-
sensées, et accabla les négocians des injures les
plus piquantes et d'épigrammes de mauvais ton.
En rentrant, elle fut saisie d'une fièvre dont le
caractère eut d'abord quelque chose de dangereux ; mais au bout de huit jours, les soins de
ses parens, ceux du médecin, la rendirent aux
vœux de sa famille. Chacun espéra que cette leçon pourrait servir à dompter le caractère
d'Émilie, qui reprit insensiblement ses anciennes habitudes et s'élança de nouveau dans le
monde. Elle prétendit qu'il n'y avait pas de honte
à se tromper. Si elle avait, comme son père, quelque influence à la chambre, disait-elle, elle pro-
voquerait une loi pour obtenir que les commerçans, surtout les marchands de calicot, fussent
marqués au front comme les moutons du Berry,
jusqu'à la troisième génération. Elle voulait
que les nobles eussent seuls le droit de porter
ces anciens habits français qui allaient si bien
aux courtisans de Louis XV. C'était peut-être, à
l'entendre, un malheur pour la monarchie, qu'il
n'y eût aucune différence entre un marchand et
un pair de France. Mille autres plaisanteries,

faciles à deviner, se succédaient rapidement quand un incident imprévu la mettait sur ce sujet. Mais ceux qui aimaient Émilie remarquaient à travers ses railleries une teinte de mélancolie, qui leur fit croire que M. Maximilien Longueville régnait toujours au fond de ce cœur inexplicable. Parfois elle devenait douce comme pendant la saison fugitive qui vit naître son amour, et parfois aussi elle se montrait plus insupportable qu'elle ne l'avait jamais été. Chacun excusait en silence les inégalités d'une humeur qui prenait sa source dans une souffrance tout à la fois secrète et connue.

Le comte de Kergarouët obtint un peu d'empire sur elle, graces à un surcroit de prodigalités, genre de consolation qui manque rarement son effet sur les jeunes Parisiennes. La première fois que mademoiselle de Fontaine alla au bal, ce fut chez l'ambassadeur de Naples. Au moment où elle prit place au plus brillant des quadrilles, elle aperçut à quelques pas d'elle, M. Longueville, qui fit un léger signe de tête à son danseur.

— Ce jeune homme est un de vos amis ? demanda-t-elle à son cavalier d'un air de dédain.

—Je le crois, répondit-il, c'est mon frère.
Émilie ne put s'empêcher de tressaillir.

—Ah! si vous le connaissiez, reprit-il d'un
ton d'enthousiasme, c'est bien la plus belle
ame qui soit au monde...

— Savez-vous mon nom? lui demanda Émilie en l'interrompant avec vivacité.

— Non, mademoiselle. C'est un crime, je
l'avoue, que de ne pas avoir retenu un nom
qui est sur toutes les lèvres, je devrais dire
dans tous les cœurs. Cependant, j'ai une ex-
cuse valable, j'arrive d'Allemagne. Mon ambassadeur, qui est à Paris en congé, m'a envoyé
ce soir ici pour servir de chaperon à son aimable femme que vous pouvez voir là-bas dans
un coin.

— Mais c'est un masque tragique! dit Émilie, après avoir examiné l'ambassadrice.

— Voilà cependant sa figure de bal, reprit en
riant le jeune homme. Il faudra bien que je la
fasse danser! Aussi, ai-je voulu avoir une compensation. Mademoiselle de Fontaine s'inclina.

—J'ai été bien surpris, continua le babillard
secrétaire d'ambassade, de trouver mon frère
ici. En arrivant de Vienne, j'ai appris que le
pauvre garçon était malade et au lit. Je comp-

tais bien le voir avant d'aller au bal ; mais la
politique ne nous laisse pas toujours le loisir
d'avoir des affections de famille. *La dona 'della
casa* ne m'a pas permis de monter chez mon
pauvre Maximilien.

— Monsieur votre frère n'est pas comme vous
dans la diplomatie? dit Émilie.

— Non, le pauvre garçon, dit le secrétaire en soupirant. Il s'est sacrifié pour
moi! Lui et ma sœur Clara ont renoncé à la
fortune de mon père, afin qu'il pût réunir sur
ma tête un immense majorat. Mon père
rêve la pairie, comme tous ceux qui votent pour
le ministère. Il a la promesse d'être nommé,
ajouta-t-il à voix basse. Alors mon frère,
après avoir réuni quelques capitaux, s'est mis
dans une maison de banque, où il a promptement réussi. Je sais qu'il vient de faire avec le
Brésil une spéculation qui peut le rendre millionnaire, et suis tout joyeux d'avoir contribué
par mes relations diplomatiques à lui en assurer le succès. J'attends même avec impatience
une dépêche de la légation brésilienne qui
sera de nature à lui dérider le front. Comment
le trouvez-vous?

— Mais la figure de monsieur votre frère ne

me semble pas être celle d'un homme occupé
d'argent.

Le jeune diplomate scruta par un seul
regard la figure en apparence calme de sa danseuse.

— Comment, dit-il en souriant, les demoiselles devinent donc aussi les pensées d'amour
à travers les fronts muets ?

— Monsieur votre frère est amoureux, demanda-t-elle en laissant échapper un geste de
curiosité.

— Oui. Ma sœur Clara, pour laquelle il a
des soins maternels, m'a écrit qu'il s'était amou-
raché, cet été, d'une fort jolie personne ; mais
depuis, je n'ai pas eu des nouvelles de ses
amours. Croiriez-vous que le pauvre garçon se
levait à cinq heures du matin, et allait expé-
dier ses affaires afin de pouvoir se trouver à
quatre heures à la campagne de la belle. Aussi
a-t-il abîmé un charmant cheval de race pure
dont je lui avais fait cadeau. Pardonnez-moi
mon babil, mademoiselle, j'arrive d'Allemagne.
Depuis un an, je n'ai pas entendu parler cor-
rectement le français ; je suis sevré de visages
français et rassasié d'allemands, si bien que,
dans ma rage patriotique, je parlerais, je crois,

aux chimères d'un candelabre, pourvu qu'elles
fussent faites en France. Puis si je cause avec
un abandon peu convenable chez un diplomate, la faute en est à vous, mademoiselle.
N'est-ce pas vous qui m'avez montré mon frère?
et, quand il est question de lui, je suis in-
tarissable. Je voudrais pouvoir dire à la terre
entière combien il est bon et généreux. Il ne
s'agissait de rien moins que de cent vingt mille
livres de rente que rapporte la terre de Longueville et dont il a laissé mon père disposer en
ma faveur!

Si mademoiselle de Fontaine obtint des révélations aussi importantes, elle les dut en
partie à l'adresse avec laquelle elle sut interroger son confiant cavalier, du moment où
elle apprit qu'il était le frère de son amant dédaigné. Cette conversation tenue à voix basse
et maintes fois interrompue, roula sur trop de
sujets divers, pour être rapportée en entier.

— Est-ce que vous avez pu, sans quelque
peine, voir monsieur votre frère vendre des
mousselines et des calicots? demanda Émilie,
après avoir accompli la troisième figure de la
contredanse.

— D'où savez-vous cela? lui demanda le

diplomate. Dieu merci! tout en débitant un
flux de paroles, j'ai déjà l'art de ne dire que
ce que je veux, ainsi que tous les apprentis
ambassadeurs de ma connaissance.

— Vous me l'avez dit, je vous assure.

M. de Longueville regarda mademoiselle de
Fontaine avec un étonnement plein de perspicacité. Un soupçon entra dans son ame. Il interrogea successivement les yeux de son frère et de sa
danseuse ; il devina tout, pressa ses mains l'une
contre l'autre, leva les yeux au plafond, se mit à
rire, et dit : — Je ne suis qu'un sot! Vous êtes
la plus belle personne du bal, mon frère vous
regarde à la dérobée, il danse malgré la fièvre,
et vous feignez de ne pas le voir. Faites son
bonheur, dit-il, en la reconduisant auprès de
son vieil oncle, je n'en serai pas jaloux ; mais
je tressaillerai toujours un peu, en vous nom-
mant ma sœur...

Cependant les deux amans devaient être aussi
inexorables l'un que l'autre pour eux-mêmes.

Vers les deux heures du matin, l'on servit
un ambigu dans une immense galérie où, pour
laisser les personnes d'une même coterie libres
de se réunir, les tables avaient été disposées
comme elles le sont chez les restaurateurs. Par

un de ces hasards qui arrivent toujours aux
amans, mademoiselle de Fontaine se trouva
placée à une table voisine de celle autour de
laquelle se mirent les personnes les plus distinguées de la fête. Maximilien faisait partie de ce groupe. Émilie, qui prêta une
oreille attentive aux discours tenus par ses
voisins, put entendre une de ces conversations
qui s'établissent si facilement entre les femmes de
trente ans et les jeunes gens qui ont les graces
et la tournure de Maximilien Longueville. L'in-
terlocutrice du jeune banquier était une duchesse napolitaine, dont les yeux lançaient
des éclairs, et dont la peau blanche avait l'éclat
du satin. L'intimité que le jeune Longueville
affectait d'avoir avec elle blessa d'autant plus
mademoiselle de Fontaine qu'elle venait de
rendre à son amant vingt fois plus de tendresse
qu'elle ne lui en portait jadis.

—Oui, monsieur, dans mon pays, le véritable amour sait faire toute espèce de sacrifices, disait la duchesse en minaudant.

—Vous êtes plus passionnées que ne le sont
les Françaises, dit Maximilien dont le regard
enflammé tomba sur Émilie. Elles sont tout
vanité.

— Monsieur, reprit vivement la jeune fille, n'est-ce pas une mauvaise action que de calomnier sa patrie. Le dévoûment est de tous les pays.

— Croyez-vous, mademoiselle, reprit l'Italienne avec un sourire sardonique, qu'une Parisienne soit capable de suivre son amant partout?

— Ah! entendons-nous, madame? On va dans un désert y habiter une tente, on ne va pas s'asseoir dans une boutique!

Elle acheva sa pensée en laissant échapper un geste de dédain. Ainsi l'influence exercée sur Émilie par sa funeste éducation tua deux fois son bonheur naissant, et lui fit manquer son existence. La froideur apparente de Maximilien et le sourire d'une femme lui arrachèrent un de ces sarcasmes dont elle ne se refusait jamais la perfide jouissance.

— Mademoiselle, lui dit à voix basse M. Longueville à la faveur du bruit que firent les femmes en se levant de table, personne ne formera pour votre bonheur des vœux plus ardens que ne le seront les miens. Permettez-moi de vous donner cette assurance en prenant congé

de vous. Dans quelques jours, je partirai pour
l'Italie.

— Avec une duchesse, sans doute?

— Non, mademoiselle, mais avec une maladie mortelle peut-être.

— N'est-ce pas une chimère, demanda Émilie en lui lançant un regard inquiet.

— Non, dit-il, il est des blessures qui ne se
cicatrisent jamais.

— Vous ne partirez pas! dit l'impérieuse
jeune fille en souriant.

— Je partirai, reprit gravement Maximilien.

— Vous me trouverez mariée au retour,
je vous en préviens! dit-elle avec coquetterie.

— Je le souhaite.

— L'impertinent, s'écria-t-elle. Se venge-t-
il assez cruellement.

Quinze jours après, M. Maximilien Longueville partit avec sa sœur Clara pour les chaudes
et poétiques contrées de la belle Italie, laissant
mademoiselle de Fontaine en proie aux plus
violens regrets. Le jeune et sémillant secrétaire
d'ambassade épousa la querelle de son frère,
et sut tirer une vengeance éclatante des dédains
d'Émilie en publiant les motifs de la rupture

des deux amans. Il rendit avec usure à sa danseuse les sarcasmes qu'elle avait jadis lancés
sur Maximilien, et fit souvent sourire plus
d'une Excellence, en peignant la belle ennemie
des comptoirs, l'amazone qui prêchait une
croisade contre les banquiers, la jeune fille
dont l'amour s'était évaporé devant un demi-
tiers de mousseline. Le comte de Fontaine fut
obligé d'user de son crédit pour faire obtenir
à M. Auguste Longueville une mission en
Russie, afin de soustraire sa fille au ridicule
que ce jeune et dangereux persécuteur versait
sur elle à pleines mains.

Bientôt le ministère, obligé de lever une
conscription de pairs, pour soutenir les opinions aristocratiques qui chancelaient dans la
noble chambre à la voix d'un illustre écrivain,
nomma M. Longueville pair de France et
vicomte. M. de Fontaine obtint aussi la pairie,
récompense due autant à sa fidélité pendant les
mauvais jours, qu'à son nom qui manquait à
la chambre héréditaire.

Vers cette époque, mademoiselle de Fontaine, âgée de vingt-deux ans, se mit à faire
de sérieuses réflexions sur la vie, et changea sensiblement de ton et de manières. Au

lieu de s'exercer à dire des méchancetés à
son oncle, elle lui prodigua les soins les plus
affectueux. Elle lui apportait sa béquille avec
une persévérance de tendresse qui faisait rire
les plaisans. Elle lui offrait le bras, allait dans
sa voiture, et l'accompagnait dans toutes ses
promenades. Elle lui persuada même qu'elle
n'était point incommodée par l'odeur de la
pipe, et lui lisait sa chère *Quotidienne* au
milieu des bouffées de tabac que le malicieux
marin lui envoyait à dessein. Elle apprit le
piquet pour faire la partie du vieux comte.
Enfin cette jeune personne si fantasque écoutait avec attention les récits que son oncle
recommençait périodiquement, du combat de
la Belle-Poule, des manœuvres de la *Ville-
de-Paris*, de la première expédition de M. de
Suffren, ou de la bataille d'Aboukir. Quoique
le vieux marin eût souvent dit qu'il connaissait trop sa longitude et sa latitude pour se
laisser capturer par une jeune corvette; un
beau matin, les salons de Paris apprirent que
mademoiselle de Fontaine avait épousé le
comte de Kergaroüet. La jeune comtesse donna
des fêtes splendides pour s'étourdir; mais
elle trouva sans doute le néant au fond de ce

tourbillon. Le luxe cachait imparfaitement le
vide et le malheur de son ame souffrante, car,
la plupart du temps, malgré les éclats d'une
gaîté feinte, sa belle figure exprimait une sourde
mélancolie. Émilie paraissait d'ailleurs pleine
d'attentions et d'égards pour son vieux mari,
qui, souvent, en s'en allant dans son appartement le soir au bruit d'un joyeux orchestre,
disait à ses vieux camarades qu'il ne se recon-
naissait plus, et qu'il ne croyait pas qu'à
l'âge de soixante-quinze ans il dût s'embar-
quer comme pilote sur LA BELLE ÉMILIE. La
conduite de la comtesse était empreinte
d'une telle sévérité, que la critique la plus
clairvoyante n'avait rien à y reprendre. Les
observateurs pensaient que le contre-amiral s'était réservé le droit de disposer de
sa fortune pour enchaîner plus fortement sa
femme; supposition qui faisait injure à l'oncle et à la nièce. L'attitude des deux époux
fut d'ailleurs si savamment calculée, qu'il devint
presque impossible aux jeunes gens intéressés à
deviner le secret de ce ménage, de savoir si le
vieux comte traitait sa femme en amant ou en
père. On lui entendait dire souvent qu'il avait
recueilli sa nièce comme une naufragée, et que,

jadis, il n'avait jamais abusé de l'hospitalité
quand il lui arrivait de sauver un ennemi de
la fureur des orages. Bientôt la comtesse de
Kergaroüet rentra insensiblement dans une
obscurité qu'elle semblait désirer , et Paris
cessa de s'occuper d'elle.

Deux ans après son mariage, elle se trouvait
au milieu d'un des antiques salons du faubourg Saint-Germain où son caractère , digne
des anciens temps, était admiré, lorsque tout
à coup M. le vicomte de Longueville y fut
annoncé. La comtesse était ensevelie dans un
coin du salon où elle faisait le piquet de l'évê-
que de Persépolis , son émotion ne fut donc
remarquée de personne. En tournant la tête,
elle avait vu entrer Maximilien dans tout l'éclat
de la jeunesse. La mort de son père et celle de
son frère tué par l'inclémence du climat de
Pétersbourg , avaient posé sur sa tête les
plumes héréditaires du chapeau de la pairie.
Sa fortune égalait ses connaissances et son
mérite. La veille même, sa jeune et bouillante
éloquence avait éclairé l'assemblée. En ce moment, il apparaissait à la triste comtesse, libre
et paré de tous les dons qu'elle avait rêvés pour
son idole. Le vicomte était l'orgueil des salons.

Toutes les mères qui avaient des filles à marier
lui faisaient de coquettes avances. Il était réellement doué des vertus qu'on lui supposait en
admirant sa grâce ; mais Émilie savait, mieux
que tout autre, qu'il possédait cette fermeté de
caractère dans laquelle les femmes prudentes
voient un gage de bonheur. Elle jeta les yeux
sur l'amiral, qui, selon son expression familière, paraissait devoir tenir encore long-temps
sur son bord, elle lança un regard de résignation douloureuse sur cette tête grise; puis, elle
revit d'un coup d'œil les erreurs de son enfance
pour les condamner, et maudit les lingères.

En ce moment, M. de Persépolis lui dit avec
une certaine grâce épiscopale:—Ma belle dame,
vous avez écarté le roi de cœur, j'ai gagné;
mais ne regrettez pas votre argent, je le réserve pour mes petits séminaires.

Paris, décembre 1829.

GLOIRE ET MALHEUR.

GLOIRE ET MALHEUR.

Au milieu de la rue Saint-Denis, presque au coin de la rue du Petit-Lion, existait encore, il y a peu de temps, une de ces maisons précieuses qui donnent aux romanciers la facilité de reconstruire, par analogie, l'ancien Paris. Les murs menaçans de cette bicoque semblaient avoir été chargés d'hiéroglyphes. Quel autre nom le flâneur pouvait-il donner aux X et aux V tracés par les pièces de bois transversales ou diagonales qui se voyaient sur la façade, et s'y dessinaient d'autant mieux dans

le badigeon , que de petites lézardes parallèles
et taillées en dents de scie , annonçaient qu'au
passage de toutes les voitures , chacune de ces
solives s'agitait dans sa mortaise. Ce vénérable
édifice était surmonté d'un toit triangulaire
dont il n'existera bientôt plus de modèles à
Paris. Cette couverture , tordue par les intem-
péries du climat parisien , s'avançait de trois
pieds sur la rue , autant pour garantir des eaux
pluviales le seuil de la porte, que pour abriter
le mur d'un grenier et sa lucarne sans appui.
Ce dernier étage était construit en planches,
clouées l'une sur l'autre comme des ardoises,
afin sans doute de ne pas charger cette maison
frêle.

Par une matinée pluvieuse, au mois de mars,
un jeune homme, soigneusement enveloppé
dans son manteau , se tenait sous l'auvent de la
boutique qui se trouvait en face de ce vieux
logis, et paraissait l'examiner avec un enthousiasme d'historien. A la vérité, ce débris de la
bourgeoisie du xvie siècle pouvait offrir à
l'observateur plus d'un problème à résoudre.
Chaque étage avait sa singularité. Au premier,
quatre fenêtres longues, étroites, rapprochées
l'une de l'autre, avaient des carreaux de bois

dans leur partie inférieure, afin de produire
ce jour douteux, à la faveur duquel un habile
marchand donne aux étoffes la couleur sou-
haitée par ses chalands. Le jeune homme semblait plein de dédain pour cette partie essen-
tielle de la maison ; car ses yeux ne s'y étaient
pas encore arrêtés. Les fenêtres du second étage
dont les jalousies relevées laissaient voir, au
travers de grands carreaux en verre de Bohême,
de petits rideaux de mousseline rousse, ne
l'intéressaient pas davantage. Son attention se
portait particulièrement au troisième , sur
d'humbles croisées dont le bois travaillé grossièrement aurait mérité d'être placé au Conser-
vatoire des arts et métiers pour y indiquer le
point de départ de la menuiserie française. Ces
croisées avaient de petites vitres d'une couleur
si verte, que, sans son excellente vue, le jeune
homme n'aurait pu apercevoir les rideaux de
toile à carreaux bleus qui cachaient les mystères de cet appartement aux yeux des profanes.
Parfois, cet observateur, ennuyé de cette contemplation sans résultat, ou du silence dans
lequel la maison était ensevelie, ainsi que tout
le quartier, abaissait ses regards vers les régions inférieures. Alors, un sourire involon-

taire se dessinait sur ses lèvres, quand il re-
voyait la boutique où se rencontraient en effet
des choses assez risibles. Une formidable pièce
de bois, horizontalement appuyée sur quatre
piliers qui paraissaient courbés par le poids de
cette maison décrépite, avait été réchampie
d'autant de couches de diverses peintures que
la joue d'une vieille duchesse a reçu de rouge.
Au milieu de cette large poutre mignardement
sculptée, se trouvait un antique tableau représentant un chat qui pelotait. Cette toile causait
la gaîté du jeune homme. Mais il faut dire que
le plus spirituel des peintres modernes n'inven-
terait pas de charge aussi comique. L'animal
tenait dans une de ses pattes de devant une
raquette aussi grande que lui, et se dressait sur
ses pattes de derrière pour mirer une énorme
balle que lui renvoyait un gentilhomme en
habit brodé. Dessin, couleurs, accessoires, tout
était traité de manière à faire croire que l'artiste avait voulu se moquer du marchand et
des passans. Le temps, qui avait altéré cette
peinture naïve, la rendait encore plus grotesque par quelques incertitudes dont un consciencieux flaneur devait s'inquiéter. Ainsi la
queue mouchetée du chat était découpée de

telle sorte qu'on pouvait la prendre pour un
spectateur, tant la queue des chats de nos ancêtres était grosse, haute et fournie. A droite du
tableau, sur un champ d'azur qui déguisait
imparfaitement la pourriture du bois, les passans pouvaient lire GUILLAUME, et à gauche,
SUCCESSEUR DU SIEUR CHEVREL. Le soleil et la
pluie avaient rongé la plus grande partie de
l'or moulu, parcimonieusement appliqué sur
les lettres de cette inscription, dans laquelle
les U remplaçaient les V, et réciproquement,
selon les lois de notre ancienne orthographe.
Afin de rabattre l'orgueil de ceux qui croient
que le monde devient de jour en jour plus spirituel, et que le moderne charlatanisme surpasse tout, il convient de faire observer ici que
ces enseignes, dont l'étymologie semble bizarre
à plus d'un négociant parisien, sont les tableaux
morts de vivans tableaux à l'aide desquels
nos espiègles ancêtres avaient réussi à amener les chalands dans leurs maisons. Ainsi
la Truie-qui-file, le Singe-vert, etc., étaient
des animaux en cage dont l'adresse émerveil-
lait les passans, et dont l'éducation prouvait
la patience de l'industriel au xv⁰ siècle. De
semblables curiosités enrichissaient plus vite

leurs heureux possesseurs que les Providence,
les Bonne-foi, les Grâce-de-Dieu et les Décol-
lation de saint Jean - Baptiste qui se voient
encore rue Saint-Denis. Cependant il était difficile de croire que l'inconnu restât là pour
admirer ce chat, car un moment d'attention
suffisait à le graver dans la mémoire.

Ce jeune homme avait aussi ses singularités.
Son manteau , plissé dans le goût des draperies
antiques, laissait voir une élégante chaussure,
d'autant plus remarquable au milieu de la boue
parisienne, qu'il portait des bas de soie blancs
dont les mouchetures attestaient son impatience. Les boucles de ses cheveux noirs défri-
sés par l'humidité , dont ses épaules étaient
couvertes, indiquaient une coiffure à la Cara-
calla, que la récente résurrection de la sculpture
et certain engouement pour l'antique avaient
mise à la mode. Il sortait sans doute d'une
noce ou d'un bal , il était six heures et demie
du matin , et il portait des gants blancs dé-
chirés. Malgré le bruit que faisaient quelques
maraîchers attardés qui passaient au galop
pour se rendre à la grande halle , cette rue si
agitée avait alors un calme dont il est difficile
de concevoir la magie, si l'on n'a pas erré

dans Paris désert, à ces heures où son tapage,
un moment apaisé, renaît et s'entend dans le
lointain comme la grande voix de la mer. Cet
étrange jeune homme devait être aussi curieux
pour les commerçans du Chat-qui-pelote, que
le Chat-qui-pelote l'était pour lui. Une cravate
éblouissante de blancheur rendait sa figure
tourmentée encore plus pâle qu'elle ne l'était
réellement. Le feu tour à tour sombre et pé-
tillant que jetaient ses yeux noirs, s'har-
moniait avec les contours bizarres de son
visage, avec sa bouche large et sinueuse qui se
contractait en souriant. Son front, ridé par une
contrariété violente, avait quelque chose de fatal.
Le front n'est-il pas ce qui se trouve de plus pro-
phétique, en l'homme. Quand celui de l'inconnu
exprimait la passion, les plis causaient une
sorte d'effroi par la vigueur avec laquelle ils se
prononçaient; tandis que si la peau brune
reprenait son calme si facile à troubler, il y
respirait une grace dont la poésie à demi-lumi-
neuse éclairait des traits qui auraient semblé
repoussans s'ils n'eussent été sans cesse en-
noblis par une physionomie spirituelle où la
joie, la douleur, l'amour, la colère, le dédain,
éclataient d'une manière si communicative,

T. I.   11

qu'un homme froid devait épouser involontairement les affections qui s'y peignaient. Cet
inconnu se dépitait si bien au moment où l'on
ouvrit précipitamment la lucarne du grenier,
qu'il n'y vit pas apparaître trois joyeuses figures
rondelettes, blanches, roses, mais aussi communes que le sont ces figures du Commerce
sculptées sur certains monumens. Ces trois
faces, encadrées par la lucarne, rappelaient les
têtes d'anges bouffis semées dans les nuages
dont on accompagne le Père éternel. Les apprentis respirèrent les émanations de la rue
avec une avidité qui prouvait combien l'atmosphère de leur grenier était chaude et méphyti-
que. Celui des commis auquel appartenait la
figure la plus joviale montra le singulier fac-
tionnaire aux autres; puis, en un moment il
disparut, et revint en tenant à la main un
instrument dont le métal inflexible a été récemment détrôné par un cuir souple et poli. Ces
trois visages prirent une expression malicieuse
en regardant le badaud qu'ils aspergèrent d'une
pluie fine et blanchâtre, dont le parfum prouvait que les trois mentons venaient d'être
rasés. Élevés sur la pointe de leurs pieds, et
réfugiés au fond de leur grenier pour jouir de

la colère de leur victime, les commis cessèrent
de rire en voyant l'insouciant dédain avec lequel le jeune homme secoua son manteau, et
le profond mépris que peignit sa figure, quand
il leva les yeux sur la lucarne vide. En ce moment, une main blanche et délicate fit remonter,
vers l'imposte, la partie inférieure d'une des
grossières croisées du troisième étage, au moyen
de ces ingénieuses coulisses dont le tourniquet
laisse souvent tomber à l'improviste les lourds
vitrages qu'il doit retenir. Le passant reçut la
récompense de sa longue attente. La figure
d'une jeune fille fraîche comme un de ces
blancs calices qui fleurissent au sein des eaux,
se montra couronnée d'une ruche en mousseline froissée qui donnait à sa tête un air d'innocence admirable. Quoique couverts d'une
étoffe brune, son cou, ses épaules s'aperce-
vaient, grace à de légers interstices ménagés
par les mouvemens du sommeil. Aucune expression de contrainte n'altérait ni l'ingénuité
de ce visage, ni le calme de ces yeux immor-
talisés par avance dans les sublimes compositions de Raphaël : c'était la même grace, la
même tranquillité de ces vierges devenues pro-
verbiales. Il existait un ravissant contraste

produit par la jeunesse des joues de cette
figure sur laquelle le sommeil avait laissé
comme une surabondance de vie, et par la
vieillesse de cette fenêtre massive aux contours
grossiers, dont l'appui était noir. Semblable à
ces fleurs de jour qui n'ont pas encore au matin
déplié toutes leurs tuniques roulées par le froid
des nuits, la jeune fille à peine éveillée, laissa
errer ses yeux bleus sur les toits voisins et
regarda le ciel. Puis, par une sorte d'habitude,
elle les baissa sur les sombres régions de la rue,
où ils rencontrèrent aussitôt ceux du contem-
plateur. La coquetterie la fit sans doute souffrir
d'être vue en déshabillé ; elle se retira vivement
en arrière, le tourniquet tout usé tourna, la
croisée redescendit avec cette rapidité qui, de
nos jours, a fait donner un nom odieux à cette
triste invention de nos ancêtres, et la vision
disparut. Il semblait à ce jeune homme que
la plus brillante des étoiles du matin avait été
soudain cachée par un nuage.

Pendant ces petits événemens, les lourds
volets intérieurs qui défendaient le léger vitrage
de la boutique du Chat-qui-pelote avaient été
enlevés comme par magie. La vieille porte à
heurtoir fut repliée sur le mur intérieur de la

maison par un vieux serviteur presque contemporain de l'enseigne, qui, d'une main tremblante, y attacha le morceau de drap carré sur lequel était brodé en soie jaune le nom de *Guillaume, successeur de Chevrel.* Il eût été difficile à plus d'un passant de deviner le genre de commerce de M. Guillaume. A travers les gros barreaux de fer qui protégeaient extérieurement sa boutique, à peine y apercevait-on des paquets enveloppés de toile brune aussi nombreux que des harengs quand ils traversent l'Océan. Malgré l'apparente simplicité de cette gothique façade, M. Guillaume était, de tous les marchands drapiers de Paris, celui dont les magasins se trouvaient toujours le mieux fournis, dont les relations avaient le plus d'étendue, la probité commerciale le plus d'exactitude. Si quelques-uns de ses confrères avaient conclu des marchés avec le gouvernement, sans avoir la quantité de drap voulue, il était toujours prêt à la leur livrer, quelque considérable que fût le nombre de pièces qu'ils avaient soumissionnées. Le rusé négociant connaissait mille manières de s'attribuer le plus fort bénéfice sans se trouver obligé, comme eux, de courir chez des protecteurs, faire des bassesses ou de

riches présens. Si les confrères ne pouvaient le
payer qu'en excellentes traites un peu longues,
il indiquait son notaire comme un homme ac-
commodant, et savait encore tirer une seconde
mouture du sac, grace à cet expédient qui
faisait dire proverbialement aux négocians de
la rue Saint-Denis : « — Dieu vous garde du
notaire de M. Guillaume! » pour désigner un
escompte onéreux.

Le vieux négociant se trouva debout comme
par miracle, sur le seuil de sa boutique, au
moment où le domestique se retira. M. Guillaume regarda la rue Saint-Denis, les boutiques
voisines et le temps, comme un homme qui
débarque au Hàvre et revoit la France après
un long voyage. Bien convaincu que rien n'avait
changé pendant son sommeil, il aperçut alors
le passant en faction, qui, de son côté, contemplait le patriarche de la draperie, comme
M. de Humboldt dut examiner le premier gym-
note électrique qu'il rencontra en Amérique.
M. Guillaume portait de larges culottes de velours noir, des bas chinés, et des souliers carrés
à boucles d'argent. Son habit à pans carrés,
à basques carrées, à collet carré, environnait
son corps, légèrement voûté, d'un drap verdâtre

garni de grands boutons en métal blanc ,
mais rougis par l'usage. Ses cheveux gris
étaient si exactement aplatis et peignés sur son
crâne jaune, qu'ils le faisaient ressembler à un
champ sillonné. Ses petits yeux verts , percés
comme avec une vrille, flamboyaient sous deux
arcs marqués d'une faible rougeur à défaut de
sourcils. Les inquiétudes avaient tracé sur
son front des rides horizontales aussi nombreuses que les plis de son habit. Cette figure
blême annonçait la patience , la sagesse commerciale , et l'espèce de cupidité rusée que ré-
clament les affaires. A cette époque, on voyait
moins rarement qu'aujourd'hui de ces vieilles
familles qui conservaient comme de précieuses
traditions, les mœurs, les costumes caractéristiques de leurs professions , et restaient au
milieu de la civilisation nouvelle comme ces
débris antédiluviens retrouvés par Cuvier dans
les carrières. Le chef de la famille Guillaume
était un de ces notables gardiens des anciens
usages. On le surprenait à regretter le prévôt
des marchands , et jamais il ne parlait d'un
jugement du tribunal de commerce sans le
nommer la *sentence des consuls*. C'était sans
doute en vertu de ces coutumes que, levé le

premier de sa maison, il attendait de pied
ferme l'arrivée de ses trois commis , pour les
gourmander en cas de retard.

Ces jeunes disciples de Mercure ne connaissaient rien de plus redoutable que l'activité
silencieuse avec laquelle le patron scrutait
leurs visages et leurs mouvemens , le lundi
matin ou quand il soupçonnait qu'ils pouvaient
avoir commis quelque escapade. Mais , en ce
moment, le vieux drapier ne faisait aucune
attention à ses apprentis. Il était occupé à
chercher le motif de la sollicitude avec laquelle
le jeune homme en bas de soie et en manteau
portait alternativement les yeux sur son enseigne et sur les profondeurs de son magasin. Le
jour, devenu plus éclatant, permettait d'y apercevoir le bureau grillagé , entouré de rideaux
en vieille soie verte , où se tenaient les livres
immenses, oracles muets de la maison. Le trop
curieux étranger semblait convoiter ce petit
local , y prendre le plan d'une salle à manger
latérale éclairée par un vitrage pratiqué dans
le plafond, et d'où la famille réunie devait
facilement voir, pendant ses repas, les plus
légers accidens qui pouvaient arriver sur le
seuil de la boutique. Un si grand amour pour

son logis paraissait suspect à un négociant qui
avait subi le régime de la terreur. M. Guillaume pensait donc assez naturellement que
cette figure sinistre en voulait à la caisse du
Chat-qui-pelote. Après avoir discrètement joui
du duel muet qui avait lieu entre son patron
et l'inconnu , le plus âgé des commis hasarda
de se placer sur la dalle où était M. Guillaume.
En voyant le jeune homme contempler à la dérobée les croisées du troisième, il fit deux pas
dans la rue, leva la tête , et crut avoir aperçu
mademoiselle Augustine Guillaume qui se re-
tirait avec précipitation. Mécontent de la perspicacité de son premier commis, le drapier
lui lança un regard de travers ; mais tout à coup
les craintes mutuelles que la présence de ce
passant excitait dans l'ame du marchand et de
l'amoureux apprenti se calmèrent. L'inconnu
fit signe à un fiacre qui se rendait à une place
voisine, et y monta rapidement en affectant
une trompeuse indifférence. Ce départ mit un
certain baume dans le cœur des deux autres
commis, inquiets de retrouver la victime de
leur aspersion.

— Hé bien, messieurs, qu'avez-vous donc à
rester là, les bras croisés ? dit M. Guillaume à

ses trois néophytes. Mais autrefois, sarpejeu !
quand j'étais chez le sieur Chevrel, j'avais à
cette heure-ci visité déjà plus de deux pièces
de drap.

— Il faisait donc clair de meilleure heure !
dit le second commis que cette tâche concer-
nait.

Le vieux négociant ne put s'empêcher de
sourire. Quoique deux de ces trois jeunes gens,
confiés à ses soins par leurs pères, riches ma-
nufacturiers de Louviers et de Sedan, n'eussent qu'à demander cent mille écus pour les
avoir, le jour où ils seraient en âge de s'établir,
M. Guillaume croyait de son devoir de les tenir
sous la férule d'un antique despotisme, inconnu de nos jours dans les brillans magasins
modernes dont les commis veulent être riches
à trente ans. Il les faisait travailler comme des
nègres. A eux trois, ces commis suffisaient à
une besogne qui aurait mis sur les dents dix
de ces employés dont le sybaritisme enfle aujourd'hui les colonnes du budget. Aucun bruit
ne troublait la paix de cette maison solennelle,
où les gonds semblaient toujours huilés, et
dont le moindre meuble avait cette propreté
respectable qui annonce un ordre et une éco-

nomie sévères. Souvent, le plus espiègle des
commis s'était amusé à écrire sur le fromage
de gruyère qu'on leur abandonnait au déjeûner, et qu'ils se plaisaient à respecter, la date
de sa réception primitive. Cette malice et quelques autres semblables faisaient parfois sourire la plus jeune des deux filles de M. Guillaume, la jolie vierge qui venait d'apparaître
au passant enchanté. Quoique chacun des apprentis, et même le plus jeune, payassent une
forte pension, aucun d'eux n'eût été assez
hardi pour rester à la table du patron au moment où le dessert y était servi. Lorsque madame Guillaume parlait d'accommoder la sa-
lade, ces pauvres jeunes gens tremblaient en
songeant avec quelle parcimonie son inexorable
main savait y épancher l'huile. Il ne fallait pas
qu'ils s'avisassent de passer une nuit dehors,
sans avoir donné long-temps à l'avance un motif
plausible à cette irrégularité. Chaque dimanche, et à tour de rôle, deux commis accompa-
gnaient la famille Guillaume à la messe de
St.-Leu et aux vêpres. Mesdemoiselles Virginie
et Augustine, modestement vêtues d'indienne,
prenaient chacune le bras d'un commis, et
marchaient en avant, sous les yeux perçans de

leur mère, qui fermait ce petit cortége domestique avec son mari, accoutumé par elle à porter
deux gros paroissiens reliés en maroquin noir.
Le second commis n'avait pas d'appointemens. Quant à celui que sept ans de persévérance et de discrétion initiaient aux secrets de
la maison, il recevait huit cents francs en récompense de ses labeurs. A certaines fêtes de
famille, il était gratifié de quelques cadeaux
auxquels la main sèche et ridée de madame
Guillaume donnait seule du prix : des bourses
en filet qu'elle avait soin d'emplir de coton
pour en faire valoir les dessins à jour; des bre-
telles fortement conditionnées, ou des paires
de bas de soie bien lourds. Quelquefois, mais
rarement, ce premier ministre était admis à
partager les plaisirs de la famille, soit quand
elle allait à la campagne, soit quand, après des
mois d'attente, elle se décidait à user de son
droit à demander, en louant une loge, une pièce
à laquelle Paris ne pensait plus. Quant aux deux
autres commis, la barrière de respect qui séparait jadis un maître drapier de ses apprentis
était placée si fortement entre eux et le vieux
négociant, qu'il leur eût été plus facile de voler
une pièce de drap que de faire plier cette au-

guste étiquette. Cette réserve peut paraître ridicule aujourd'hui. Néanmoins , ces vieilles
maisons étaient des écoles de mœurs et de
probité. Les maîtres adoptaient leurs apprentis.
Le linge d'un jeune homme était soigné, réparé,
quelquefois renouvelé par la maîtresse de la
maison. Un commis tombait-il malade? il était
l'objet de soins vraiment maternels ; en cas de
danger , le patron prodiguait son argent pour
appeler les plus célèbres docteurs ; car il ne répondait pas seulement des mœurs et du savoir de
ces jeunes gens à leurs parens. Si l'un d'eux , honorable par le caractère, venait à éprouver quelque désastre, ces vieux négocians savaient apprécier l'intelligence qu'ils avaient développée , et
n'hésitaient pas à confier le bonheur de leurs
filles à celui auquel ils avaient pendant long-
temps confié leurs fortunes. M. Guillaume était
un de ces hommes antiques ; s'il en avait les ridicules, il en avait le cœur et les qualités. Aussi
M. Joseph Lebas, son premier commis, orphelin
et sans fortune , était-il , dans son idée , le
futur époux de Virginie , sa fille aînée. Mais
M. Joseph n'avait pas adopté les pensées symé-
triques de son patron , qui , pour un empire,
n'aurait pas marié sa seconde fille avant la pre-

mière. L'infortuné commis se sentait le cœur
entièrement pris pour mademoiselle Augustine
la cadette. Afin de justifier cette passion qui
avait grandi secrètement, il est nécessaire de
pénétrer plus avant dans les ressorts du gouvernement absolu qui régissait la maison du
vieux marchand drapier.

M. Guillaume avait deux filles. L'aînée, mademoiselle Virginie, était tout le portrait de sa
mère. Madame Guillaume, fille du sieur Chevrel, se tenait si droite sur la banquette de
son comptoir, que plus d'une fois elle avait
entendu des plaisans parier qu'elle y était em-
palée. Sa figure maigre et longue annonçait
une dévotion outrée. Sans graces et sans manières aimables, madame Guillaume gardait
habituellement sa tête presque sexagénaire d'un
bonnet dont la forme était invariable et orné
de barbes comme celui d'une veuve. Tout le
voisinage l'appelait la sœur tourière. Sa parole
était brève, et ses gestes avaient quelque chose
des mouvemens saccadés d'un télégraphe. Son
œil, clair comme celui d'un chat, semblait en
vouloir à tout le monde de ce qu'elle était laide.
Mademoiselle Virginie, élevée comme sa jeune
sœur sous les lois despotiques de leur mère,

avait atteint l'âge de vingt-huit ans. La jeunesse atténuait l'air disgracieux que sa ressemblance avec sa mère donnait parfois à sa figure;
mais la rigueur maternelle l'avait dotée de
deux grandes qualités, qui pouvaient tout
contrebalancer : elle était douce et patiente.
Mademoiselle Augustine, à peine âgée de
dix-huit ans, ne ressemblait ni à son père ni à
sa mère. Elle était de ces filles qui, par l'absence de tout lien physique avec leurs parens,
font croire à ce dicton de prude : Dieu donne
les enfans. Augustine était petite, ou, pour
la mieux peindre, mignonne. Gracieuse et
pleine de candeur, un homme du monde
n'aurait pu reprocher à cette charmante créature que des gestes mesquins ou certaines attitudes communes, et parfois de la gêne. Sa figure silencieuse et immobile respirait cette
mélancolie passagère qui s'empare de toutes
les jeunes filles trop faibles pour oser résister
aux volontés d'une mère.

Toujours modestement vêtues, les deux sœurs
ne pouvaient satisfaire la coquetterie innée chez
la femme que par un luxe de propreté qui
leur allait à merveille, et les mettait en harmonie avec ces comptoirs luisans, avec ces

rayons sur lesquels le vieux domestique ne
souffrait pas un grain de poussière, avec la
simplicité antique de tout ce qui se voyait autour d'elles. Obligées, par leur genre de vie, à
chercher des élémens de bonheur dans des travaux obstinés, Augustine et Virginie n'avaient
donné jusqu'alors que du contentement à leur
mère, qui s'applaudissait secrètement de la
perfection du caractère de ses deux filles.
Il est facile d'imaginer les résultats de l'é-
ducation qu'elles avaient reçue. Élevées pour
le commerce, habituées à n'entendre que des
raisonnemens et des calculs tristement mercan-
tiles, n'ayant appris que la grammaire, la tenue des livres, un peu d'histoire juive, l'histoire de France dans Le Ragois, et ne lisant
que les auteurs dont leur mère permettait
l'entrée au logis, leurs idées n'avaient pas pris
beaucoup d'étendue. Elles savaient parfaitement tenir un ménage; elles connaissaient le
prix des choses; elles appréciaient les difficultés que l'on éprouve à amasser l'argent, elles
étaient économes et portaient un grand respect
aux qualités du négociant. Malgré la fortune de
leur père, elles étaient aussi habiles à faire des
reprises qu'à festonner; et souvent leur mère

parlait de leur apprendre la cuisine, afin qu'elles
sussent bien ordonner un dîner, et pussent
gronder une cuisinière en connaissance de
cause. Ignorant les plaisirs du monde, et voyant
comment s'écoulait la vie exemplaire de leurs
parens, elles ne jetaient que bien rarement
leurs regards au delà de l'enceinte de cette
vieille maison patrimoniale qui, pour leur mère,
était tout l'univers. Les réunions occasionées
par les solennités de famille formaient tout
l'avenir de leurs joies terrestres. Quand le grand
salon situé au second étage devait recevoir leur
oncle le notaire et sa femme qui avait des
diamans, un cousin chef de division au ministère de la guerre, les négocians le mieux famés
de la rue des Bourdonnais, deux ou trois vieux
banquiers, et quelques jeunes femmes de mœurs
irréprochables ; les apprêts nécessités par la manière dont l'argenterie, les porcelaines de Saxe,
les bougies, les cristaux étaient empaquetés,
faisaient une diversion à la taciturnité de la vie
ordinaire de ces trois femmes. Elles allaient
et venaient, et se donnaient autant de mouvement que des religieuses qui reçoivent un évê-
que. Puis quand, le soir, fatiguées toutes trois
d'avoir essuyé, frotté, déballé, et mis en place

les ornemens de la fête, les deux jeunes filles
aidaient leur mère à se coucher, madame
Guillaume leur disait : — Nous n'avons rien
fait aujourd'hui, mes enfans ! Lorsque, dans
ces assemblées solennelles, la sœur tourière
permettait de danser, en confinant les parties
de boston, de wisth et de trictrac dans sa chambre à coucher, cette concession était comptée
parmi les félicités les plus inespérées, et causait un bonheur égal à celui d'aller à deux ou
trois grands bals, où M. Guillaume menait ses
filles à l'époque du carnaval. Enfin, une fois
par an, l'honnête drapier donnait une fête pour
laquelle rien n'était épargné. Quelque riches et
élégantes que fussent les personnes invitées,
elles se gardaient bien d'y manquer, car les
maisons les plus considérables de la place
avaient recours à l'immense crédit, à la fortune
ou à la vieille expérience de M. Guillaume. Mais
les deux filles de ce digne négociant ne profi-
taient pas autant qu'on pourrait le supposer
des enseignemens que le monde offre à de
jeunes ames. Elles apportaient dans ces réunions, qui semblaient inscrites sur le carnet
d'échéance de la maison, des parures dont la
mesquinerie les faisait rougir. Leur manière de

danser n'avait rien de remarquable, et la surveillance maternelle ne leur permettait pas de
soutenir la conversation autrement que par
Oui et Non avec leurs cavaliers. Puis la loi
de la vieille enseigne du Chat-qui-pelote leur
ordonnait d'être rentrées à onze heures, moment où les bals et les fêtes commencent à s'a-
nimer. Ainsi leurs plaisirs, en apparence assez
conformes à la fortune de leur père, devenaient
souvent insipides par des circonstances qui tenaient aux habitudes et aux principes de cette
famille. Quant à leur vie habituelle, une seule
observation achèvera de la peindre. Madame
Guillaume exigeait que ses deux filles fussent
habillées de grand matin, qu'elles descendis-
sent tous les jours à la même heure, et sou-
mettait leurs occupations à une régularité
monastique.

Cependant Augustine avait reçu du hasard
une ame assez élevée pour sentir le vide de
cette existence. Parfois ses yeux bleus se relevaient comme pour interroger les profondeurs
de cet escalier sombre et de ces magasins hu-
mides. Après avoir sondé ce silence de cloître, elle semblait écouter de loin d'indistinctes
révélations de cette vie passionnée qui met les

sentimens à un plus haut prix que les choses.
En ces momens son visage se colorait, ses
mains inactives laissaient tomber la blanche
mousseline sur le chêne poli du comptoir, et
bientôt sa mère lui disait d'une voix qui restait
toujours aigre même dans les tons les plus
doux : — Augustine, à quoi pensez-vous donc,
mon bijou ?

Peut-être *Hippolyte comte de Douglas* et le
comte de Comminges, deux romans trouvés par
Augustine dans l'armoire d'une cuisinière récemment renvoyée par madame Guillaume,
contribuèrent-ils à développer les idées de cette
jeune fille qui les avait furtivement dévorés
pendant une longue nuit de l'hiver précédent.
Les expressions de désir vague, la voix
douce, la peau de jasmin et les yeux bleus
d'Augustine, avaient donc allumé dans l'ame
du pauvre orphelin un amour aussi violent que
respectueux. Par un caprice facile à comprendre, Augustine ne se sentait aucun goût pour
M. Joseph Lebas. Peut-être était-ce parce
qu'elle ne savait pas en être aimée. En re-
vanche, les longues jambes, les cheveux châtains, les grosses mains et l'encolure vigou-
reuse du premier commis, avaient trouvé une

secrète admiratrice dans mademoiselle Virginie, qui, malgré ses cinquante mille écus
de dot, n'était demandée en mariage par personne. Rien de plus naturel que ces deux passions inverses nées dans le silence de ces comptoirs obscurs comme fleurissent des violettes
dans la profondeur d'un bois. La muette et
constante contemplation qui réunissait les yeux
de ces jeunes gens par un besoin violent de distraction au milieu de travaux obstinés et d'une
paix religieuse, devait tôt ou tard exciter des
sentimens d'amour. L'habitude de voir une
figure, y fait découvrir insensiblement les
qualités de l'ame, et finit par en effacer les
défauts.

— Au train dont cet homme y va, nos
filles ne tarderont pas à se mettre à genoux devant un prétendu ! se dit M. Guillaume en lisant, un matin, le premier décret par lequel
Napoléon anticipa sur les classes de conscrits.
Dès ce jour, le vieux marchand, désespéré de
voir sa fille aînée se faner, et se souvenant d'a-
voir épousé mademoiselle Chevrel à peu près
dans la situation où se trouvaient Joseph Lebas
et Virginie, calcula qu'il pouvait tout à la fois
marier sa fille, et s'acquitter d'une dette sacrée

en rendant à un orphelin le bienfait qu'il avait
reçu jadis de son prédécesseur dans les mêmes
circonstances. Agé de trente-trois ans , Joseph
Lebas pensait aux obstacles que quinze ans de
différence mettaient entre Augustine et lui. Trop
perspicace d'ailleurs pour ne pas deviner les
desseins de M. Guillaume, il en connaissait assez
les principes inexorables pour savoir que jamais
la cadette ne se marierait avant l'aînée. Le pauvre
commis dont le cœur était aussi excellent que
ses jambes étaient longues et son buste épais,
souffrait donc en silence.

Tel était l'état des choses dans cette petite
république, qui, au milieu de la rue Saint-
Denis, ressemblait assez à une succursale de la
Trappe. Mais pour rendre un compte exact des
événemens extérieurs comme des sentimens,
il est nécessaire de remonter à quelques mois
avant la scène par laquelle commence cette
histoire. A la nuit tombante, un jeune homme
passant devant l'obscure boutique du Chat-qui-
pelote, y était resté un moment en contemplation à l'aspect d'une scène qui aurait arrêté
tous les peintres du monde. Le magasin n'é-
tant pas encore éclairé, formait un plan noir
au fond duquel se voyait la salle à manger du

marchand. Une lampe astrale y répandait ce
jour doux qui donne tant de grace aux tableaux de l'école hollandaise. Le linge blanc,
l'argenterie, les cristaux formaient de brillans
accessoires qu'embellissaient encore de vives
oppositions entre l'ombre et la lumière. La
figure du père de famille et celle de sa
femme, les visages des commis et les formes
pures d'Augustine, à deux pas de laquelle se
voyait une grosse fille joufflue, composaient
un groupe si curieux ; ces têtes étaient si originales, et chaque caractère avait une expression si franche ; on devinait si bien la paix, le
silence et la modeste vie de cette famille, que,
pour un artiste accoutumé à exprimer la nature,
il y avait quelque chose de désespérant à vouloir rendre cette scène fortuite. Ce passant était
un jeune peintre qui, sept ans auparavant,
avait remporté le grand prix de peinture. Il re-
venait de Rome. Son ame nourrie de poésie,
ses yeux rassasiés de Raphaël et de Michel-
Ange, avaient soif de la nature vraie, après une
longue habitation du pays pompeux où l'art a
jeté partout son grandiose. Faux ou juste, tel
était son sentiment personnel. Abandonné
long-temps à la fougue des passions italiennes,

son cœur demandait une de ces vierges modestes et recueillies que, malheureusement,
il n'avait su trouver qu'en peinture à Rome.
De l'enthousiasme imprimé à son ame exaltée
par le tableau naturel qu'il contemplait, il
passa naturellement à une profonde admiration
pour la figure principale. Augustine paraissait
pensive et ne mangeait point. Par une disposition de la lampe dont la lumière tombait entièrement sur son visage, son buste semblait se
mouvoir dans un cercle de feu qui détachait plus
vivement les contours de sa tête et l'illuminait
d'une manière quasi surnaturelle. L'artiste la
comparait involontairement à un ange exilé qui
se souvient du ciel. Une sensation presque inconnue, un amour limpide et bouillonnant
inonda son cœur. Après être resté, pendant un
moment comme écrasé sous le poids de ses idées,
il s'arracha à son bonheur, rentra chez lui, ne
mangea pas, ne dormit pas. Le lendemain, il
entra dans son atelier, pour n'en sortir qu'après
avoir déposé sur une toile la magie de cette
scène dont le souvenir l'avait en quelque sorte
fanatisé. Sa félicité fut incomplète tant qu'il ne
posséda pas un fidèle portrait de son idole. Il
passa plusieurs fois devant la maison du Chat-

qui-pelote; il osa même y entrer une ou deux
fois sous le masque d'un déguisement, afin de
voir de plus près la ravissante créature que madame Guillaume couvrait de son aile. Pendant
huit mois entiers, adonné à son amour, à ses
pinceaux, il resta invisible pour ses amis les
plus intimes, oubliant le monde, la poésie, le
théâtre, la musique, et ses plus chères habitudes.

Un matin, Girodet força toutes ces consi-
gnes que les artistes connaissent et savent élu-
der, parvint à lui, et le réveilla par cette interrogation : — Que mettras-tu au salon?

L'artiste saisit la main de son ami, l'entraîne
à son atelier, découvre un petit tableau de chevalet et un portrait. Après une lente et avide
contemplation des deux chefs-d'œuvre, Girodet saute au cou de son camarade et l'embrasse,
sans trouver de paroles. Ses émotions ne pouvaient se rendre que comme il les sentait, d'ame
à ame.

— Tu es amoureux? dit Girodet.

Tous deux savaient que les plus beaux portraits de Titien, de Raphaël et de Léonard de
Vinci, sont dûs à des sentimens exaltés qui,
sous diverses conditions, engendrent d'ailleurs

tous les chefs-d'œuvre. Pour toute réponse, le
jeune artiste inclina la tête.

— Es-tu heureux de pouvoir être amoureux
ici, en revenant d'Italie! Je ne te conseille pas
de mettre de telles œuvres au salon, ajouta le
grand peintre. Vois-tu, ces deux tableaux n'y
seraient pas sentis. Ces couleurs vraies, ce travail prodigieux, ne peuvent pas encore être
appréciés, le public n'est plus accoutumé à
tant de profondeur. Les tableaux que nous pei-
gnons, mon bon ami, sont des écrans, des pa-
ravents. Tiens, faisons plutôt des vers, et tra-
duisons Anacréon? je t'assure qu'il y a plus de
gloire à en attendre, que de nos malheureuses
toiles.

Malgré cet avis charitable, les deux toiles
furent exposées. La scène d'intérieur fit une
révolution dans la peinture. Elle donna naissance à ces tableaux de genre dont la prodigieuse quantité importée à toutes nos exposi-
tions, pourrait faire croire qu'ils s'obtiennent
par des procédés purement mécaniques. Quant
au portrait, il est peu d'artistes qui ne gardent
le souvenir de cette toile vivante à laquelle
le public, toujours juste en masse, laissa
la couronne que Girodet y plaça lui-même.

Les deux tableaux furent entourés d'une foule
immense ; on s'y tua, comme disent les dames.
Des spéculateurs, de grands seigneurs couvri-
rent ces deux toiles de doubles napoléons ; mais
l'artiste refusa obstinément de les vendre, et
refusa même d'en faire des copies. On lui offrit
une somme énorme pour les laisser graver, les
marchands ne furent pas plus heureux que ne
l'avaient été les gens de cour. Quoique cette
aventure fît du bruit dans le monde, elle n'était
pas de nature à parvenir au fond de la petite
Thébaïde de la rue Saint-Denis. Néanmoins,
en venant faire une visite à madame Guillaume,
la femme du notaire parla de l'exposition devant Augustine, qu'elle aimait beaucoup, et lui
en expliqua le but. Le babil de madame Vernier inspira naturellement à Augustine le désir
de voir les tableaux, et la hardiesse de demander
secrètement à sa tante de l'accompagner au
Louvre : La tante réussit dans la négociation
qu'elle entama auprès de madame Guillaume,
pour obtenir la permission d'arracher sa nièce
à ses tristes travaux pendant environ deux heures. La jeune fille pénétra donc, à travers la
foule, jusqu'au tableau couronné. Un frisson
la fit trembler comme une feuille de bouleau,

quand elle se reconnut. Elle eut peur, et regarda autour d'elle pour rejoindre sa tante,
dont un flot de monde l'avait séparée. En ce
moment ses yeux effrayés rencontrèrent la
figure enflammée du jeune peintre. Elle se
rappela tout à coup la physionomie d'un promeneur que, curieuse, elle avait souvent remarqué, en croyant que c'était un nouveau
voisin.

— Vous voyez ce que l'amour m'a fait faire,
dit l'artiste à l'oreille de la timide créature,
qui resta tout épouvantée de ces paroles.

Elle trouva un courage surnaturel pour fen-
dre la presse, et pour rejoindre sa tante encore occupée à percer la masse de monde qui
l'empêchait d'arriver jusqu'au tableau.

— Vous seriez étouffée, s'écria Augustine,
partons, ma tante.

Mais il se rencontre, au Salon, certains momens pendant lesquels deux femmes ne sont
pas toujours libres de diriger leurs pas dans les
galeries. Mademoiselle Guillaume et sa tante
furent poussées à quelques pas du second tableau, par suite des mouvemens irréguliers que
la foule leur imprima. Le hasard voulut que
madame Vernier et Augustine eussent la facilité

d'approcher ensemble de la toile illustrée par la mode, d'accord cette fois avec le talent. La tante fit une exclamation de surprise perdue dans le brouhaha et les bourdonnemens de la foule; mais Augustine pleura involontairement à l'aspect de cette merveilleuse scène. Puis, par un sentiment presque inexplicable, elle mit un doigt sur ses lèvres, en apercevant à deux pas d'elle la figure extatique du jeune artiste. Il répondit par un signe de tête, et désigna du doigt madame Vernier, comme un trouble-fête, afin de montrer à la jeune fille qu'elle était comprise. Cette pantomime jeta comme un brasier dans le corps de la pauvre fille. Elle se trouva criminelle, en se figurant qu'il venait de se conclure un pacte entre elle et l'artiste. Une chaleur étouffante, le continuel aspect des plus brillantes toilettes, et l'étourdissement que devaient produire sur Augustine la variété des couleurs, la multitude des figures vivantes ou peintes, la profusion des cadres d'or, lui firent éprouver une espèce d'enivrement qui redoubla ses craintes. Elle se serait peut-être évanouie, si, malgré ce chaos de sensations, il ne s'était élevé au fond de son cœur une jouissance inconnue qui vivifia tout

son être. Néanmoins, elle se crut sous l'empire
de ce démon dont la voix tonnante des prédi-
cateurs lui avait annoncé de si terribles effets.
Ce moment fut pour elle comme un moment
de folie. Elle se vit accompagnée jusqu'à la voiture de sa tante par ce jeune homme resp-en-
dissant de bonheur et d'amour. En proie à une
irritation toute nouvelle, à une ivresse qui la
livrait en quelque sorte à la nature, Augustine
écouta la voix éloquente de son cœur, et
regarda plusieurs fois le jeune peintre en laissant paraître le trouble dont elle était saisie.
Jamais l'incarnat de ses joues n'avait été plus
brillant, et n'avait formé de plus vigoureux
contrastes avec la blancheur de sa peau. C'était
la beauté dans toute sa fleur, la pudeur dans
toute sa gloire. Elle éprouva une sorte de joie,
mêlée de terreur, en pensant que sa présence
causait la félicité de celui dont le nom était sur
toutes les lèvres, dont le talent donnait l'immortalité humaine à de passagères images ! Elle
était aimée ! Il lui était impossible d'en douter.
Quand elle ne vit plus l'artiste, elle entendit
encore retentir dans son cœur ces paroles simples : — « Vous voyez ce que l'amour m'a fait
faire. » Et les palpitations profondes de son

cœur lui semblèrent une douleur, tant son sang
plus riche allait vivement réveiller la vie dans
toutes les régions de son faible corps. Elle feignit d'avoir un grand mal de tête pour éviter
de répondre aux questions de sa tante relativement aux tableaux; mais, au retour, madame Vernier ne put s'empêcher de parler à
madame Guillaume de la célébrité obtenue par
le Chat-qui-pelote, et Augustine trembla de
tous ses membres en entendant dire à sa mère
qu'elle irait au salon pour y voir sa maison.
La jeune fille insista de nouveau sur sa souffrance, et obtint la permission d'aller se coucher.

—Voilà ce qu'on gagne à tous ces spectacles,
s'écria M. Guillaume. Des maux de tête. Est-ce
donc bien amusant de voir en peinture ce qu'on
rencontre tous les jours dans notre rue ! Ne me
parlez pas de ces artistes ! ce sont comme vos
auteurs, des meure-de-faim. Que diable ont-ils
besoin de prendre ma maison pour la vilipender
dans leurs tableaux !

— Cela pourra nous faire vendre quelques
aunes de drap de plus, dit Joseph Lebas.

Cette observation n'empêcha pas que les arts
et la pensée ne fussent condamnés encore une

fois au tribunal du Négoce. Comme on doit
bien le penser, ces discours ne donnèrent pas
grand espoir à Augustine. Elle eut la nuit tout
entière pour se livrer à la première méditation
de l'amour. Les événemens de cette journée
furent comme un songe qu'elle se plut à repro-
duire dans sa pensée. Elle s'initia aux craintes,
aux espérances, aux remords, à toutes ces ondulations de sentiment qui devaient bercer un
cœur simple et timide comme était le sien. Quel
vide elle reconnut dans cette noire maison, et
quel trésor elle trouva dans son ame! Etre la
femme d'un homme de talent, partager sa
gloire! Quels ravages cette idée ne devait-elle
pas faire au cœur d'une enfant élevée au sein
de cette famille? Quelle espérance ne devait-elle
pas éveiller chez une jeune personne qui,
nourrie jusqu'alors de principes vulgaires,
avait désiré une vie élégante! Un rayon de soleil
était tombé dans cette prison. Augustine aima
tout à coup. En elle tant de sentimens étaient
flattés à la fois, qu'elle devait succomber! Elle
ne calcula rien. A dix-huit ans, l'amour ne jette-
t-il pas son prisme entre le monde et les yeux
d'une jeune fille? Incapable de deviner les rudes
chocs qui résultent de l'alliance d'une femme

aimante, avec un homme d'imagination, elle crut être appelée à faire le bonheur de celui-ci, sans apercevoir aucune disparate entre elle et lui. Pour elle, le présent était tout l'avenir. Quand le lendemain son père et sa mère revinrent du salon, leurs figures attristées annoncèrent quelque désappointement. D'abord, les deux tableaux avaient été retirés par le peintre; puis, madame Guillaume avait perdu son châle de dentelle noire. Apprendre que les tableaux venaient de disparaître après sa visite au salon, fut pour Augustine la révélation d'une délicatesse de sentiment que les femmes savent toujours apprécier instinctivement.

Le matin où, rentrant d'un bal, Henri de Sommervieux (tel était le nom que la renommée avait apporté dans le cœur d'Augustine) fut aspergé par les commis du Chat-qui-pelote, pendant qu'il attendait l'apparition de sa naïve amie, qui ne le savait certes pas là, les deux amans se voyaient pour la quatrième fois seulement, depuis la scène du salon. Les obstacles que le régime de la maison Guillaume devait opposer au caractère fougueux de l'artiste, donnaient à sa passion pour Augustine une violence difficile à décrire. Comment abor-

der une jeune fille, assise dans un comptoir
entre deux femmes telles que mademoiselle
Virginie et madame Guillaume? Comment correspondre avec elle, quand sa mère ne la
quittait jamais ? Habile, comme tous les
amans, à se forger des malheurs, Henri se
créait un rival dans l'un des commis, et me'-
tait les autres dans les intérêts de son rival. S'il
échappait à tant d'Argus, il se voyait échouant
sous les yeux sévères du vieux négociant ou de
madame Guillaume. Partout des barrières,
partout le désespoir. La violence même de sa
passion empêchait le jeune peintre de trouver
ces expédiens ingénieux qui, chez les prison-
niers comme chez les amans, semblent être le
dernier effort de la raison humaine échauffée
par un sauvage besoin de liberté ou par le feu
de l'amour. Alors Henri de Sommervieux tournait dans le quartier avec l'activité d'un fou,
comme si le mouvement pouvait lui suggérer
des ruses. Après s'être bien tourmenté l'imagination, il inventa de gagner à prix d'or la servante joufflue. Quelques lettres s'étaient succé-
dées de loin en loin pendant la quinzaine qui
suivit la malencontreuse matinée où M. Guillaume et Henri s'étaient si bien examinés.

En ce moment, les deux jeunes gens étaient convenus de se voir à une certaine heure du jour et le dimanche à Saint-Leu pendant la messe et les vêpres. Augustine avait envoyé à son cher Henri la liste des parens et des amis de la famille, chez lesquels le jeune peintre tâcha d'avoir accès, afin d'intéresser à ses joyeuses pensées, s'il était possible, une de ces ames occupées d'argent, de commerce, et auxquelles une passion véritable devait sembler la spéculation la plus monstrueuse et la plus inouïe du monde. D'ailleurs, rien ne changea dans les habitudes du Chat-qui-pelote. Si Augustine fut distraite, si, contre toute espèce d'obéissance aux lois de la charte domestique, elle monta à sa chambre, pour y aller, graces à un pot de fleurs, établir des signaux; si elle soupira, si elle pensa enfin, personne, pas même sa mère, ne s'en aperçut. Cette circonstance causera quelque surprise à ceux qui auront compris l'esprit de cette maison, où une pensée entachée de poésie devait produire un contraste avec les êtres et les choses, où personne ne pouvait se permettre ni un geste ni un regard qui ne fussent vus et analysés. Cependant rien n'était plus naturel. Le vaisseau

si tranquille qui naviguait sur la mer orageuse
de la place de Paris sous le pavillon du Chat-
qui-pelote, était la proie d'une de ces tempêtes qu'on pourrait nommer équinoxiales par
suite de leur retour périodique. Depuis quinze
jours les quatre hommes de l'équipage, madame Guillaume et mademoiselle Virginie,
étaient occupés à ce travail excessif désigné
sous le nom d'*inventaire*. On remuait tous les
ballots et l'on vérifiait l'aunage des pièces pour
s'assurer de la valeur exacte du coupon; on
examinait soigneusement la carte appendue au
paquet pour reconnaître en quel temps les
draps avaient été achetés; l'on en fixait le prix
actuel. Toujours debout, son aune à la main,
la plume derrière l'oreille, M. Guillaume ressemblait à un capitaine commandant la manœuvre. Sa voix aiguë, passant par un judas,
pour interroger la profondeur des écoutilles
du magasin d'en bas, faisait entendre ces lo-
cutions barbares du commerce, qui ne s'exprime
que par énigmes.

— Combien d'H-N-Z?

— Enlevé.

— Que reste-t-il de Q-X?

— Deux aunes.

— Quel prix?

— Cinq-cinq-trois.

— Portez à trois A, tout, J-J; tout, M-P; et le reste de V-D-O.

Mille autres phrases tout aussi intelligibles ronflaient à travers les comptoirs comme des vers de la poésie moderne que des romantiques se seraient cités afin d'entretenir leur enthousiasme pour un de leurs poètes. Le soir, M. Guillaume, enfermé avec son commis et sa femme, soldait les comptes, portait à nouveau, écrivait aux retardataires, et dressait des factures. Tous trois préparaient ce travail immense dont le résultat tenait sur un carré de papier tellière, et prouvait à la maison Guillaume qu'il existait tant en argent, tant en marchandises, tant en traites, billets; qu'elle ne devait pas un sou, qu'il lui était dû cent ou deux cent mille francs; que le capital avait augmenté; que les fermes, les maisons, les rentes allaient être ou arrondies, ou réparées, ou doublées; et qu'en conséquence c'était un devoir de recommencer avec plus d'ardeur que jamais à ramasser de nouveaux écus, sans qu'il vînt en tête de ces courageuses fourmis de se demander: — « A quoi bon? »

A la faveur de ce tumulte annuel , l'heureuse Augustine échappait à l'investigation de ses Argus. Enfin, un samedi soir , la clôture de l'inventaire eut lieu. Les chiffres du total actif offraient assez de zéros pour qu'en cette circonstance , M. Guillaume levât la consigne sévère qui régnait toute l'année au dessert. Le sournois drapier se frotta les mains, et permit à ses commis de rester à table. A peine chacun des hommes de l'équipage achevait-il son petit verre d'une liqueur de ménage, que l'on entendit le roulement d'une voiture. La famille alla voir Cendrillon aux Variétés , tandis que les deux derniers commis reçurent chacun un écu de six francs, avec la permission d'aller où bon leur semblerait , pourvu qu'ils fussent rentrés à minuit.

Malgré cette débauche, le dimanche matin, le vieux marchand drapier fit sa barbe dès six heures ; endossa son habit marron dont il examinait toujours le teint et la laine avec un certain contentement ; il attacha des boucles d'or aux oreilles d'une ample culotte de soie. Puis, à sept heures , au moment où tout dormait encore dans la maison , il se dirigea vers le petit cabinet attenant à son magasin du pre-

mier étage. Le jour y venait d'une croisée armée
de gros barreaux de fer, et qui donnait sur
une petite cour carrée formée de murs si noirs,
qu'elle ressemblait assez à un puits. Le vieux
négociant ouvrit lui-même ces volets garnis de
tôle qu'il connaissait si bien. Il releva une moitié du vitrage en le faisant glisser dans sa coulisse. L'air glacé de la cour vint rafraîchir la
chaude atmosphère de ce cabinet qui exhalait
l'odeur particulière aux bureaux. Le marchand resta debout, et posa la main sur le bras
crasseux d'un fauteuil de canne, doublé de
maroquin, dont la couleur primitive était ef-
facée. Il semblait hésiter à s'y asseoir. Il regarda
d'un air attendri le bureau à double pupitre,
où la place de sa femme se trouvait ménagée
dans le côté opposé à la sienne, par une petite
arcade pratiquée dans le mur. Il contempla les
cartons numérotés, les ficelles, les ustensiles,
les fers à marquer le drap, la caisse, objets dont
l'origine était immémoriale, et crut se revoir
devant l'ombre évoquée du sieur Chevrel. Il
avança le même tabouret sur lequel il s'était
jadis assis en présence de son défunt patron.
Ce tabouret, garni de cuir noir, et dont le crin
s'échappait depuis long-temps par les coins,

mais sans se perdre, il le plaça d'une main
tremblante au même endroit où son prédécesseur l'avait mis ; puis, dans une agitation
difficile à décrire, il tira la sonnette qui cor-
respondait au chevet du lit de Joseph Lebas.
Quand ce coup décisif eut été frappé, le vieillard, pour qui ces souvenirs étaient sans doute
trop lourds, prit trois ou quatre lettres de
change qui lui avaient été présentées, et les
regarda sans les voir quand Joseph Lebas se
montra soudain.

— Asseyez-vous là, lui dit M. Guillaume en
lui désignant le tabouret.

Jamais le vieux maître drapier n'avait fait
asseoir son commis devant lui. Joseph Lebas en
tressaillit.

— Que pensez-vous de ces traites, demanda
M. Guillaume.

— Elles ne seront pas payées.

— Comment?

— Mais j'ai su qu'avant-hier Leroux et compagnie ont fait tous leurs paiemens en or.

— Oh! oh! s'écria le drapier, il faut être bien
malade pour laisser voir sa bile! Parlons d'autre chose. Joseph, l'inventaire est fini.

—Oui, monsieur, et le dividende est un des plus beaux que vous ayez eus.

—Ne vous servez donc pas de ces nouveaux mots! Dites le produit, Joseph. Savez-vous, mon garçon, que c'est un peu à vous que nous devons ces résultats. Aussi, ne veux-je plus que vous ayez d'appointemens. Madame Guillaume m'a donné l'idée de vous offrir un intérêt. Hein, Joseph? Guillaume et Lebas, ces mots ne feraient-ils pas une belle raison sociale? On pourrait mettre *et compagnie* pour arrondir la signature.

Les larmes vinrent aux yeux de Joseph Lebas, qui s'efforça de les cacher, en s'écriant : — Ah! monsieur Guillaume, comment ai-je pu mériter tant de bontés? Je n'ai fait que mon devoir. Je suis pauvre. C'était déjà tant que de...

Il brossait le parement de sa manche gauche avec la manche droite, et n'osait regarder le vieillard qui souriait, en pensant que ce modeste jeune homme avait sans doute besoin, comme lui autrefois, d'être encouragé pour rendre l'explication complète.

— Cependant, reprit le père de Virginie, vous ne méritez pas beaucoup cette faveur,

Joseph ! Vous ne mettez pas en moi autant de confiance que j'en mets en vous.

Le commis releva brusquement la tête.

— Vous avez le secret de la caisse; depuis deux ans je vous ai dit presque toutes mes affaires; je vous ai fait voyager en fabrique; enfin, pour vous, je n'ai rien sur le cœur. Mais vous?... Vous avez une inclination, et ne m'en avez pas touché un seul mot.

Joseph Lebas rougit.

— Ah! ah! s'écria M. Guillaume, vous pensiez donc tromper un vieux renard comme moi? Moi! à qui vous avez vu deviner la faillite Lecoq.

— Comment, monsieur? répondit Joseph Lebas en examinant son patron avec autant d'attention que son patron l'examinait, comment, vous sauriez qui j'aime?

— Je sais tout, vaurien, lui dit le respectable et rusé marchand en lui prenant le bout de l'oreille. Et je te pardonne, j'ai fait de même!

— Et vous me l'accorderiez?

— Oui. Et avec cinquante mille écus. Je t'en laisserai autant, nous marcherons sur de nou-

veaux frais avec une nouvelle raison sociale !
Nous brasserons encore des affaires, garçon !
s'écria le vieux marchand en s'exaltant, se levant et agitant ses bras. Vois-tu, mon gendre, il n'y a que le commerce ! Ceux qui se demandent quels plaisirs on y trouve, sont des
imbéciles. Être à la piste des affaires ; savoir
comment va la place ; attendre avec anxiété,
comme au jeu, si les Étienne et compagnie
font faillite ; voir passer un régiment de la garde
impériale que l'on vient d'habiller ; donner un
croc en jambe au voisin, loyalement s'entend !
faire fabriquer à meilleur marché ; suivre une
affaire qu'on ébauche, qui commence, qui
grandit, qui chancelle, qui réussit ; connaître
comme un ministre de la police tous les ressorts
des maisons de commerce, pour ne pas faire
fausse route ; se tenir debout devant les nau-
frages ; avoir des amis par correspondance
dans toutes les villes manufacturières. Ah ! ah !
n'est-ce pas un jeu perpétuel, Joseph ? c'est
vivre ça ! Je mourrai dans ce tracas-là, comme
le vieux Chevrel, n'en prenant cependant plus
qu'à mon aise...

Dans la chaleur de la plus forte improvisa-
tion que le père Guillaume eût jamais faite, il

n'avait presque pas regardé son commis qui
pleurait à chaudes larmes.

— Eh bien! Joseph! pauvre garçon! qu'as-
tu donc?

— Ah! je l'aime tant, tant, monsieur Guillaume, que le cœur me manque, je crois...

— Eh bien! garçon, dit le marchand attendri, tu es plus heureux que tu ne crois, sarpejeu, car elle t'aime. Je le sais, moi!

Et il cligna ses deux petits yeux verts en regardant son commis.

— Mademoiselle Augustine, mademoiselle
Augustine! s'écria Joseph Lebas dans son enthousiasme.

Et il allait s'élancer hors du cabinet, quand
il se sentit arrêté par un bras de fer. Son patron
stupéfait le ramena vigoureusement devant lui.

— Qu'est-ce que fait donc Augustine dans
cette affaire-là, demanda M. Guillaume dont
la voix glaça sur-le-champ le pauvre Joseph
Lebas.

— N'est-ce pas elle... que... j'aime... balbu-
tia le commis.

Déconcerté de son défaut de perspicacité,
M. Guillaume se rassit et mit sa tête pointue
dans ses deux mains, pour réfléchir à la bi-

zarre position dans laquelle il se trouvait. Joseph Lebas honteux, et au désespoir, resta debout.

— Joseph, reprit le négociant avec une dignité froide, je vous parlais de Virginie. L'amour ne se commande pas, je le sais. Je connais votre discrétion ; nous oublierons cela. Je ne marierai jamais Augustine avant Virginie. Votre intérêt sera de dix pour cent.

Le commis auquel l'amour donna je ne sais quel degré de courage et d'éloquence, joignit les mains, prit la parole, parla pendant un quart d'heure à M. Guillaume avec tant de chaleur et de sensibilité, que la situation changea. S'il s'était agi d'une affaire commerciale, le vieux négociant aurait eu des règles fixes pour prendre une résolution. Mais, jeté à mille lieues du commerce, sur la mer des sentimens, et sans boussole, il flotta irrésolu devant un événement aussi original, se disait-il. Entraîné par sa bonté naturelle, il battit un peu la campagne.

— Que diable, Joseph ! tu n'es pas sans savoir que j'ai eu mes deux enfans à dix ans de distance ! Mademoiselle Chevrel n'était pas belle, elle n'a cependant pas à se plaindre de

moi. Fais donc comme moi. Enfin ne pleure
pas, es-tu bête? Que veux-tu? cela s'arrangera
peut-être, nous verrons. Il y a toujours moyen
de se tirer d'affaire. Nous autres hommes nous
ne sommes pas toujours comme des Céladons
pour nos femmes. Tu m'entends? Madame
Guillaume est dévote, et... Allons, sarpejeu,
mon enfant, donne ce matin le bras à Augustine
pour aller à la messe.

Telles furent les phrases jetées à l'aventure
par M. Guillaume. La conclusion qui les ter-
minait ravit l'amoureux commis. Il songeait
déjà pour mademoiselle Virginie à l'un de ses
amis, quand il sortit du cabinet enfumé en
serrant la main de son futur beau-père, après
lui avoir dit, d'un petit air entendu, que tout
s'arrangerait au mieux.

—Que va penser madame Guillaume? fut
l'idée qui tourmenta prodigieusement le brave
négociant quand il fut seul.

Au déjeûner, madame Guillaume et Virginie,
auxquelles le marchand drapier avait laissé
provisoirement ignorer son désappointement,
regardèrent assez malicieusement Joseph Lebas
qui resta grandement embarrassé. La pudeur
du commis lui concilia l'amitié de sa belle-

mère. La matrone redevint si gaie qu'elle regarda M. Guillaume en souriant, et se permit quelques petites plaisanteries d'un usage immémorial dans ces familles innocentes. Elle mit en question la conformité de la taille de Virginie et de celle de M. Joseph, pour leur demander de se mesurer. Ces niaiseries préparatoires attirèrent quelques nuages sur le front du chef de famille. Il afficha même un tel amour pour le décorum, qu'il ordonna à Augustine de prendre le bras du premier commis en allant à Saint-Leu. Madame Guillaume, étonnée de cette délicatesse masculine, honora son mari d'un signe de tête d'approbation. Le cortége partit donc de la maison dans un ordre qui ne pouvait suggérer aucune interprétation maligne aux voisins.

— Ne trouvez-vous pas, mademoiselle Augustine, disait le commis en tremblant, que la femme d'un négociant qui a un bon crédit, comme M. Guillaume, par exemple, pourrait s'amuser un peu plus que ne s'amuse madame votre mère, pourrait porter des diamans, aller en voiture? Oh! moi, d'abord, si je me mariais, je voudrais avoir toute la peine, et voir ma femme heureuse. Je ne la mettrais pas dans mon

comptoir. Voyez-vous, dans la draperie, les
femmes n'y sont plus aussi nécessaires qu'elles
l'étaient autrefois. M. Guillaume a eu raison
d'agir comme il a fait, puisque c'était le goût
de son épouse. Qu'une femme sache donner
un coup de main à la comptabilité, à la correspondance, au détail, aux commandes, à son
ménage, afin de ne pas rester par trop oisive,
c'est tout. A sept heures, quand la boutique
serait fermée, moi je m'amuserais. J'irais au
spectacle et dans le monde. Mais vous ne m'é-
coutez pas.

— Si fait, monsieur Joseph. Que dites-vous
de la peinture ? C'est là un bel état.

— Oui, je connais un maître peintre en bâtiment qui a des écus...

En devisant ainsi la famille atteignit l'église
de Saint-Leu. Là, madame Guillaume retrouva
ses droits. Elle fit mettre, pour la première fois,
Augustine à côté d'elle ; et Virginie prit place
sur la troisième chaise à côté de M. Lebas. Pendant le prône, tout alla bien entre Augustine et
Henri de Sommervieux, qui, debout derrière
un pilier, priait sa madone avec ferveur ; mais
au lever-Dieu, madame Guillaume s'aperçut,
un peu tard, que sa fille Augustine tenait son

livre de messe au rebours. Elle se disposait à la
gourmander vigoureusement, quand, rabais-
sant son voile noir, elle interrompit sa lecture
et se mit à regarder dans la direction qu'affec-
tionnaient les yeux de sa fille. A l'aide de ses
besicles, elle vit le jeune artiste dont l'élégance
mondaine annonçait plutôt quelque capitaine
de cavalerie en congé, qu'un négociant du
quartier. Il est difficile d'imaginer l'état violent
dans lequel se trouva madame Guillaume,
qui se flattait d'avoir parfaitement élevé ses
filles; en reconnaissant, dans le cœur d'Augustine, un amour clandestin dont sa pruderie et son ignorance lui exagérèrent le danger. Elle crut sa fille gangrénée jusqu'au cœur.

— Tenez d'abord votre livre à l'endroit,
mademoiselle! dit-elle à voix basse, mais en
tremblant de colère.

Elle arracha vivement le Paroissien accusa-
teur, et le remit de manière à ce que les lettres
fussent dans leur sens naturel.

— N'ayez pas le malheur de lever les yeux
autre part que sur vos prières, ajouta-t-elle;
autrement, vous auriez affaire à moi. Après la
messe, votre père et moi nous aurons à vous
parler.

Ces paroles furent comme un coup de foudre pour la pauvre Augustine. Elle se sentit
défaillir; mais combattue entre la douleur
qu'elle éprouvait et la crainte de faire une es-
clandre dans l'église, elle eut le courage de
cacher ses angoisses. Cependant, il était facile
de deviner l'état violent de son ame en voyant
son Paroissien trembler et des larmes tomber
sur chacune des pages qu'elle tournait. L'artiste recueillit un regard enflammé que lui
lança madame Guillaume, et comprit le mystère. Il sortit, la rage dans le cœur, décidé à
tout oser.

— Allez dans votre chambre, mademoiselle !
dit madame Guillaume à sa fille en rentrant au
logis; nous vous ferons appeler; et surtout,
ne vous avisez pas d'en sortir.

La conférence que les deux époux eurent
ensemble fut si secrète, que rien n'en transpira
d'abord. Cependant, Virginie, qui avait encouragé sa sœur par mille douces représentations,
poussa la complaisance jusqu'à se glisser auprès
de la porte de la chambre à coucher de sa mère,
chez laquelle la discussion avait lieu, pour y
écouter et recueillir quelques phrases. Au premier voyage qu'elle fit du troisième au second

étage, elle entendit son père qui s'écriait : —
Madame, vous voulez donc tuer votre fille?

— Ma pauvre enfant, dit Virginie à sa sœur
éplorée, papa prend ta défense !

— Et que veulent-ils faire à Henri, demanda
l'innocente créature.

Alors la curieuse Virginie redescendit ; mais
cette fois elle resta plus long-temps. Elle apprit que M. Lebas aimait Augustine. Il était
écrit que, dans cette mémorable journée, une
maison ordinairement si calme serait un enfer.
M. Guillaume désespéra Joseph Lebas en lui
confiant qu'Augustine aimait un étranger. Lebas, qui avait averti son ami de demander mademoiselle Virginie en mariage, vit ses espérances renversées. Mademoiselle Virginie, accablée de savoir que M. Joseph l'avait en quelque
sorte refusée, fut prise d'une migraine. Enfin,
la zizanie, semée entre les deux époux par l'explication que M. et madame Guillaume avaient
eue ensemble, et où, pour la troisième fois de
leur vie, ils se trouvaient d'opinions différentes,
se manifesta d'une manière terrible. Enfin, à
quatre heures après midi, Augustine, pâle,
tremblante et les yeux rouges, comparut devant son père et sa mère. La pauvre enfant ra-

conta naïvement la trop courte histoire de ses
amours. Rassurée par l'allocution de son père,
qui lui avait promis de l'écouter en silence,
elle prit un certain courage en prononçant devant ses parens le nom de son cher Henri de
Sommervieux, dont elle fit malicieusement
sonner la particule aristocratique. En se livrant
au charme inconnu de parler de ses sentimens,
elle trouva assez de hardiesse pour déclarer avec
une innocente fermeté qu'elle aimait M. Henri
de Sommervieux, qu'elle le lui avait écrit; et
ajouta, les larmes aux yeux, que ce serait faire
son malheur que de la sacrifier à un autre.

— Mais, Augustine, vous ne savez donc pas
ce que c'est qu'un peintre? s'écria sa mère avec
horreur.

— Madame Guillaume ! dit le vieux père en
imposant silence à sa femme. — Augustine,
dit-il, les artistes sont en général des meure-
de-faim. Ils sont dépensiers, et presque toujours de mauvais sujets. J'ai fourni feu M. Joseph Vernet, feu M. Lekain et feu M. Noverre.
Ah! si tu savais combien ce M. Noverre, M. le
chevalier de Saint-George, et surtout M. Phi-
lidor, ont joué de tours à ce pauvre M. Chevrel ! Ce sont de drôles de corps, je le sais bien.

Ça vous a tous un babil, des manières. Jamais
ton M. Sumer... Somm...

— De Sommervieux, mon père !

— Eh bien ! de Sommervieux, soit ! Jamais
il n'aura été aussi agréable avec toi que M. le
chevalier de Saint-Georges le fut avec moi, le
jour où j'obtins une sentence des consuls contre lui. Aussi était-ce des gens de qualité d'autrefois.

— Mais, mon père, M. Henri est noble,
et m'a écrit qu'il était riche. Son père s'appelait le comte de Sommervieux avant la révolution.

A ces paroles, M. Guillaume regarda sa terrible moitié, qui, en femme contrariée, frappait le plancher du bout du pied et gardait un
morne silence. Elle évitait même de jeter ses
yeux courroucés sur Augustine, et semblait laisser à M. Guillaume toute la responsabilité
d'une affaire aussi grave, puisque ses avis n'é-
taient pas écoutés. Cependant, malgré son
flegme apparent, quand elle vit son mari
prendre aussi doucement son parti sur une catastrophe qui n'avait rien de commercial, elle
s'écria : — En vérité, monsieur, vous êtes
d'une faiblesse avec vos filles... mais...

Le bruit d'une voiture qui s'arrêtait à la porte interrompit tout à coup la mercuriale que le vieux négociant redoutait déjà. En un moment, madame Vernier se trouva au milieu de la chambre, et, regardant les trois acteurs de cette scène domestique : —Je sais tout, dit la tante d'un air de protection.

Madame Vernier avait un défaut, celui de croire que la femme d'un notaire de Paris pouvait jouer le rôle d'une petite maîtresse.

—Je sais tout, répéta-t-elle, et je viens dans l'arche de Noé, comme la colombe, avec la branche d'olivier. J'ai lu cette allégorie dans le *Génie du christianisme*, dit-elle en se retournant vers madame Guillaume, la comparaison doit vous plaire, ma cousine. Savez-vous, ajouta-t-elle en souriant à Augustine, que ce M. de Sommervieux est un homme charmant? Il m'a donné ce matin mon portrait fait de main de maître. Cela vaut au moins six mille francs.

A ces mots, elle frappa doucement sur les bras de M. Guillaume. Le vieux négociant ne put s'empêcher de faire avec ses lèvres une petite moue qui lui était particulière.

—Je connais beaucoup M. de Sommervieux, reprit la tante. Depuis une quinzaine de

jours il vient à mes soirées , dont il fait le
charme. Aussi, suis-je son avocat. Il m'a conté
toutes ses peines. Je sais de ce matin qu'il adore
Augustine, et il l'aura. Ah! cousine, n'agitez
pas ainsi la tête en signe de refus. Vous ne savez
donc rien? il sera créé baron, il vient d'être
nommé chevalier de la Légion-d'Honneur par
l'empereur lui-même, au salon. M. Vernier est
son notaire, et connaît ses affaires. Eh bien!
M. de Sommervieux possède en bons biens au
soleil dix-huit mille livres de rente. Savez-vous
que le beau-père d'un homme comme lui peut
devenir quelque chose, maire de son arrondissement, par exemple! N'avez-vous pas vu
M. Dupont être fait comte de l'empire et séna-
teur parce qu'il était venu, en sa qualité de
maire, complimenter l'empereur sur son entrée à Vienne. Oh! ce mariage-là se fera! Je
l'adore, moi, ce bon jeune homme! Sa conduite envers Augustine ne se voit que dans les
romans. Va, ma petite, tu seras heureuse, et
tout le monde voudrait être à ta place. J'ai chez
moi, à mes soirées, madame la duchesse de
Carigliano qui raffole de M. Henri de Sommervieux. Quelques méchantes langues disent
qu'elle ne vient chez moi que pour lui, comme

si une duchesse d'hier était déplacée chez un
notaire dont la famille a cent ans de bonne
bourgeoisie.

— Augustine, reprit la tante après une petite pause, j'ai vu le portrait. Dieu! que c'est
beau! Sais-tu que l'empereur a voulu le voir,
et qu'il a dit en riant, au Vice-connétable, que
s'il y avait beaucoup de femmes comme celle-là
à sa cour pendant qu'il y venait tant de rois,
il se faisait fort de maintenir toujours la paix
en Europe. Est-ce flatteur?

Les orages par lesquels cette journée avait
commencé devaient ressembler à ceux de la
nature, en ramenant un temps calme et serein.
Madame Vernier déploya tant de séductions
dans ses discours; elle sut attaquer tant de
cordes à la fois dans les cœurs secs de M. et
de madame Guillaume, qu'elle finit par en
trouver une dont elle tira parti. A cette singulière époque, le commerce et la finance
avaient plus que jamais la folle manie de
s'allier aux grands seigneurs. Les généraux
de l'empire profitèrent assez bien de ces
dispositions. M. Guillaume s'élevait singulièrement contre cette déplorable passion. Ses
axiomes favoris étaient que, pour trouver le

bonheur, une femme devait épouser un homme
de sa classe ; que l'on était toujours tôt ou tard
puni d'avoir voulu monter trop haut ; que l'a-
mour résistait si peu aux tracas du ménage,
qu'il fallait trouver l'un chez l'autre des qualités
bien solides pour être heureux ; qu'il ne fallait
pas que l'un des deux époux en sût plus que
l'autre, parce qu'on devait avant tout se comprendre ; qu'un mari qui parlait grec et la
femme latin, risquaient de mourir de faim.
C'était là une espèce de proverbe qu'il avait
inventé lui-même. Il comparait les mariages
ainsi faits à ces anciennes étoffes de soie et de
laine, dont la soie finissait toujours par couper
la laine. Cependant, il se trouve tant de vanité
au fond du cœur de l'homme, que la prudence
du pilote qui gouvernait si bien le Chat-qui-
pelote, succomba sous l'agressive volubilité de
madame Vernier. La sévère madame Guillaume
fut même la première à trouver dans l'inclination de sa fille des motifs pour déroger à ces
principes, et pour consentir à recevoir au logis
M. Henri de Sommervieux, qu'elle se promet-
tait bien de soumettre à un rigoureux examen.

Le vieux négociant alla trouver Joseph Lebas, et l'instruisit de l'état des choses. A six

heures et demie, la salle à manger illustrée par
le peintre, réunit sous son toit de verre,
madame et M. Vernier, le jeune peintre et sa
chère Augustine, Joseph Lebas qui prenait
son bonheur en patience, et mademoiselle Virginie dont la migraine avait cessé. M. et madame Guillaume virent en perspective leurs enfans établis et les destinées du Chat-qui-pelote
remises en des mains habiles. Leur contentement fut au comble, quand, au dessert, Henri
de Sommervieux leur fit présent de l'étonnant
tableau qu'ils n'avaient pu voir, et qui re-
présentait l'intérieur de cette vieille boutique,
à laquelle était dû tant de bonheur.

— C'est-y gentil! s'écria M. Guillaume. Dire
qu'on voulait donner trente mille francs de
cela.

— Mais c'est qu'on y trouve mes barbes,
reprit madame Guillaume.

— Et ces étoffes dépliées, ajouta M. Lebas;
on les prendrait avec la main.

— Les draperies font toujours très bien,
répondit le peintre. Nous serions trop heureux, nous autres artistes modernes, d'atteindre à la perfection de la draperie antique.

— Vous aimez donc la draperie? s'écria

M. Guillaume. Eh bien, sarpejeu! touchez là, mon jeune ami. Puisque vous estimez le commerce, nous nous entendrons. Eh! pourquoi le mépriserait-on? Le monde a commencé par là, puisque Adam a vendu le paradis pour une pomme. Ça n'a pas été une fameuse spéculation, par exemple!

Et le vieux négociant se mit à éclater d'un gros rire franc, excité par le vin de Champagne qu'il avait fait circuler généreusement. Le bandeau dont les yeux du jeune artiste étaient couverts fut si épais qu'il trouva ses futurs parens aimables. Il ne dédaigna pas de les égayer par quelques charges de bon goût. Aussi plut-il généralement. Le soir, quand le salon meublé de choses très cossues, pour se servir de l'expression de M. Guillaume, fut désert; pendant que madame Guillaume s'en allait de table en cheminée, de candélabre en flambeau, soufflant avec précipitation les bougies, le brave négociant, qui savait toujours voir clair aussitôt qu'il s'agissait d'affaires ou d'argent, attira sa fille Augustine auprès de lui; puis, après l'avoir prise sur ses genoux, il lui tint ce discours:

— Ma chère enfant, tu épouseras ton M. de Sommervieux, puisque tu le veux; permis à toi de risquer ton capital de bonheur. Mais je ne me laisse pas prendre à ces trente mille francs que l'on gagne à gâter de bonne toile. Je sais que l'argent qui vient si vite s'en va de même. N'ai-je pas entendu dire ce soir à ce jeune écervelé que si l'argent était rond, c'était pour rouler ! Il ne sait donc pas que s'il est rond pour les gens prodigues, les gens économes voient qu'il est plat pour s'amasser. Or, mon enfant, ce beau garçon-là parle de te donner des voitures, des diamans ? Il a de l'argent, qu'il le dépense pour toi ? *bene sit !* Je n'ai rien à y voir. Mais quant à ce que je te donne, je ne veux pas que des écus si péniblement ensachés s'en aillent en carosses ou en colifichets. Qui dépense trop n'est jamais riche. Avec cinquante mille écus on n'achète pas encore tout Paris. Tu as beau avoir à recueillir un jour quelques centaines de mille francs, je te les ferai attendre, sarpejeu ! le plus long-temps possible. J'ai donc attiré ton prétendu dans un coin. Vois-tu, un homme qui a mené la faillite Lecoq, n'a pas eu grande peine à faire consentir un artiste à se marier séparé de biens avec sa femme. J'aurai l'œil au contrat pour que les donations qu'il se propose de te

constituer soient soigneasement hypothéquées.
Allons, mon enfant, j'espère être grand-père,
sarpejeu! je veux m'occuper déjà de mes petits-
enfans. Jure-moi donc ici, de ne jamais rien
faire, rien signer que par mon conseil; et si
j'allais trouver trop tôt le père Chevrel, jure-
moi de consulter le jeune Lebas, ton beau-
frère. Promets-le-moi.

— Oui, mon père, je vous le jure.

A ces mots prononcés d'une voix douce, le
vieillard baisa sa fille sur les deux joues. Ce
soir-là, tous les amans dormirent presque
aussi paisiblement que M. et madame Guillaume.

Quelques mois après ce mémorable dimanche, le maître-autel de Saint-Leu fut témoin
de deux mariages bien différens. Augustine et
le jeune Henri de Sommervieux s'y présentè-
rent dans tout l'éclat du bonheur, entourés des
prestiges de l'amour, parés de toilettes élégantes, attendus par un brillant équipage.
Venue dans un bon remise avec sa famille,
Virginie donnant le bras au modeste M. Lebas,
suivait sa jeune sœur humblement, et dans
de plus simples atours, comme une ombre
nécessaire aux harmonies de ce tableau.

M. Guillaume s'était donné toutes les peines
imaginables pour obtenir à l'église que Virginie
fût mariée avant Augustine; mais il eut la douleur de voir le haut et bas clergé s'adresser en
toute circonstance à la plus élégante des mariées. Il entendit quelques-uns de ses voisins
approuver singulièrement le bon sens de mademoiselle Virginie, qui faisait, disaient-ils,
le mariage le plus solide, et restait fidèle au
quartier; tandis qu'ils lancèrent quelques bro-
cards suggérés par l'envie sur Augustine qui
épousait un artiste, un noble. Ils ajoutèrent
avec une sorte d'effroi que si les Guillaume
avaient de l'ambition, la draperie était perdue.
Un vieux marchand d'éventails ayant dit que
ce mange-tout-là l'aurait bientôt mise sur la
paille, le père Guillaume s'applaudit *in petto*
de la prudence qu'il avait mise dans la rédaction des conventions matrimoniales. Le soir,
la famille se sépara après un bal somptueux,
suivi d'un de ces soupers plantureux dont la
génération présente a tout-à-fait perdu le souvenir.

M. et madame Guillaume restèrent dans
leur hôtel de la rue du Colombier où la noce
avait eu lieu. M. et madame Lebas retournèrent

dans leur remise à la vieille maison de la rue
Saint-Denis, pour y diriger la barque du Chat-
qui-pelote. L'artiste, ivre de bonheur, prit
entre ses bras sa chère Augustine, l'enleva
vivement quand leur coupé arriva rue des Trois-
Frères, et la porta dans le plus élégant appartement de Paris.

La fougue de passion qui possédait Henri
fit dévorer au jeune ménage près d'une année
entière sans que le moindre nuage vînt altérer
l'azur du ciel sous lequel ils vivaient. Pour
eux, l'existence n'eut rien de pesant, et leur
mariage fut une source féconde en joie. Henri
de Sommervieux répandait sur chaque journée
une incroyable *fioriture* de plaisirs. Il se plaisait
à varier les emportemens de la passion, par la
molle langueur de ces momens de repos où les
ames sont lancées si haut dans l'extase qu'elles
semblent y oublier l'union corporelle. Incapable de réfléchir, l'heureuse Augustine se prêtait
à l'allure serpentine de son bonheur. Elle ne
croyait pas faire encore assez en se livrant tout
entière à l'amour permis et saint du mariage.
Simple et naïve, elle ne connaissait, ni la coquetterie des refus, ni l'empire qu'une jeune
demoiselle du grand monde se crée sur un

mari par d'adroits caprices. Elle aimait trop
pour calculer l'avenir. Elle n'imaginait pas
qu'une vie aussi délicieuse pût jamais cesser.
Elle faisait alors tous les plaisirs de son mari,
elle crut que cet inextinguible amour serait
toujours pour elle la plus belle de toutes les
parures, comme son dévoûment et son obéissance seraient un éternel attrait. Enfin, la félicité de l'amour l'avait rendue si brillante, que
sa beauté lui inspira de l'orgueil et lui donna la
conscience de pouvoir toujours régner sur un
homme aussi facile à enflammer que l'était
Henri de Sommervieux. Ainsi son état de
femme ne lui apporta d'autres enseignemens
que ceux de l'amour. Au sein de ce bonheur,
elle resta l'ignorante petite fille qui vivait obs-
curément rue Saint-Denis. Elle ne pensa point
à prendre les manières, l'instruction, le ton du
monde dans lequel elle devait vivre. Ses paroles étant des paroles d'amour, elle déployait
bien en les disant une sorte de souplesse d'esprit et une certaine délicatesse d'expression ;
mais c'était le langage employé par toutes les
femmes quand elles se trouvent plongées dans
une passion qui semble être leur élément. Si,
par hasard, une idée discordante avec celles de

Henri était exprimée par Augustine, le jeune
artiste en riait comme on rit des premières fautes que fait un étranger, mais qui finissent par
fatiguer s'il ne se corrige pas.

Cependant, à l'expiration de cette année
aussi charmante que rapide, Henri sentit un
matin la nécessité de reprendre ses travaux
et ses habitudes. Sa femme était enceinte. Il
revit ses amis. Pendant les longues souffrances
de l'année où, pour la première fois, une jeune
femme nourrit un enfant, il travailla sans
doute avec ardeur; mais parfois il retourna
chercher quelques distractions dans le grand
monde. La maison où il allait le plus volontiers
était celle de la duchesse de Carigliano qui avait
fini par attirer chez elle le célèbre artiste.
Quand Augustine fut rétablie, et que son fils
ne réclama plus ces soins assidus qui interdi-
sent à une mère les plaisirs du monde, Henri
en était arrivé à vouloir éprouver cette jouissance d'amour-propre que nous donne la société, quand nous y apparaissons avec une
belle femme, objet d'envie et d'admiration.
Parcourir les salons en s'y montrant avec l'éclat
emprunté de la gloire de son mari; se voir ja-
lousée par toutes les femmes, fut pour Augus-

tine une nouvelle moisson de plaisirs; mais
ce fut le dernier reflet que devait jeter son
bonheur conjugal. Elle commença par offenser
la vanité de son mari, quand, malgré de vains
efforts, elle laissa percer son ignorance, l'im-
propriété de son langage et l'étroitesse de ses
idées.

Le caractère de Henri de Sommervieux,
dompté pendant près de deux ans et demi
par les premiers emportemens de l'amour, reprit avec la tranquillité d'une possession moins
jeune, sa pente et ses habitudes un moment
détournées de leur cours. La poésie, la peinture, et les exquises jouissances de l'imagination possèdent sur les esprits élevés des droits
imprescriptibles. Ces besoins d'une ame forte
n'avaient pas été trompés chez Henri pendant
ces deux années; ils avaient trouvé seulement
une pâture nouvelle. Quand les champs de
l'amour furent parcourus; quand l'artiste eut,
comme les enfans, cueilli des roses et des
bluets avec une telle avidité qu'il ne s'apercevait pas que ses mains ne pouvaient plus les tenir, la scène changea. Si le peintre montrait à
sa femme les croquis de ses plus belles compositions, il l'entendait s'écrier comme eût fait

M. Guillaume : — C'est bien joli ! L'admiration sans chaleur qu'elle témoignait ne provenait pas d'un sentiment consciencieux, c'é-
tait l'admiration sur parole de l'amour. Elle
préférait un regard au plus beau tableau ; le
seul sublime qu'elle connût, était celui du cœur.
Enfin, Henri ne put se refuser à l'évidence
d'une vérité cruelle. Augustine n'était pas sensible à la poésie ; elle n'habitait pas sa sphère ;
elle ne le suivait pas dans tous ses caprices,
dans ses improvisations, dans ses joies, dans
ses douleurs, et marchait terre à terre dans
le monde réel, tandis qu'il avait la tête dans
les cieux. Les esprits ordinaires ne peuvent
pas apprécier les souffrances renaissantes de
l'être, qui, uni à un autre par le plus intime
de tous les sentimens, est obligé de refouler
sans cesse les plus chères expansions de sa
pensée, et de faire rentrer dans le néant les
images qu'une puissance magique le force à
créer. Pour lui, ce supplice est d'autant plus
cruel, que le sentiment qu'il porte à son compagnon ordonne, par sa première loi, de ne
jamais rien se dérober l'un à l'autre, et de
confondre les effusions de la pensée aussi bien
que les épanchemens de l'âme. Or, on ne

trompe pas impunément les volontés de la
nature : elle est inexorable comme la nécessité
qui, certes, est une sorte de nature sociale.

Henri se réfugia dans le calme et le silence
de son atelier, en espérant que l'habitude de
vivre avec des artistes pourrait former sa femme,
et développerait en elle les germes de haute intelligence engourdis que quelques esprits supérieurs croient préexistans chez tous les êtres.
Mais Augustine était trop sincèrement religieuse
pour ne pas être effrayée du ton des artistes. Au
premier dîner que donna M. de Sommervieux,
elle entendit un jeune peintre dire avec cette
enfantine légèreté qu'elle ne sut pas reconnaître, et qui absout une plaisanterie de toute ir-
réligion : — Mais, madame, votre paradis n'est
pas plus beau que la Transfiguration de Raphaël ! Eh bien, je me suis lassé de la regarder.

Augustine apporta donc dans cette société
spirituelle un esprit de défiance qui n'échappait à personne. Elle gêna. Les artistes gênés
sont impitoyables : ils fuient ou se moquent.
Madame Guillaume avait, entre autres ridicules,
celui d'outrer la dignité qui lui semblait l'a-
panage d'une femme mariée, et, quoiqu'elle
s'en fût souvent moquée, Augustine ne sut se

défendre d'une légère imitation de la pruderie
maternelle. Cette exagération de pudeur, que
n'évitent pas toujours les femmes vertueuses,
suggéra quelques épigrammes à coups de
crayon, dont l'innocent badinage était de trop
bon goût pour que M. de Sommervieux pût
s'en fâcher. Ces plaisanteries eussent été même
plus cruelles, elles n'étaient, après tout, que des
représailles exercées sur lui par ses amis. Mais
rien ne pouvait être léger pour une ame qui recevait aussi facilement que celle de Henri des impressions étrangères. Aussi éprouva-t-il insensiblement une froideur qui ne pouvait aller qu'en
croissant. Pour arriver au bonheur conjugal il
faut gravir une montagne dont l'étroit plateau
est bien près d'un revers aussi rapide que glis-
sant ; l'amour du peintre la déclinait.

Henri jugea sa femme incapable d'apprécier
les considérations morales qui justifiaient, à ses
propres yeux, la singularité de ses manières envers elle, et se crut fort innocent en lui cachant
des pensées qu'elle ne comprenait pas et des
écarts peu justifiables au tribunal d'une conscience bourgeoise. Augustine se renferma dans
une douleur morne et silencieuse. Ces sentimens
secrets mirent entre les deux époux un voile

qui devait s'épaissir de jour en jour. Sans que
son mari manquât d'égards envers elle, Augustine ne pouvait s'empêcher de trembler en le
voyant réserver pour le monde les trésors d'esprit et de grace qu'il venait jadis mettre à ses
pieds. Bientôt, elle interpréta fatalement les
discours spirituels qui se tiennent dans le monde
sur l'inconstance des hommes. Elle ne se plaignit pas, mais son attitude équivalait à des reproches. Trois ans après son mariage, cette
femme jeune et jolie qui passait si brillante
dans son brillant équipage, qui vivait dans
une sphère de gloire et de richesse enviée de
tant de gens insoucians et incapables d'apprécier justement les situations de la vie, fut en
proie à de violens chagrins. Ses couleurs pâ-
lirent. Elle réfléchit, elle compara ; puis, le
malheur lui déroula les premiers textes de l'expérience. Elle résolut de rester courageusement dans le cercle de ses devoirs, en espérant
que cette conduite généreuse lui ferait recou-
vrer tôt ou tard l'amour de son mari ; mais il
n'en fut pas ainsi. Quand M. de Sommervieux,
fatigué de travail, sortait de son atelier, Augustine ne cachait pas si vite son ouvrage, que
le peintre ne pût apercevoir sa femme raccom-

modant avec toute la minutie d'une bonne ménagère, le linge de la maison et le sien. Elle fournissait, avec générosité, sans murmure, l'argent nécessaire aux prodigalités de son mari ; mais, dans le désir de conserver la fortune de son cher Henri, elle se montrait économe soit pour elle, soit dans certains détails de l'administration domestique ; idées incompatibles avec le laisser-aller des artistes, qui, sur la fin de leur carrière, ont tant joui de la vie, qu'ils ne se demandent jamais la raison de leur ruine.

Il est inutile de marquer chacune des dégradations de couleur par lesquelles la teinte brillante de leur lune de miel atteignit à une profonde obscurité. Un soir, la triste Augustine, qui depuis long-temps entendait son mari parler avec enthousiasme de madame la duchesse de Carigliano, reçut d'une amie quelques avis méchamment charitables sur la nature de l'attachement qu'avait conçu M. de Sommervieux pour cette célèbre coquette qui donnait le ton à la cour et aux modes. A vingt-un ans, dans tout l'éclat de la jeunesse, de la beauté, Augustine se vit trahie pour une femme de trente-six ans. En se sentant malheureuse au

milieu du monde et de ses fêtes désertes pour
elle, la pauvre petite ne comprit plus rien à
l'admiration qu'elle y excitait, ni à l'envie
qu'elle inspirait. Sa figure prit une nouvelle
expression. La mélancolie versa dans ses traits
la douceur de la résignation et la pâleur d'un
amour dédaigné. Elle ne tarda pas à être courtisée par les hommes les plus séduisans; mais
elle resta solitaire et vertueuse. Quelques paroles de dédain, échappées à son mari, lui donnèrent un incroyable désespoir. Une lueur fatale lui fit entrevoir les défauts de contact qui,
par suite des mesquineries de son éducation,
empêchaient l'union complète de son ame avec
celle de Henri. Elle eut assez d'amour pour l'ab-
soudre et pour se condamner. Elle pleura des
larmes de sang, et reconnut trop tard qu'il
est des mésalliances d'esprit, comme des mésalliances de mœurs et de rang. En songeant
aux délices printanières de son union, elle
comprit l'étendue du bonheur passé, et convint en elle-même qu'une si riche moisson
d'amour était une vie entière qui ne pouvait
se payer que par du malheur. Cependant elle
aimait trop sincèrement pour perdre toute
espérance. Aussi osa-t-elle entreprendre à

vingt-un ans de s'instruire et de rendre son imagination au moins digne de celle qu'elle admirait.

— Si je ne suis pas poète, se disait-elle, au moins je comprendrai la poésie.

Et déployant alors cette force de volonté, cette énergie que les femmes possèdent toutes quand elles aiment, madame de Sommervieux tenta de changer son caractère, ses mœurs et ses habitudes. Mais en dévorant des volumes, en apprenant avec courage, elle ne réussit qu'à devenir moins ignorante. La légèreté de l'esprit et les graces de la conversation sont un don de la nature ou le fruit d'une éducation commencée au berceau. Elle pouvait apprécier la musique, en jouir, mais non chanter avec goût. Elle comprit la littérature et les beautés de la poésie; mais il était trop tard pour en orner sa rebelle mémoire. Elle entendait avec plaisir les entretiens du monde, mais elle n'y fournissait rien de brillant. Ses idées religieuses et ses préjugés d'enfance se montrèrent à chaque pas, et s'opposèrent à l'émancipation de ses idées. Enfin, il s'était glissé contre elle, dans l'ame de Henri, une prévention qu'elle ne put vaincre. L'artiste se moquait de ceux

qui lui vantaient sa femme, et ses plaisanteries étaient assez fondées. Il imposait tellement
à cette jeune et touchante créature, qu'en sa
présence, ou en tête à tête, elle tremblait. Embarrassée par son trop grand désir de plaire,
elle sentait son esprit et ses connaissances s'é-
vanouir dans un seul sentiment.

La fidélité d'Augustine déplut même à cet
infidèle mari, qui semblait l'engager à com-
mettre des fautes en taxant sa vertu d'insensi-
bilité. Augustine s'efforça en vain d'abdiquer
sa raison, de se plier aux caprices, aux fantaisies de son mari, et de se vouer à l'égoïsme de
sa vanité, elle ne recueillit point le fruit de ces
sacrifices. Peut-être avaient-ils tous deux
laissé passer le moment où les âmes peuvent
se comprendre. Un jour le cœur trop sensible
de la jeune épouse reçut un de ces coups qui
font si fortement plier les liens du sentiment,
qu'on peut les croire rompus. Elle s'isola. Mais
bientôt une fatale pensée lui suggéra d'aller
chercher des consolations et des conseils au
sein de sa famille.

Un matin donc, elle se dirigea vers la grotesque façade de l'humble et silencieuse maison où s'était écoulée son enfance. Elle sou-

pira en revoyant cette croisée d'où, un jour,
elle avait envoyé un premier baiser à celui qui
répandait aujourd'hui sur sa vie autant de
gloire que de malheur. Rien n'était changé dans
l'antre où se rajeunissait cependant le commerce de la draperie. La sœur d'Augustine
occupait au comptoir antique la place de sa
mère. La jeune affligée rencontra son beau-
frère, la plume derrière l'oreille. Elle en fut à
peine écoutée, tant il avait l'air affairé; les
redoutables signaux d'un inventaire général se
faisaient autour de lui. Aussi la quitta-t-il en
la priant d'excuser. Elle fut reçue assez froidement par sa sœur qui lui manifesta quelque
rancune. En effet, Augustine, brillante et
descendant d'un joli équipage, n'était jamais
venue voir sa sœur qu'en passant. La femme
du prudent Lebas s'imagina que l'argent était
la cause première de cette visite matinale, elle
essaya de se maintenir sur un ton de réserve
dont Augustine se prit à sourire plus d'une
fois, en voyant que, sauf les barbes au bonnet,
sa mère avait trouvé dans Virginie un successeur qui conserverait l'antique honneur du
Chat-qui-pelote.

Au déjeûner, Augustine aperçut dans le ré-

gime de la maison ; certains changemens qui
faisaient honneur au bon sens de Joseph Lebas.
Les commis ne se levèrent pas au dessert ; on
leur laissait la faculté de parler ; et l'abondance
de la table annonçait une aisance sans luxe. La
jeune élégante vit apporter les coupons d'une
loge aux Français où elle se souvint d'avoir vu
sa sœur de loin en loin. Madame Lebas avait
sur les épaules un cachemire dont la magnificence attestait la générosité avec laquelle son
mari s'occupait d'elle. Enfin, les deux époux
marchaient avec leur siècle. Augustine fut bientôt pénétrée d'attendrissement, en reconnaissant, pendant les deux tiers de cette journée,
le bonheur égal, sans exaltation il est vrai,
mais aussi sans orages, que goûtait ce couple
convenablement assorti. Ils avaient accepté la
vie comme une entreprise commerciale où il
s'agissait de faire, avant tout, honneur à ses
affaires. La femme, n'ayant pas rencontré dans
son mari un amour excessif, s'était appliquée
à le faire naître. Quand Joseph Lebas se trouva
insensiblement amené à estimer, à chérir sa
femme, le temps que le bonheur mit à éclore,
fut, pour eux, un gage de sa durée. Aussi,
lorsque la plaintive Augustine exposa sa situa-

tion douloureuse, eût-elle à essuyer le déluge
de lieux communs que la morale de la rue
Saint-Denis fournissait à sa sœur.

— Le mal est fait, ma femme, dit Joseph
Lebas, il faut chercher à donner de bons conseils à notre sœur.

A ces mots, l'habile négociant analysa lour-
dement les ressources que les lois et les mœurs
pouvaient offrir à Augustine pour sortir de
cette crise; il en numérota, pour ainsi dire,
les considérations, les rangea par leur force
dans des espèces de catégories, comme s'il se
fût agi de marchandises de diverses qualités;
puis il les mit en balance, les pesa, et conclut
en développant la nécessité où était sa belle-
sœur de prendre un parti violent qui ne satisfît
point l'amour qu'elle ressentait encore pour
son mari. Aussi ce sentiment se réveilla-t-il
dans toute sa force quand elle entendit Joseph
Lebas parler de voies judiciaires. Elle remercia
ses deux amis, et revint chez elle encore plus
indécise qu'elle ne l'était avant de les avoir
consultés.

Alors elle hasarda de se rendre à l'antique
hôtel de la rue du Colombier, dans le dessein
de confier ses malheurs à son père et à sa

mère. La pauvre petite femme ressemblait à
ces malades qui, arrivés à un état désespéré,
essaient de toutes les recettes et se confient
même aux remèdes de bonne femme. Les deux
vieillards la reçurent avec une effusion de
sentiment dont elle fut attendrie. Cette visite
leur apportait une distraction qui, pour eux,
valait un trésor. Depuis quatre ans, ils marchaient dans la vie comme des navigateurs
sans but et sans boussole. Assis au coin
de leur feu, ils se racontaient l'un à l'autre
tous les désastres du Maximum, leurs anciennes acquisitions de draps, la manière dont ils
avaient évité les banqueroutes, et surtout cette
célèbre faillite Lecocq, la bataille de Marengo
de M. Guillaume. Puis, quand ils avaient épuisé
les vieux procès, ils récapitulaient les additions
de leurs inventaires les plus productifs, et se
narraient encore les vieilles histoires du quartier Saint-Denis. A deux heures, M. Guillaume
allait donner un coup d'œil à l'établissement
du Chat-qui-pelote. En revenant il s'arrêtait à
toutes les boutiques, autrefois ses rivales, et
dont les jeunes propriétaires espéraient entraîner le vieux négociant dans quelque escompte
aventureux, que, selon sa coutume, il ne re-

fusait jamais positivement. Deux bons chevaux
normands mouraient de gras fondu dans l'écurie
de l'hôtel ; madame Guillaume ne s'en servait
que pour se faire traîner tous les dimanches à
la grand'messe de sa paroisse. Trois fois par
semaine ce respectable couple tenait table ouverte. Grace à l'influence de son gendre, M. de
Sommervieux, le père Guillaume avait été
nommé membre du comité consultatif pour
l'habillement des troupes; et, depuis que son
mari s'était ainsi trouvé placé haut dans l'administration, madame Guillaume avait pris la
détermination de représenter. Leurs appartemens étaient encombrés de tant d'ornemens
d'or et d'argent, et de meubles sans goût,
mais de valeur certaine, que la pièce la plus
simple y ressemblait à une chapelle. L'écono-
mie et la prodigalité semblaient se disputer
dans chacun des accessoires de cet hôtel.
L'on eût dit que M. Guillaume avait eu en
vue de faire un placement d'argent jusque dans l'acquisition d'un flambeau. Au milieu de ce bazar, dont la richesse accusait le
désœuvrement des deux époux, le célèbre
tableau de M. de Sommervieux avait obtenu la
place d'honneur. Il faisait la consolation de

M. et de madame Guillaume, qui tournaient
vingt fois par jour leurs yeux harnachés de besicles, vers cette image de leur ancienne existence, pour eux, si active et si amusante.

L'aspect de cet hôtel et de ces appartemens
où tout avait une senteur de vieillesse et de
médiocrité, le spectacle donné par ces deux
êtres, qui semblaient échoués sur un rocher
d'or, loin du monde et des idées qui font
vivre, surprirent Augustine. Elle contemplait
en ce moment la seconde partie du tableau
dont elle avait vu le commencement chez Joseph Lebas : celui d'une vie agitée quoique
sans mouvement, espèce d'existence mécanique et instinctive semblable à celle des cas-
tors. Elle eut alors je ne sais quel orgueil de
ses chagrins, en pensant qu'ils prenaient leur
source dans un bonheur de dix-huit mois qui
valait à ses yeux mille existences comme celle
dont elle comprenait actuellement tout le vide.
Cependant elle cacha ce sentiment peu charitable et déploya pour ses vieux parens, les
graces nouvelles de son esprit, les coquetteries
de tendresse que l'amour lui avait révélées, et
les disposa favorablement à écouter ses do-
léances matrimoniales. Les vieilles gens ont

un faible pour ces sortes de confidences, et
madame Guillaume, surtout, voulut être instruite des plus légers détails de cette vie
étrange qui, pour elle, avait quelque chose de
fabuleux. Les voyages du baron de La Hontan,
qu'elle commençait toujours sans jamais les
achever, ne lui apprirent rien de plus inouï
sur les sauvages du Canada.

— Comment, mon enfant, ton mari s'en-
ferme avec des femmes nues, et tu as la simplicité de croire qu'il les dessine?

A cette exclamation, la grand'mère posa
ses lunettes sur une petite travailleuse, secoua
ses jupons et plaça ses mains jointes sur ses
genoux élevés par une chaufferette, son pié-
destal favori.

— Mais, ma mère, tous les peintres sont
obligés d'avoir des modèles.

— Il s'est bien gardé de nous dire tout cela
quand il t'a demandée en mariage. Si je l'avais
su, je n'aurais pas donné ma fille à un homme
qui fait un pareil métier. La religion défend
ces horreurs-là ; ça n'est pas moral. A quelle
heure nous disais-tu donc qu'il rentre chez
lui?

— Mais, à une heure, deux heures...

Les deux époux se regardèrent avec un profond étonnement.

— Il joue donc? dit M. Guillaume. Il n'y avait que les joueurs qui, de mon temps, rentrassent si tard.

Augustine fit une petite moue qui repoussait cette accusation.

— Il doit te faire passer de cruelles nuits à l'attendre, reprit madame Guillaume. Mais non, tu te couches, n'est-ce pas? Et quand il a perdu, le monstre te réveille.

— Non, ma mère, il est au contraire quelquefois très gai. Assez souvent même quand il fait beau, il me propose de me lever, pour aller dans les bois.

— Dans les bois? à ces heures-là! Tu as donc un bien petit appartement qu'il n'a pas assez de sa chambre, de ses salons, et qu'il lui faille ainsi courir pour... Mais c'est pour t'enrhumer, que le scélérat te propose ces parties-là. Il veut se débarrasser de toi. A-t-on jamais vu un homme établi, qui a un commerce tranquille, galoper comme un loup-garou?

— Mais, ma mère, vous ne comprenez donc pas que, pour développer son talent, il a besoin d'exaltation. Il aime beaucoup les scènes qui...

—Ah! je lui en ferais de belles, des scènes, moi! s'écria madame Guillaume en interrompant sa fille. Comment peux-tu garder des ménagemens avec un homme pareil? D'abord, je n'aime pas qu'il ne boive que de l'eau; çà n'est pas sain. Pourquoi montre-t-il de la répugnance à voir les femmes quand elles mangent. Quel singulier genre! Mais c'est un fou. Tout ce que tu nous en as dit n'est pas possible. Un homme ne peut pas partir de sa maison sans souffler mot et ne revenir que dix jours après. Il te dit qu'il a été à Dieppe pour peindre la mer. Est-ce qu'on peint la mer? Il te fait des contes à dormir debout.

Augustine ouvrit la bouche pour défendre son mari; madame Guillaume lui imposa silence par un geste de main auquel un reste d'habitude la fit obéir, et sa mère s'écria d'un ton sec:—Tiens, ne me parle pas de cet homme-là! il n'a jamais mis le pied dans une église que pour te voir et t'épouser. Les gens sans religion sont capables de tout. Est-ce que Guillaume s'est jamais avisé de me cacher quelque chose, de rester des trois jours sans me dire ouf, et babiller ensuite comme une pie borgne?

— Ma chère mère, vous jugez trop sévèrement les gens supérieurs. S'ils avaient des idées
semblables à celles des autres, ce ne seraient
plus des gens à talent.

— Eh bien , que les gens à talent restent
chez eux et ne se marient pas! Comment! un
homme à talent rendra sa femme malheureuse!
et parce qu'il a du talent, ce sera bien? Talent,
talent! Il n'y a pas tant de talent à dire comme
lui blanc et noir à toute minute, à couper la
parole aux gens, à battre du tambour chez soi,
à ne jamais vous laisser savoir sur quel pied
danser, à forcer une femme de ne pas s'amuser
avant que les idées de monsieur ne soient gaies ;
d'être triste, dès qu'il est triste.

— Mais, ma mère, le propre de ces imaginations-là...

— Qu'est-ce que c'est que ces imaginations-
là? reprit madame Guillaume en interrompant
encore sa fille. Il en a de belles, ma foi! Qu'est-
ce qu'un homme auquel il prend tout à coup,
sans consulter de médecin, la fantaisie de ne
manger que des légumes? Encore, si c'était par
religion, sa diète lui servirait à quelque chose ;
mais il n'en a pas plus qu'un huguenot. A-t-on
jamais vu un homme aimer, comme lui, les

chevaux plus qu'il n'aime son prochain, se
faire friser les cheveux comme un païen, coucher des statues sous de la mousseline, faire
fermer ses fenêtres le jour pour travailler à la
lampe? Tiens, laisse-moi, s'il n'était pas si
grossièrement immoral, il serait bon à mettre
aux petites-maisons. Consulte M. Charbonneau,
le vicaire de Saint-Sulpice, demande-lui son
avis sur tout cela? il te dira que ton mari ne se
conduit pas comme un chrétien...

— Oh! ma mère! pouvez-vous croire...

— Oui, je le crois! Tu l'as aimé, tu n'aper-
çois rien de ces choses-là. Mais, moi, vers les
premiers temps de son mariage, je me souviens
de l'avoir rencontré dans les Champs-Élysées.
Il était à cheval. Eh bien! il galopait par moment ventre à terre, et puis il s'arrêtait pour
aller pas à pas. Je me suis dit alors : — Voilà
un homme qui n'a pas de jugement.

— Ah! s'écria M. Guillaume en se frottant
les mains, comme j'ai bien fait de t'avoir mariée séparée de biens avec cet original-là.

Quand Augustine eut l'imprudence de ra-
conter les griefs véritables qu'elle avait à exposer contre son mari, les deux vieillards restèrent muets d'indignation. Le mot de divorce

fut bientôt prononcé par madame Guillaume.
Au mot de divorce, l'inactif négociant fut
comme réveillé. Stimulé par l'amour qu'il
avait pour sa fille, et aussi par l'agitation
qu'un procès allait donner à sa vie sans
événemens, M. Guillaume prit la parole.
Il se mit à la tête de la demande en divorce,
la dirigea, plaida presque, il offrit à sa fille
de se charger de tous les frais, de voir
les juges, les avoués, les avocats, de remuer
ciel et terre. Madame de Sommervieux, effrayée, refusa les services de son père, et dit
qu'elle ne voulait pas se séparer de son mari,
dût-elle être dix fois plus malheureuse encore.
Puis elle ne parla plus de ses chagrins. Enfin,
après avoir été accablée par ses parens de tous
ces petits soins muets et consolateurs par lesquels les deux vieillards essayèrent de la dédommager, mais en vain, de ses peines de cœur,
Augustine se retira en sentant l'impossibilité
de parvenir à faire bien juger les hommes supérieurs par des esprits faibles. Elle apprit
qu'une femme devait cacher à tout le monde,
et même à ses parens, des malheurs pour lesquels
on rencontre si difficilement des sympathies.
Les orages et les souffrances des sphères éle-

vées ne peuvent être appréciés que par les nobles esprits qui les habitent. En toute chose,
nous ne pouvons être jugés que par nos pairs.

Alors la pauvre Augustine se retrouva dans
la froide atmosphère de son ménage, livrée
à l'horreur de ses méditations. L'étude n'é-
tait plus rien pour elle, puisque l'étude ne lui
avait pas rendu le cœur de son mari. Initiée
aux secrets de ces ames de feu, sans avoir leurs
ressources elle participait avec force à leurs
peines sans partager leurs plaisirs. Elle s'était
dégoûtée du monde, qui lui semblait mesquin
et petit devant les évènemens des passions. Enfin, sa vie était manquée. Un soir, elle fut
frappée d'une pensée qui vint illuminer ses té-
nébreux chagrins comme un rayon céleste.
Cette idée ne pouvait sourire qu'à un cœur aussi
pur, aussi vertueux que l'était le sien. Elle résolut d'aller chez la duchesse de Carigliano,
non pas pour lui redemander le cœur de son
mari, mais pour s'y instruire des artifices qui
le lui avaient enlevé; mais pour intéresser à la
mère des enfans de son ami cette orgueilleuse
femme du monde; mais pour la fléchir et la
rendre complice de son bonheur à venir comme
elle était l'instrument de son malheur présent.

Un jour donc, la timide Augustine, armée
d'un courage surnaturel, monta en voiture, à
deux heures après midi, pour essayer de pénétrer jusqu'au boudoir de la célèbre coquette,
qui n'était jamais visible avant cette heure-là.

Madame de Sommervieux ne connaissait pas
encore les antiques et somptueux hôtels du faubourg Saint-Germain. Quand elle parcourut ces
vestibules majestueux, ces escaliers grandioses,
ces salons immenses ornés de fleurs, malgré les
rigueurs de l'hiver, et décorés avec ce goût particulier aux femmes qui sont nées dans l'opulence ou avec les habitudes distinguées de l'a-
ristocratie, Augustine eut un affreux serrement
de cœur. Elle envia les secrets de cette élégance dont elle n'avait jamais eu l'idée. Elle
respira un air de grandeur qui lui expliqua
l'attrait de cette maison pour son mari. Quand
elle parvint aux petits-appartemens de la duchesse, elle éprouva de la jalousie et une sorte
de désespoir, en y admirant la voluptueuse
disposition des meubles, des draperies et des
étoffes tendues. Là, le désordre était une grace ;
là, le luxe affectait une espèce de dédain pour
la richesse. Les parfums répandus dans cette
douce atmosphère flattaient l'odorat sans l'of-

fenser. Les accessoires de l'appartement s'har-
moniaient avec une vue ménagée par des glaces
sans tain sur les pelouses d'un jardin planté
d'arbres verts. Tout était séduction, et le calcul ne s'y sentait point. Le génie de la maîtresse
de ces appartemens respirait tout entier dans
le salon où attendait Augustine. Elle tâcha d'y
deviner le caractère de sa rivale par l'aspect des
objets épars; mais il y avait là quelque chose
d'impénétrable dans la profusion comme dans
la symétrie, et pour la simple Augustine ce
fut lettres closes. Tout ce qu'elle put y voir,
c'est que la duchesse était une femme supérieure en tant que femme. Alors elle eut une
pensée douloureuse.

— Hélas! serait-il vrai, se dit-elle, qu'un
cœur aimant et simple ne suffit pas à un artiste,
et pour balancer le poids de ces ames fortes,
faut-il les unir à des ames féminines dont la
puissance soit égale à la leur? Si j'avais été élevée comme cette sirène, au moins nos armes
eussent été égales au moment de la lutte.

— Mais je n'y suis pas! Ces mots secs et
brefs, quoique prononcés à voix basse dans
le boudoir voisin, furent entendus par Augustine, dont le cœur palpita.

— Cette dame est là, répliqua la femme de chambre.

— Vous êtes folle, faites donc entrer ! répondit la duchesse, dont la voix, devenue douce, avait pris l'accent affectueux de la politesse. Il était clair qu'elle désirait alors être entendue.

Augustine s'avança timidement. Elle vit, au fond de ce frais boudoir, la duchesse voluptueusement couchée sur une ottomane. Ce siége, de velours vert, était placé au centre d'une espèce de demi-cercle dessiné par les plis les plus moelleux et les plus délicats d'une mousseline élégamment tendue. Des ornemens de bronze et d'or, placés avec un goût exquis, relevaient la blancheur de cette espèce de dais sous lequel la duchesse était posée comme une statue antique. La couleur foncée du velours ne lui laissait perdre aucun moyen de séduction. Un demi-jour, ami de sa beauté, semblait être plutôt un reflet qu'une lumière. Quelques fleurs rares élevaient leurs têtes embaumées au-dessus des vases de Sèvres les plus riches. Au moment où ce tableau s'offrit aux yeux d'Augustine étonnée, elle avait marché si doucement, qu'elle put surprendre un regard

de l'enchanteresse. Ce regard semblait dire à
une personne que la femme du peintre n'aperçut pas d'abord : — Restez, vous allez voir une
jolie femme, et vous me rendrez cette visite
moins ennuyeuse.

A l'aspect d'Augustine, la duchesse se leva
et la fit asseoir auprès d'elle sur l'ottomane.

— A quoi dois-je le bonheur de cette visite,
madame ? dit-elle avec un sourire plein de
graces.

— Que de fausseté, pensa Augustine, qui
ne répondit que par une inclination de
tête.

Ce silence était commandé. La jeune femme
voyait devant elle un témoin de trop à cette
scène. Ce personnage était, de tous les colonels
de l'armée, le plus jeune, le plus élégant et le
mieux fait. Son costume demi-bourgeois faisait
ressortir les graces de sa personne. Sa figure
pleine de vie, de jeunesse, et déjà fort expres-
sive, était encore animée par de petites mous-
taches relevées en pointe et noires comme du
jais, par une impériale bien fournie, par des
favoris soigneusement peignés et par une forêt
de cheveux noirs assez en désordre. Il badi-
nait avec une cravache, en manifestant une

aisance et une liberté qui séyaient à l'air
satisfait de sa physionomie ainsi qu'à la recherche de sa toilette. Les rubans attachés à
sa boutonnière étaient noués avec dédain, et il
paraissait bien plus vain de sa jolie tournure
que de son courage. Augustine regarda la duchesse de Carigliano en lui montrant le colonel
par un coup-d'œil dont toutes les prières furent
comprises.

— Eh bien ! adieu, M. d'Aiglemont, nous
nous retrouverons au bois de Boulogne.

Ces mots furent prononcés par la sirène
comme s'ils étaient le résultat d'une stipulation
antérieure à l'arrivée d'Augustine. Elle les accompagna d'un regard menaçant que l'officier
méritait peut-être pour l'admiration qu'il témoignait en contemplant la modeste fleur qui
contrastait si bien avec l'orgueilleuse duchesse.
Le jeune fat s'inclina en silence, tourna sur
les talons de ses bottes, et s'élança gracieusement hors du boudoir. En ce moment, Augustine épiant sa rivale qui semblait suivre des
yeux le brillant officier, surprit dans ce regard
un sentiment dont toutes les femmes connaissent les fugitives expressions. Alors elle songea
avec la douleur la plus profonde que sa visite

allait être inutile. Elle pensa que cette artifi-
cieuse duchesse était trop avide d'hommages
pour ne pas avoir le cœur bronzé.

— Madame, dit Augustine d'une voix entre-
coupée, la démarche que je fais en ce moment
auprès de vous va vous sembler bien singulière; mais le désespoir a sa folie, et doit
faire tout excuser. Je m'explique trop bien
pourquoi M. de Sommervieux préfère votre
maison à toute autre, et pourquoi votre esprit
exerce tant d'empire sur lui. Hélas! je n'ai
qu'à rentrer en moi-même pour en trouver des
raisons plus que suffisantes. Mais j'adore mon
mari, madame. Deux ans de larmes n'ont point
effacé son image de mon cœur, quoique j'aie
perdu le sien. Dans ma folie, j'ai osé concevoir
l'idée de lutter avec vous, et je viens à vous,
vous demander par quels moyens je puis triom-
pher de vous-même. Oh! madame! s'écria
la jeune femme en saisissant avec ardeur la
main de sa rivale qui la lui laissa prendre, je
ne prierai jamais Dieu pour mon propre bonheur avec autant de ferveur que je l'implore-
rais pour le vôtre, si vous m'aidiez à reconqué-
rir, je ne dirai pas l'amour, mais la tendresse de
M. de Sommervieux. Je n'ai plus d'espoir qu'en

vous. Ah! dites-moi, comment vous avez pu
lui plaire et lui faire oublier les premiers jours
de...

A ces mots, Augustine, suffoquée par des san-
glots mal contenus, fut obligée de s'arrêter.
Honteuse de sa faiblesse, elle cacha son visage
dans un mouchoir qu'elle inonda de ses
larmes.

— Êtes-vous donc enfant, ma chère petite
belle! dit la duchesse, qui, séduite par la
nouveauté de cette scène, et attendrie malgré
elle en recevant l'hommage que lui rendait la
plus parfaite vertu qui fût peut-être à Paris,
prit le mouchoir de la jeune femme et se mit
à lui essuyer elle-même les yeux en la flattant
par quelques monosyllabes murmurés avec une
gracieuse pitié.

Après un moment de silence, la coquette,
mettant les jolies mains de la pauvre Augustine
entre les siennes qui avaient un rare caractère
de beauté noble et de puissance, lui dit d'une
voix douce et affectueuse : — Pour premier
avis, je vous conseillerai de ne pas pleurer
ainsi, parce que les larmes enlaidissent. Il
faut savoir prendre son parti sur les chagrins;
ils rendent malade, et l'amour ne reste pas

long-temps sur un lit de douleur. La mélancolie donne bien d'abord une certaine grace
qui plaît; mais elle finit par alonger les
traits et flétrir la plus ravissante de toutes les
figures. Ensuite, nos tyrans ont l'amour-
propre de vouloir que leurs esclaves soient
gais.

— Ah! madame! il ne dépend pas de moi
de ne pas sentir! Comment peut-on, sans
éprouver mille morts, voir terne, décolorée,
indifférente, une figure qui jadis rayonnait d'a-
mour et de joie? Ah! je ne sais pas commander à mon cœur.

— Tant pis, chère belle; mais je crois
déjà savoir toute votre histoire. D'abord,
imaginez-vous bien, que si votre mari vous
a été infidèle, je ne suis pas sa complice. Si
j'ai tenu à l'avoir dans mon salon, c'est, je
l'avouerai, par amour-propre, il était célèbre
et n'allait nulle part. Je vous aime déjà trop,
pour vous dire toutes les folies qu'il a faites
pour moi. Je ne vous en révélerai qu'une
seule, parce qu'elle nous servira peut-être à
vous le ramener et à le punir de l'audace qu'il
met dans ses procédés avec moi. Il finirait
par me compromettre. Je connais trop le

monde, ma chère, pour vouloir me mettre à la
discrétion d'un homme trop supérieur. Sachez
qu'il faut se laisser faire la cour par eux,
mais les épouser! c'est une faute. Nous autres
femmes, nous devons admirer les hommes de
génie, en jouir comme d'un spectacle, mais
vivre avec eux? jamais! Fi donc! c'est vouloir prendre plaisir à regarder les machines de
l'Opéra, au lieu de rester dans une loge, à y
savourer de brillantes illusions. Mais chez vous,
ma pauvre enfant, le mal est arrivé, n'est-ce
pas? Eh bien! il faut essayer de vous armer
contre la tyrannie.

— Ah! madame, avant d'entrer ici, et en
vous y voyant, j'ai déjà reconnu quelques artifices dont je n'avais aucune idée.

— Eh bien, venez me voir quelquefois, et
vous ne serez pas long-temps sans posséder
la science de ces bagatelles, d'ailleurs assez
importantes. Les choses extérieures sont,
pour les sots, la moitié de la vie; et pour cela,
plus d'un homme de talent se trouve un sot
malgré tout son esprit. Mais je gage que vous
n'avez jamais rien su refuser à Henri.

— Le moyen, madame, de refuser quelque
chose à celui qu'on aime!

— Pauvre innocente, je vous adorerais pour
votre niaiserie. Sachez donc que plus nous
aimons et moins nous devons laisser apercevoir
à un homme, surtout à un mari, l'étendue de
notre passion. C'est celui qui aime le plus qui
est tyrannisé, et qui pis est, délaissé tôt ou
tard. Celui qui veut régner, doit...

— Comment! madame, faudra-t-il donc dis-
simuler, calculer, devenir fausse, se faire un
caractère artificiel et pour toujours? Oh, comment peut-on vivre ainsi? Est-ce que vous
pouvez...

Elle hésita, la duchesse sourit.

— Ma chère, reprit la grande dame d'une
voix grave, le bonheur conjugal a été de tout
temps une spéculation, une affaire qui demande une attention particulière. Si vous
continuez à parler passion quand je vous parle
mariage, nous ne nous entendrons bientôt
plus. — Écoutez-moi, continua-t-elle en prenant le ton d'une confidence. J'ai été à même
de voir quelques-uns des hommes supérieurs
de notre époque. Ceux qui se sont mariés ont,
à quelques exceptions près, épousé des femmes
nulles. Eh bien! ces femmes-là les gouver-
naient, comme l'empereur nous gouverne, et

en étaient, sinon aimées, du moins respectées.
J'aime assez les secrets, surtout ceux qui nous
concernent, pour m'être amusée à chercher le
mot de cette énigme. Eh bien ! mon ange, ces
bonnes femmes avaient le talent d'analyser le
caractère de leurs maris, sans s'épouvanter
comme vous de leur supériorité. Elles avaient
adroitement remarqué les qualités qui leur
manquaient; et, soit qu'elles possédassent ces
qualités, ou qu'elles feignissent de les avoir,
elles trouvaient moyen d'en faire un si grand
étalage aux yeux de leurs maris qu'elles finis-
saient par leur imposer. Enfin, apprenez encore
que ces âmes qui paraissent si grandes ont
toutes un petit grain de folie que nous devons
savoir exploiter. En prenant la ferme volonté
de les dominer, en ne s'écartant jamais de ce
but, en y rapportant toutes nos actions, nos
idées, nos coquetteries, nous maîtrisons ces
esprits éminemment capricieux qui, par la mobilité même de leurs pensées, nous donnent
les moyens de les influencer.

— Oh ciel ! s'écria la jeune femme épouvantée, voilà donc la vie. C'est un combat......

— Où il faut toujours menacer, reprit la

duchesse en riant. Notre pouvoir est tout factice. Aussi ne faut-il jamais se laisser mépriser par un homme; on ne se relève pas de là. Venez, ajouta-t-elle, je vais vous donner un moyen de mettre votre mari à la chaîne.

Elle se leva, pour guider en souriant la jeune et innocente apprentie des ruses conjugales à travers le dédale de son petit palais. Elles arrivèrent toutes deux à un escalier dérobé qui communiquait aux appartemens de réception. Quand la duchesse tourna le secret de la porte, elle s'arrêta, regarda Augustine avec un air inimitable de finesse et de grace : — Tenez, le duc de Carigliano m'adore! Eh bien! il n'ose pas entrer par cette porte sans ma permission. Et c'est un homme qui a l'habitude de commander à des milliers de soldats. Il sait affronter les batteries, mais devant moi! il a peur.

Augustine soupira. Elles parvinrent à une somptueuse galerie où la femme du peintre fut amenée par la duchesse devant le portrait que Henri avait fait de mademoiselle Guillaume. A cette vue, Augustine jeta un cri.

— Je savais bien qu'il n'était plus chez moi, dit-elle, mais... ici...

— Ma chère, je ne l'ai exigé que pour voir
jusqu'à quel degré de bêtise un homme de génie peut atteindre. Tôt ou tard, il vous aurait
été rendu par moi ; mais je ne m'attendais pas
au plaisir de voir ici l'original devant la copie.
Pendant que nous allons achever notre conversation, je le ferai porter dans votre voiture.
Si, armée de ce talisman, vous n'êtes pas maîtresse de votre mari pendant cent ans, vous
n'êtes pas une femme, et vous mériterez votre
sort !

Augustine baisa la main de la duchesse, qui
la pressa sur son cœur, et l'embrassa avec une
tendresse d'autant plus vive qu'elle devait être
oubliée le lendemain. Cette scène aurait peut-
être à jamais ruiné la candeur et la pureté d'une
femme moins vertueuse que ne l'était Augustine. Les secrets révélés par la duchesse étaient
également salutaires et funestes. La politique
astucieuse des hautes sphères sociales ne con-
venait pas plus à Augustine que l'étroite raison
de Joseph Lebas, ou que la niaise morale de
madame Guillaume. Étrange effet des fausses
positions où nous jettent les moindres contre-
sens commis dans la vie ! Augustine ressemblait
alors à un pâtre des Alpes surpris par une ava-

lanche : s'il hésite , et qu'il veuille écouter les
cris de ses compagnons, le plus souvent il périt.
Dans ces grandes crises , le cœur se brise ou
se bronze.

Madame de Sommervieux revint chez elle
en proie à une agitation qu'il serait difficile
de décrire. La conversation qu'elle venait d'a-
voir avec la duchesse de Carigliano éveillait une
foule d'idées contradictoires dans son esprit.
Elle était, comme les moutons de la fable,
pleine de courage en l'absence du loup. Elle
se haranguait elle-même et se traçait d'admirables plans de conduite ; elle concevait mille
stratagèmes de coquetterie ; elle parlait même à
son mari, retrouvant, loin de lui, toutes les
ressources de cette éloquence vraie qui n'abandonne jamais les femmes ; puis, en songeant
au regard fixe et clair de Henri, elle tremblait
déjà. Quand elle demanda si M. de Sommervieux était chez lui, la voix lui manqua. En
apprenant qu'il ne reviendrait pas dîner, elle
éprouva un mouvement de joie inexplicable.
Semblable au criminel qui se pourvoit en cas-
sation contre son arrêt de mort, un délai,
quelque court qu'il pût être , lui semblait une
vie entière. Elle plaça le portrait dans sa

chambre, et attendit son mari, en se livrant
à toutes les angoisses de l'espérance. Elle
pressentait trop bien que cette tentative
allait décider de tout son avenir, pour ne pas
frissonner au bruit de chaque voiture, et même
au murmure de sa pendule, qui semblait ap-
pesantir ses terreurs en les lui mesurant. Elle
tâcha de tromper le temps par mille artifices.
Elle eut l'idée de faire une toilette qui la rendît
semblable de tout point au portrait. Puis, con-
naissant le caractère inquiet de M. de Sommervieux, elle fit éclairer son appartement
d'une manière inusitée, certaine qu'en rentrant la curiosité l'amènerait chez elle. Minuit
sonna quand, au cri du jockei, la porte de l'hôtel s'ouvrit. La voiture du peintre roula sur le
pavé de la cour silencieuse.

— Que signifie cette illumination ? demanda
Henri d'une voix joyeuse, en entrant dans la
chambre de sa femme.

Augustine saisit avec adresse un moment
aussi favorable, elle s'élança au cou de son
mari, et lui montra le portrait. L'artiste resta
immobile comme un rocher. Ses yeux se diri-
gèrent alternativement sur Augustine et sur la
toile accusatrice. La timide épouse, demi-

morte, épiait le front changeant, le front
terrible de son mari. Elle en vit par degrés
les rides expressives s'amonceler comme des
nuages; puis, elle crut sentir son sang se figer
dans ses veines, quand, par un regard flam-
boyant et d'une voix profondément sourde,
elle fut interrogée.

— Où avez-vous trouvé ce tableau?

— La duchesse de Carigliano me l'a rendu.

— Vous le lui avez demandé?

— Je ne savais pas qu'il fût chez elle.

La douceur ou plutôt la mélodie enchanteresse de la voix de cet ange eût attendri des
Cannibales, mais non un parisien en proie
aux tortures de la vanité blessée.

— Cela est digne d'elle! s'écria l'artiste d'une
voix tonnante. Je me vengerai! dit-il en se pro-
menant à grands pas. Elle en mourra de honte;
je la peindrai! Oui, je la représenterai sous les
traits de Messaline sortant à la nuit du palais
de Claude.

— Henri! dit une voix mourante.

— Je la tuerai.

— Henri!

— Elle aime ce petit colonel de cavalerie,
parce qu'il monte bien à cheval...

— Henri !

— Eh ! laissez-moi ! dit le peintre à sa femme avec un son de voix qui ressemblait presque à un rugissement.

Il serait odieux de peindre toute cette scène à la fin de laquelle l'ivresse de la colère suggéra à M. de Sommervieux des paroles et des actes qu'une femme, moins jeune qu'Augustine, aurait attribués à la démence.

Sur les huit heures du matin, le lendemain, madame Guillaume surprit sa fille pâle, les yeux rouges, la coiffure en désordre, tenant à la main un mouchoir trempé de pleurs, contemplant sur le parquet les fragmens épars d'une toile déchirée et les morceaux d'un grand cadre doré mis en pièce. Augustine, que la douleur rendait presque insensible, montra ces débris par un geste empreint de désespoir.

— Et voilà peut-être une grande perte ! s'écria la vieille régente du Chat-qui-pelote. Il était ressemblant, c'est vrai; mais j'ai appris qu'il y a sur le boulevard un homme qui fait des portraits charmans pour cinquante écus.

— Ah ! ma mère.

— Pauvre petite, tu as bien raison, répon-

dit madame Guillaume qui méconnut l'expression du regard que lui jeta sa fille. Va, mon
enfant, l'on n'est jamais si tendrement aimé
que par sa mère. Viens, ma mignonne! Je
devine tout ; mais viens me dire tes chagrins,
je te consolerai. Ne t'ai-je pas déjà dit que cet
homme-là était un fou? Ta femme de chambre
m'a déjà conté de belles choses... Mais c'est
donc un véritable monstre!

Augustine mit un doigt sur ses lèvres pâlies,
comme pour implorer de sa mère un moment
de silence. Pendant cette terrible nuit, le malheur lui avait fait trouver cette patiente résignation qui, chez les mères et les femmes ai-
mantes, surpasse, dans ses effets, l'énergie
humaine, et prouve peut-être l'existence de
certaines cordes dont Dieu a enrichi le cœur des
femmes, et qu'il a refusées à l'homme.

Une inscription gravée sur un cippe du ci-
metière Montmartre indiquait que madame de
Sommervieux était morte à vingt-sept ans. Un
poète, ami de cette timide créature, voyait,
dans les simples lignes de son épitaphe, la dernière scène d'un drame. Chaque année, au
jour solennel du 2 novembre, il ne passait
jamais devant ce jeune marbre sans se demander

s'il ne fallait pas des femmes plus fortes que ne
l'était Augustine pour les puissantes étreintes
du génie.

— Les humbles et modestes fleurs, écloses
dans les vallées, meurent peut-être, se disait-
il, quand elles sont transplantées trop près des
cieux, aux régions où se forment les orages,
où le soleil est brûlant.

Maffliers, octobre 1829.

LA VENDETTA.

LA VENDETTA.

Vers la fin du mois de septembre de l'année 1800, un étranger, suivi d'une femme et d'une petite fille, arriva devant les Tuileries à Paris, et se tint assez long-temps auprès des décombres d'une maison récemment démolie, à l'endroit où s'élève aujourd'hui l'aile commencée qui doit unir le château de Catherine de Médicis au Louvre des Bourbons. Il resta là, debout, les bras croisés, la tête inclinée. Il la relevait parfois pour regarder alternativement

le palais consulaire, et sa femme assise auprès
de lui sur une pierre. Quoique l'inconnue parût
ne s'occuper que de la petite fille, àgée de neuf
à dix ans, dont elle caressait les longs cheveux
noirs, elle ne perdait aucun des regards que
lui adressait son compagnon. Un même sentiment, autre que l'amour, les unissait sans
doute, et animait d'une même inquiétude
leurs mouvemens et leurs pensées. La misère
est peut-être le plus puissant de tous les liens.
Cette petite fille semblait être le dernier fruit
de leur union. L'étranger avait une de ces têtes
abondantes en cheveux, larges et graves, qui
se sont souvent offertes au pinceau des Car-
raches. Ces cheveux si noirs étaient mélangés
d'une grande quantité de cheveux blancs.
Quoique nobles et fiers, ses traits avaient un
ton de dureté qui les gâtait. Malgré sa force et
sa taille droite, il paraissait avoir plus de soixante ans. Ses vêtemens délabrés annonçaient
qu'il venait d'un pays étranger. Sa femme, dont
la figure jadis belle était flétrie, avait passé l'âge;
son attitude trahissait une tristesse profonde;
mais quand son mari la regardait, elle s'effor-
çait de sourire en tâchant d'affecter une contenance calme. La petite fille restait debout,

malgré la fatigue dont son jeune visage, hâlé par le soleil, portait les marques. Elle avait une tournure italienne, de grands yeux noirs sous des sourcils bien arqués, une noblesse native, une grace vraie. Plus d'un passant se sentait ému au seul aspect de ce groupe dont les personnages ne faisaient aucun effort pour cacher un désespoir aussi profond que l'expression en était simple ; mais la source de cette fugitive obligeance qui distingue les Parisiens se tarissait promptement. Aussitôt que l'inconnu se croyait l'objet de l'attention de quelque oisif, il le regardait d'un air si farouche, que le flâneur le plus intrépide hâtait le pas comme s'il eût marché sur un serpent.

Après être demeuré long-temps indécis, tout-à-coup le grand étranger passa la main sur son front. Il en chassa, pour ainsi dire, les pensées qui l'avaient sillonné de rides, et prit sans doute un parti désespéré. Il jeta un regard perçant sur sa femme et sur sa fille, tira de sa veste un long poignard ; puis, le donnant à sa compagne, il lui dit en italien : — Je vais voir si les Bonaparte se souviennent de nous. Et il marcha d'un pas lent et assuré vers l'entrée du palais. Il fut naturellement arrêté par un soldat

de la garde consulaire avec lequel il ne put
long-temps discuter, car en s'apercevant de
l'obstination de l'inconnu, la sentinelle lui
présenta sa baïonnette en manière d'*ultimatum*.
Le hasard voulut que l'on vint en ce moment
relever le soldat de sa faction; et le caporal
indiqua fort obligeamment à l'aventurier l'endroit où se tenait le commandant du poste.

— Faites savoir à Bonaparte que Bartholoméo di Piombo voudrait lui parler, dit l'étranger au capitaine de service.

Cet officier eut beau représenter à Bartholoméo qu'on ne voyait pas le premier consul
sans lui avoir préalablement demandé par écrit
une audience, l'étranger voulut absolument
que le militaire allât prévenir Bonaparte. L'officier objecta les lois de la consigne, et refusa
formellement d'obtempérer à l'ordre de ce singulier solliciteur. Bartholoméo fronça le sour-
cil, jeta sur le capitaine un regard terrible,
et sembla le rendre responsable des malheurs
que ce refus pouvait occasionner. Il garda
le silence, se croisa fortement les bras sur la
poitrine, et alla se placer sous le portique qui
sert de communication entre la cour et le jardin des Tuileries. Les gens qui veulent forte-

ment une chose sont presque toujours bien
servis par le hasard. Au moment où Bartholoméo di Piombo s'asseyait sur une des bornes
qui sont auprès de l'entrée des Tuileries, il arriva une voiture d'où descendit Lucien Bonaparte, alors ministre de l'intérieur.

— Ah! Lucien, il est bien heureux pour
moi de te rencontrer! s'écria l'étranger.

Ces mots prononcés en patois corse, arrêtèrent Lucien au moment où il s'élançait sous
la voûte. Il regarda son compatriote et le reconnut. Au premier mot que Bartholoméo lui
dit à l'oreille, il emmena le Corse avec lui chez
Bonaparte. Murat, Lannes, Rapp, se trouvaient
dans le cabinet du premier consul. En voyant
entrer Lucien, suivi d'un homme aussi singulier
que l'était Piombo, la conversation cessa. Lucien
prit Napoléon par la main, et le conduisit dans
l'embrasure de la croisée. Après avoir échangé
quelques paroles avec son frère, le premier
consul fit un geste de main auquel obéirent
Murat et Lannes en s'en allant. Rapp feignit de
n'avoir rien vu, afin de pouvoir rester. Bonaparte l'ayant interpellé vivement, l'aide-de-
camp sortit en rechignant. Le premier consul
entendit le bruit des pas de Rapp dans le sa-

lon voisin , sortit brusquement et le vit près du
mur qui séparait le cabinet du salon.

— Tu ne veux donc pas me comprendre ? dit
le premier consul. J'ai besoin d'être seul avec
mon compatriote.

— Un Corse , répondit l'aide-de-camp. Je
me défie trop de ces gens-là pour ne pas....

Le premier consul ne put s'empêcher de
sourire, et poussa légèrement son fidèle officier par les épaules.

— Eh bien , que viens-tu faire ici , mon
pauvre Bartholoméo ? dit le premier consul à
Piombo.

— Te demander asile et protection , si tu es
un vrai Corse , répondit Bartholoméo d'un ton
brusque.

— Quel malheur a pu te chasser du pays ?
Tu en étais le plus riche, le plus....

— J'ai tué tous les Porta , répliqua le Corse
d'un son de voix profond en fronçant les sourcils.

Le premier consul fit deux pas en arrière
comme un homme surpris.

— Vas-tu me trahir ? s'écria Bartholoméo en
jetant un regard sombre à Bonaparte. Sais-tu

que nous sommes encore quatre Piombo en Corse?

Lucien prit le bras de son compatriote, et le secoua.

— Viens-tu ici pour menacer mon frère? lui dit-il vivement.

Bonaparte fit un signe à Lucien qui se tut. Puis, il regarda Piombo, et lui dit : — Pourquoi donc as-tu tué les Porta?

— Nous avions fait amitié, répondit-il, les Barbanti nous avaient réconciliés. Le lendemain, du jour où nous trinquâmes pour noyer nos querelles, je les quittai parce que j'avais affaire à Bastia. Ils restèrent chez moi, et mirent le feu à ma vigne de Longone. Ils ont tué mon fils Grégorio. Ma fille Ginevra et ma femme leur ont échappé, elles avaient communié le matin, la Vierge les a protégées. Quand je revins, je ne trouvai plus ma maison, je la cherchais les pieds dans ses cendres! Tout-à-coup, je heurtai le corps de Grégorio, que je reconnus à la lueur de la lune. — Oh! ce sont les Porta qui ont fait le coup! me dis-je. J'allai sur-le-champ dans les *Macchis*, j'y rassemblai quelques hommes auxquels j'avais rendu service, entends-tu, Bonaparte? Et nous marchâmes sur

la vigne des Porta. Nous sommes arrivés à neuf
heures du matin, à dix ils étaient tous devant
Dieu. Giacomo prétend qu'Élisa Vanni a sauvé
un enfant, le petit Luigi ; mais je l'avais attaché moi-même dans son lit avant de mettre le
feu à la maison. J'ai quitté l'île avec ma femme
et ma fille, sans avoir pu vérifier s'il était vrai
que Luigi vécût encore.

Bonaparte regardait Bartholoméo avec curiosité, mais sans étonnement.

— Combien étaient-ils ? demanda Lucien.

— Sept, répondit Piombo. Ils ont été vos
persécuteurs, dans les temps, leur dit-il. Ces
mots ne réveillèrent aucune expression de haine
chez les deux frères.

— Ah ! vous n'êtes plus Corses, s'écria Bartholoméo avec une sorte de désespoir. Adieu.
Autrefois je vous ai protégés ! ajouta-t-il d'un
ton de reproche. Sans moi, ta mère ne serait
pas arrivée à Marseille, dit-il en s'adressant à
Bonaparte qui restait pensif, le coude appuyé
sur le manteau de la cheminée.

— En conscience, Piombo, répondit Napoléon, je ne puis pas te prendre sous mon aile.
Je suis devenu le chef d'une grande nation, je

commande la république, et dois faire exécuter
les lois.

— Ah! ah! dit Bartholoméo.

— Mais je puis fermer les yeux, reprit Bonaparte. Le préjugé de la *Vendetta* empêchera
long-temps le règne des lois en Corse, ajouta-
t-il en se parlant à lui-même. Il faut cependant
le détruire à tout prix.

Bonaparte resta un moment silencieux, et
Lucien fit signe à Piombo de ne rien dire. Le
Corse agitait déjà la tête de droite et de gauche
d'un air improbateur.

— Demeure ici, reprit le consul en s'adressant à Bartholoméo, nous n'en saurons rien. Je
ferai acheter tes propriétés, afin de te donner
d'abord les moyens de vivre. Puis, dans quelque
temps, plus tard, nous penserons à toi. Mais
plus de *Vendetta!* Il n'y a pas de *macchis* ici.
Si tu y joues du poignard, il n'y aurait pas
de grace à espérer. Ici la loi protège tous les ci-
toyens, et l'on ne se fait pas justice soi-même.

— Tu t'es fait le chef d'un singulier pays,
répondit Bartholoméo en prenant la main de
Lucien et la serrant. Mais vous me reconnaissez
dans le malheur, ce sera maintenant entre nous

à la vie à la mort, et vous pouvez disposer de tous les Piombo.

A ces mots , le front du Corse se dérida et il regarda autour de lui avec satisfaction.

—Vous n'êtes pas mal ici, dit-il en souriant, comme s'il voulait y loger. C'est un palais.

—Il ne tiendra qu'à toi de parvenir et d'avoir un palais à Paris, dit Bonaparte qui toisait son compatriote. Il m'arrivera plus d'une fois de regarder autour de moi pour chercher un ami dévoué auquel je puisse me confier.

Un soupir de joie sortit de la vaste poitrine de Piombo , puis il tendit la main au premier consul, en lui disant : — Il y a encore du Corse en toi !

Bonaparte sourit, il regarda silencieusement cet homme qui lui apportait, en quelque sorte, l'air de sa patrie, de cette île où , naguère , il avait été reçu avec tant d'enthousiasme, et qu'il ne devait plus revoir. Il fit un signe à son frère qui emmena Bartholoméo di Piombo. Lucien s'enquit avec intérêt de la situation financière de l'ancien protecteur de leur famille. Piombo amena le ministre de l'intérieur auprès d'une fenêtre, et lui montra sa femme et Ginevra , assises toutes deux sur un tas de pierres.

— Nous sommes venus de Fontainebleau, ici, à pied, et nous n'avons pas une obole, lui dit-il.

Lucien donna sa bourse à son compatriote et lui recommanda de venir le trouver le lendemain, afin d'aviser au moyen d'assurer le sort de sa famille. La valeur de tous les biens que Piombo possédait en Corse ne pouvait guère le faire vivre honorablement à Paris.

Les proscrits obtinrent un asile, du pain et la protection du premier consul.

Seize ans s'écoulèrent entre l'arrivée de la famille Piombo à Paris et l'aventure suivante dont elle est en quelque sorte l'introduction.

M. Servin, l'un de nos artistes les plus distingués, conçut le premier l'idée d'ouvrir un atelier pour les jeunes personnes qui veulent prendre des leçons de peinture. C'était un homme d'une quarantaine d'années, de mœurs pures, et entièrement livré à son art. Il avait épousé par inclination la fille d'un général sans fortune. Les mères conduisirent d'abord elles-mêmes leurs filles chez le professeur ; puis, elles finirent par les y envoyer quand elles eurent bien connu ses principes et apprécié les soins qu'il mettait à mériter la confiance. Il était en-

tré dans le plan du peintre de n'accepter pour
écolières que des demoiselles appartenant à des
familles riches ou considérées, afin de n'avoir
pas de reproches à subir sur la composition de
son atelier. Il se refusait même à prendre les
jeunes filles qui voulaient devenir artistes, et
auxquelles il aurait fallu donner certains enseignemens sans lesquels il n'est pas de talent
possible en peinture. Insensiblement, la prudence et la supériorité avec laquelle il initiait
ses élèves aux secrets de son art ; la certitude
où les mères étaient de savoir leurs filles en
compagnie de jeunes personnes bien élevées,
et la sécurité qu'inspiraient le caractère, les
mœurs, le mariage de l'artiste, lui valurent
dans les salons une excellente renommée. Quand
une jeune fille manifestait le désir d'apprendre à peindre ou à dessiner, et que sa mère demandait conseil : — Envoyez-la chez Servin !
était la réponse de chacun. Servin devint
donc pour la Peinture féminine, une spé-
cialité, comme Herbault pour les chapeaux,
Leroy pour les modes, Chevet pour les co-
mestibles. Il était reconnu qu'une jeune femme
qui avait pris des leçons chez Servin pouvait
juger en dernier ressort les tableaux du Musée,

faire supérieurement un portrait, copier une
toile, et peindre son tableau de genre. Cet artiste suffisait ainsi à tous les besoins de l'aristocratie. Malgré les rapports qu'il avait avec
les meilleures maisons de Paris, il était indé-
pendant, patriote, et conservait avec tout le
monde ce ton léger, spirituel, parfois ironique,
cette liberté de jugement qui distinguent les
peintres. Il avait poussé le scrupule de ses précautions jusque dans l'ordonnance du local où
étudiaient ses écolières. L'entrée du grenier qui
régnait au-dessus de ses appartemens avait été
murée. Pour parvenir à cette retraite aussi sacrée qu'un harem, il fallait monter par un escalier pratiqué dans l'intérieur de son logement. L'atelier occupait tout le comble de la
maison. Il avait ces proportions énormes qui
surprennent toujours les curieux quand, arrivés à soixante pieds du sol, ils s'attendent à
voir les artistes logés dans une gouttière. Cette
espèce de galerie était profusément éclairée par
d'immenses châssis vitrés et garnis de ces grandes toiles vertes à l'aide desquelles les peintres
disposent leur lumière. Une foule de caricatu-
res, de têtes faites au trait, avec de la couleur
ou la pointe d'un couteau, sur les murailles

peintes en gris foncé, prouvaient, sauf la différence de l'expression, que les filles les plus distinguées ont dans l'esprit autant de folie que
les hommes peuvent en avoir. Un petit poêle
et ses grands tuyaux qui décrivaient un effroyable zig-zag, avant d'atteindre les hautes régions du toit, était l'infaillible ornement de cet
atelier. Une planche régnait autour des murs
et soutenait des modèles en plâtre qui gisaient
confusément placés, la plupart couverts d'une
blonde poussière. Au-dessous de ce rayon,
et çà et là, une tête de Niobé, pendue à un
clou, montrait sa pose de douleur ; une Vé-
nus souriait ; une main se présentait brusquement aux yeux comme celle d'un pauvre de-
mandant l'aumône ; puis quelques *écorchés*
jaunis par la fumée avaient l'air de membres
arrachés la veille à des cercueils. Enfin, des tableaux, des dessins, des mannequins, des cadres
sans toiles et des toiles sans cadres, achevaient
de donner à cette pièce irrégulière la physionomie d'un atelier que distingue un singulier
mélange d'ornement et de nudité, de misère et
de richesse, de soin et d'incurie. Cet immense
vaisseau où tout paraît petit, même l'homme,
sent la coulisse d'opéra ! ce sont de vieux linges,

des armures dorées, des lambeaux d'étoffe,
des machines; puis il y a je ne sais quoi de
grand, d'infini comme la pensée. Le génie et la
mort sont là : la Diane, l'Apollon auprès d'un
crâne ou d'un squelette; le beau et le désordre;
la poésie et la réalité, de riches couleurs dans
l'ombre, et souvent tout un drame immobile
et silencieux. Tout y est le symbole d'une tête
d'artiste.

Au moment où commence cette histoire, le
brillant soleil du mois de juillet illuminait l'a-
telier, et deux rayons le traversaient dans
sa profondeur en y traçant de larges ban-
des d'or diaphanes où brillaient des grains
de poussière. Une douzaine de chevalets élevaient leurs flèches aiguës, semblables à des
mâts de vaisseau dans un port. Plusieurs jeunes
filles animaient cette scène par la variété de
leurs physionomies, de leurs attitudes, et par
la différence de leurs toilettes. Les fortes ombres que jetaient les serges vertes, disposées suivant les besoins de chaque chevalet, produisaient une multitude de contrastes, de piquans
effets de clair-obscur. C'était de tous les tableaux de l'atelier le plus beau. Une jeune fille
blonde, mise simplement, et qui se tenait loin

de ses compagnes, travaillait avec courage, et
semblait prévoir le malheur. Nulle ne la regardait, ne lui adressait la parole. Elle était
la plus jolie, la plus modeste et la moins riche.
Deux groupes principaux, séparés l'un de l'autre par une faible distance, indiquaient deux
sociétés, deux esprits jusques dans cet atelier,
où les rangs et la fortune auraient dû s'oublier. Assises ou debout, ces jeunes filles, entourées de leurs boîtes à couleurs, jouant avec
leurs pinceaux ou les préparant, maniant leurs
brillantes palettes, peignant, parlant, riant,
chantant, abandonnées à leur naturel, laissant
voir leur caractère, formaient un spectacle inconnu aux hommes. Celle-ci, fière, hautaine,
capricieuse, aux cheveux noirs, aux belles
mains, lançait au hasard la flamme de ses regards. Celle-là, insouciante et gaie, le sourire
sur les lèvres, les cheveux châtains, les mains
blanches et délicates ; vierge française, légère ;
sans arrière-pensée, vivant de sa vie actuelle.
Une autre, rêveuse, mélancolique, pâle, pen-
chant la tête comme une fleur qui tombe. Sa
voisine, au contraire, grande, indolente, aux
habitudes musulmanes, l'œil long, noir, humide,
parlant peu, mais songeant et regardant à la

dérobée la tête d'Antinoüs. Une autre était au
milieu d'elles, comme le *jocoso* d'une pièce es-
pagnole, pleine d'esprit, de saillies, épigrammatique, les espionnant toutes d'un seul coup-
d'œil, les faisant rire, levant sans cesse une
figure trop vive pour n'être pas jolie. Elle com-
mandait au premier groupe des écolières qui
comprenait les filles de banquier, de notaire et
de négociant; toutes riches, mais essuyant toutes les dédains imperceptibles quoique poi-
gnans que leur prodiguaient les autres jeunes
personnes appartenant à l'aristocratie. Celles-
ci étaient gouvernées par la fille d'une mar-
quise, petite créature blanche, fluette, maladive, aussi sotte que vaine, et fière d'avoir
pour père un homme revêtu d'une charge à la
Cour. Elle voulait toujours paraître avoir
compris du premier coup les observations
du maître, et semblait travailler par grâce.
Elle se servait d'un lorgnon, ne venait que très
parée, tard, et suppliait ses compagnes de parler bas. Ce second groupe était riche de tailles
délicieuses, de figures distinguées, mais les regards de ces jeunes filles n'avaient point de
naïveté. Si leurs attitudes étaient élégantes,
leurs mouvemens gracieux, les figures man-

quaient de franchise, et l'on devinait facilement
qu'elles appartenaient à un monde où la politesse façonne de bonne heure les caractères,
où l'abus des jouissances sociales tue les sentimens, et développe l'égoïsme. Lorsque
l'atelier était complet, que personne ne manquait à cette réunion, il se trouvait dans le
nombre de ces jeunes filles, des têtes enfantines, des vierges d'une pureté ravissante,
des visages dont la bouche légèrement en-
tr'ouverte laissait voir des dents vierges, et
sur laquelle errait un sourire de vierge. Alors
l'atelier ne ressemblait pas à un sérail, mais à
un groupe d'anges assis sur un nuage dans le
ciel.

Il était environ midi, M. Servin n'avait pas
encore paru. Ses écolières savaient qu'il ache-
vait un tableau pour l'exposition. Depuis quelques jours, la plupart du temps il restait à un
autre atelier qu'il avait en ville. Tout-à-coup,
mademoiselle de Monsaurin, chef du parti aristocratique de cette petite assemblée, parla long-
temps à sa voisine, et il se fit un grand silence
dans le groupe des nobles. Le parti de la banque, étonné, se tut également, et tâcha de deviner le sujet d'une semblable conférence. Le

secret des jeunes monarchistes fut bientôt publié. Mademoiselle de Monsaurin se leva,
prit un chevalet qui était à sa droite, et le plaça
à une assez grande distance du noble groupe,
près d'une cloison grossière qui séparait l'atelier d'un cabinet obscur où l'on jetait les plâtres
brisés, les toiles condamnées par le professeur,
et où l'on mettait la provision de bois en hiver.
L'action de mademoiselle de Monsaurin devait
être bien hardie, car elle excita un murmure
de surprise. La jeune élégante n'en tint compte,
et acheva d'opérer le déménagement de sa compagne absente, en roulant vivement près du chevalet, une boîte à couleurs, en y portant le tabouret sur lequel elle s'asseyait, et un tableau de
Prudhon dont elle faisait la copie. Ce coup d'é-
tat excita une stupéfaction générale. Si le côté
droit se mit à travailler silencieusement, le
côté gauche pérora longuement.

— Que va dire mademoiselle Piombo? demanda une jeune fille à mademoiselle Planta,
l'oracle malicieux du premier groupe.

— Elle n'est pas fille à parler, répondit-elle.
Mais dans cinquante ans elle se souviendra de
cette injure comme si elle l'avait reçue la veille,
et saura s'en venger cruellement. C'est une per-

sonne avec laquelle je ne voudrais pas être en guerre.

— La proscription dont ces demoiselles la frappent est d'autant plus injuste, dit une autre jeune fille, qu'avant-hier, mademoiselle Ginevra était fort triste. Son père venait, dit-on, de donner sa démission. Ce serait donc ajouter à son malheur, tandis qu'elle a été fort bonne pour ces demoiselles pendant tout ce temps-ci. Leur a-t-elle jamais dit une parole qui pût les blesser? Elle évitait au contraire de parler politique. Mais elles paraissent agir plutôt par jalousie que par esprit de parti.

—J'ai envie d'aller chercher le chevalet de mademoiselle Piombo, et de le mettre auprès du mien, dit Fanny Planta.

Elle se leva, mais une réflexion la fit rasseoir.

— Avec un caractère comme celui de mademoiselle Ginevra, dit-elle, on ne peut pas savoir de quelle manière elle prendrait notre politesse. Attendons l'évènement.

—*Ecco*, dit languissamment la jeune fille aux yeux noirs.

En effet, le bruit des pas d'une personne qui montait l'escalier retentit dans la salle. Ces

mots : — « La voici ! la voici ! » passèrent de
bouche en bouche, et le plus profond silence
régna dans l'atelier. Pour comprendre l'importance de l'ostracisme exercé par mademoiselle de Monsaurin, il est nécessaire d'ajouter
que cette scène avait lieu vers la fin du mois
de juillet 1815. Le second retour des Bourbons venait de troubler bien des amitiés qui
avaient résisté au mouvement de la première
restauration. En ce moment, les familles
étaient presque toutes divisées d'opinions, et
le fanatisme politique renouvelait plusieurs de
ces déplorables scènes qui, aux époques de
guerre civile ou religieuse, souillent l'histoire
des hommes. Les enfans, les jeunes filles, les
vieillards partageaient la fièvre monarchique à
laquelle le gouvernement était en proie. La
discorde se glissait sous tous les toits, et
la défiance teignait de sa sombre couleur les
actions et les discours les plus intimes. Ginevra
Piombo aimait Napoléon avec idolâtrie. Comment aurait-elle pu le haïr ? L'empereur était
son compatriote et le bienfaiteur de son père.
Le baron de Piombo était un des serviteurs de
Napoléon qui avaient coopéré le plus efficace-
ment à son retour de l'île d'Elbe. Incapable de

T. I.   19

renier sa foi politique, jaloux même de la con-
fesser, le vieux baron de Piombo était resté à
Paris au milieu de ses ennemis. Ginevra
Piombo pouvait donc être d'autant mieux mise
au nombre des personnes suspectes, qu'elle ne
faisait pas mystère du chagrin que cette seconde
restauration causait à sa famille. Les seules
larmes qu'elle eût peut-être versées dans sa vie
lui furent arrachées par la double nouvelle de
la captivité de Bonaparte sur *le Bellérophon* et
de l'arrestation de Labédoyère.

Les jeunes personnes qui composaient le
groupe des nobles, appartenaient aux familles
royalistes les plus exaltées de Paris. Il serait
difficile de donner une idée des exagérations
de cette époque et de l'horreur que causaient
les bonapartistes. Quelque insignifiante et petite que puisse paraître aujourd'hui, l'action
de mademoiselle de Monsaurin, elle était alors
une expression de haine fort naturelle. Ginevra
Piombo, l'une des premières écolières de M. Servin, occupait la place dont on voulait la priver
depuis le jour où elle était venue à l'atelier.
Le groupe aristocratique l'avait insensiblement entourée. La chasser d'une place qui lui
appartenait en quelque sorte, était non-seu-

lement lui faire injure, mais lui causer une
espèce de peine, car les artistes ont tous une
place de prédilection pour leur travail. Mais
l'animadversion politique entrait peut-être
pour peu de chose dans la conduite de ce petit
côté droit de l'atelier. Ginevra Piombo, la plus
forte des élèves de M. Servin, était l'objet d'une
profonde jalousie. Le maître professait la plus
haute admiration pour ses talens, et peut-être
pour son caractère, sa beauté, ses manières
et ses opinions. Aussi servait-elle de terme à
toutes ses comparaisons. Enfin elle était son
élève favorite. Sans qu'on s'expliquât l'ascen-
dant que cette jeune personne avait sur tout ce
qui l'entourait, elle exerçait une grande influence sur ce petit monde qui ne pouvait lui
refuser son admiration. En effet, sa voix était
séduisante, ses manières avaient je ne sais quoi
de pénétrant, et son regard produisait presque
sur ses compagnes le même prestige que celui
de Bonaparte sur ses soldats. Le parti aristocratique avait résolu depuis plusieurs jours la
chute de cette reine; mais personne n'ayant
encore osé s'éloigner d'elle, mademoiselle de
Monsaurin venait de frapper un coup décisif,
afin de rendre ses compagnes complices de sa

haine. Quoique Ginevra fût sincèrement aimée
par deux ou trois d'entre elles, presque toutes,
étant chapitrées au logis paternel relativement
à la politique, jugèrent avec ce tact particulier
aux femmes qu'elles devaient rester indiffé-
rentes à la querelle.

A son arrivée, Ginevra Piombo fut donc
accueillie par un profond silence. Elle était
grande et bien faite. Sa démarche avait un caractère de noblesse et de grace qui imprimait le
respect. De toutes les jeunes filles qui avaient
paru jusqu'alors dans l'atelier de M. Servin, elle
était la plus belle. Sa figure pleine de vie et d'intelligence, semblait rayonner. Ses longs cheveux noirs, ses yeux et ses cils noirs expri-
maient la passion. Les coins de sa bouche se
dessinaient mollement, et ses lèvres, peut être
un peu trop fortes, étaient pleines de grâce et
de bonté. Par un singulier caprice de la nature,
la douceur et le charme de son visage étaient
en quelque sorte démentis par la partie supérieure. C'était une fidèle image de son caractère. Son front de marbre exprimait une fierté
presque sauvage. Les mœurs de la Corse y respiraient encore, mais c'était le seul lien qu'il y
eût entre elle et son pays natal. Dans tout le

reste de sa personne, les grâces italiennes, la
simplicité, l'abandon des beautés lombardes
séduisaient tout-à-coup. Il ne fallait pas la voir
pour lui causer la moindre peine, car elle inspirait un si vif attrait que par prudence, son vieux
père lui recommandait d'aller à l'atelier dans
la mise la plus simple. Le seul défaut de cette
créature véritablement poétique venait de la
puissance même d'une beauté si largement développée. Elle avait l'air d'être femme. Elle s'était
refusée au joug du mariage, par amour pour
son père et sa mère, dont elle voulait embellir
les vieux jours. Son goût pour la peinture avait
remplacé les passions qui agitent ordinairement les femmes.

— Vous êtes bien silencieuses aujourd'hui,
mesdemoiselles, dit-elle après avoir fait deux ou
trois pas au milieu de ses compagnes. — Bonjour, ma petite Laure, ajouta-t-elle d'un ton
doux et caressant en s'approchant de la jeune
fille qui peignait loin des autres. Cette tête est
fort bien! Les chairs sont un peu trop roses;
mais tout en est dessiné à merveille.

Laure leva la tête, regarda Ginevra d'un air
attendri, et leurs figures s'épanouirent un moment. Un faible sourire anima les lèvres de

l'Italienne qui paraissait triste. Puis elle se
dirigea lentement vers sa place en regardant
avec nonchalance les dessins ou les tableaux,
et en disant bonjour à chacune des jeunes filles qui composaient le premier groupe, sans
s'apercevoir de la curiosité particulière qu'excitait sa présence. On eût dit d'une reine dans
sa cour. Elle ne donna aucune attention au profond silence qui régnait parmi les patriciennes,
et passa devant leur camp sans prononcer un
seul mot. Sa préoccupation était si grande
qu'elle se mit à son chevalet, ouvrit sa boîte à
couleurs, prit ses brosses, revêtit ses manches
brunes, ajusta son tablier, regarda son tableau,
examina sa palette sans penser pour ainsi dire
à ce qu'elle faisait. Toutes les têtes du premier
groupe étaient tournées vers elle. Si les jeunes
personnes du camp de mademoiselle de Monsaurin ne mettaient pas tant de franchise que
leurs compagnes dans leur impatience, leurs
œillades n'en étaient pas moins dirigées sur
Ginevra

—Elle ne s'aperçoit de rien, dit mademoiselle
Planta.

En ce moment, Ginevra quitta l'attitude mé-
ditative dans laquelle elle avait contemplé sa

toile, et tourna la tête vers le groupe aristocratique. Elle mesura d'un seul coup d'œil la
distance qui l'en séparait, et garda le silence.

—Elle ne croit pas qu'on ait eu la pensée de
l'insulter, dit mademoiselle Planta, elle n'a ni
pâli, ni rougi. Comme ces demoiselles vont être
vexées si elle se trouve mieux à sa nouvelle
place qu'à l'ancienne. Vous êtes là hors de
ligne, mademoiselle ajouta-t-elle alors à haute
voix en s'adressant à Ginevra.

L'Italienne feignit de ne pas entendre, ou
peut-être n'entendit-elle pas. Elle se leva brusquement, et longea avec une certaine lenteur
la cloison qui séparait le cabinet noir de l'atelier.
Elle était pensive, recueillie, et paraissait examiner le châssis d'où venait le jour. Elle monta
sur une chaise pour attacher beaucoup plus
haut la serge verte qui interceptait la lumière.
Quand elle fut à cette hauteur, elle vit au-dessus de sa tête une crevasse assez légère dans la
cloison. Le regard qu'elle jeta sur cette fente
ne peut se comparer qu'à celui d'un avare dé-
couvrant les trésors d'Aladin. Elle descendit vivement, revint à sa place, ajusta son tableau, et
feignit d'être mécontente du jour. Elle approcha de la cloison une table, sur laquelle elle mit

une chaise, elle grimpa lestement sur cet échafaudage, et atteignit à la crevasse. Elle ne jeta qu'un regard dans le cabinet, le trouva éclairé par un jour de souffrance qu'on avait ouvert, et ce qu'elle y aperçut produisit sur elle une sensation si vive qu'elle tressaillit.

— Vous allez tomber, mademoiselle Ginevra, s'écria Laure.

Toutes les jeunes filles regardèrent l'imprudente qui chancelait. La peur de voir arriver ses compagnes auprès d'elle lui donna du courage, elle retrouva ses forces et son équilibre, se tourna vers Laure en se dandinant sur sa chaise, et dit d'une voix émue : — Bah! c'est encore un peu plus solide que ne l'est un trône! Elle se hâta d'arracher la serge, descendit, repoussa la table et la chaise bien loin de la cloison, revint à son chevalet, et fit encore quelques essais en ayant l'air de chercher une masse de lumière qui lui convînt. Mais son tableau ne l'occupait guère, son but était de s'approcher du cabinet noir auprès duquel elle se plaça, comme elle le désirait, à côté de la porte. Puis elle se mit à préparer sa palette en gardant le plus profond silence. Bientôt elle entendit plus distinctement, à cette place, le

léger bruit qui, la veille, avait si fortement excité sa curiosité et fait parcourir à sa jeune imagination le vaste champ des conjectures. Elle
reconnut facilement la respiration forte et régulière d'un homme endormi qu'elle venait de
voir. Sa curiosité était satisfaite au-delà de ses
souhaits, mais elle se trouvait chargée d'une
immense responsabilité. Elle avait aperçu, à
travers la crevasse, l'aigle impériale, et, sur un
lit de sangle faiblement éclairé, la figure d'un
officier de la Garde. Elle devina tout : c'était
sans doute un proscrit. Maintenant elle tremblait qu'une de ses compagnes ne vînt examiner son tableau, et n'entendît ou la respiration
de ce malheureux, ou quelque ronflement trop
fort comme celui qui était arrivé à son oreille
pendant la dernière leçon. Elle résolut de rester
auprès de cette porte, en se fiant à son adresse
pour déjouer le sort.

— Il vaut mieux que je sois là, pensait-elle,
pour prévenir un événement sinistre, que de
laisser le pauvre prisonnier à la merci d'une
étourderie. Tel était le secret de l'indifférence
apparente que Ginevra avait manifestée en
trouvant son chevalet dérangé. Elle en était
intérieurement enchantée puisqu'elle avait pu

satisfaire assez naturellement sa curiosité. Puis
en ce moment elle était trop vivement préoc-
cupée pour chercher la raison de son déménagement. Rien n'est plus mortifiant pour des jeunes filles comme pour tout le monde, que de
voir une méchanceté, une insulte, ou un bon
mot, manquer leur effet par suite du dédain
qu'en témoigne la victime. Il semble que la
haine envers un ennemi s'accroisse de toute la
hauteur à laquelle il s'élève au-dessus de nous.
La conduite de Ginevra di Piombo devint une
énigme pour toutes ses compagnes. Ses amies
comme ses ennemies furent également surprises, car on lui accordait toutes les qualités pos-
sibles, hormis l'oubli des injures. Quoique les
occasions de déployer ce vice de caractère eussent été rarement offertes à Ginevra dans les
événemens de sa vie d'atelier, les exemples
qu'elle avait pu donner de ses dispositions vin-
dicatives et de sa fermeté n'en avaient pas moins
laissé des impressions très-profondes dans l'esprit de ses compagnes. Après bien des conjectures, mademoiselle Planta finit par trouver
dans le silence de l'Italienne une grandeur
d'âme au-dessus de tout éloge ; et son cercle,
inspiré par elle, forma le projet d'humilier l'a-

ristocratie de l'atelier. Elles parvinrent à leur
but par un feu de sarcasmes qui abattirent l'orgueil du côté droit. L'arrivée de madame Servin mit fin à cette lutte d'amour-propre. Avec
cette finesse qui accompagne toujours la méchanceté, mademoiselle de Monsaurin avait remarqué, analysé, commenté la prodigieuse
préoccupation qui empêchait Ginevra d'entendre la dispute aigrement polie dont elle était l'objet. Alors la vengeance que mademoiselle Planta
et ses compagnes tiraient de mademoiselle de
Monsaurin et de son groupe, eut le fatal effet
de faire rechercher par les jeunes filles nobles la cause du silence que gardait Ginevra di
Piombo. La belle Italienne devint donc le centre
de tous les regards, et fut épiée par ses amies,
comme par ses ennemies. Il est bien difficile de
cacher la plus petite émotion, le plus léger sentiment à douze jeunes filles curieuses, inoccu-
pées, dont la malice et l'esprit ne demandent
que des secrets à deviner, des intrigues à créer,
à déjouer, et qui savent donner trop d'interpré-
tations différentes à un geste, à une œillade, à
une parole, pour ne pas en découvrir la véritable signification. Aussi, au bout d'un quart-
d'heure, le secret de Ginevra di Piombo fut-il

en grand péril d'être connu. En ce moment, la
présence de madame Servin produisit un en-
tr'acte dans le drame qui se jouait sourdement
au fond de ces jeunes cœurs, et dont les sentimens, les pensées, les progrès étaient expri-
més par des phrases presque allégoriques, par
de malicieux coups-d'œil, par des gestes, et par
le silence même, souvent plus intelligible que
la parole. Aussitôt que madame Servin entra
dans l'atelier, ses yeux se portèrent sur la porte
du cabinet auprès de laquelle était Ginevra.
Dans les circonstances présentes, ce regard ne
fut pas perdu. Si d'abord aucune des écolières
n'y fit attention, plus tard, mademoiselle de
Monsaurin s'en souvint, et s'expliqua la défiance, la crainte et le mystère qui donnèrent
alors quelque chose de fauve aux yeux de madame Servin.

— Mesdemoiselles, dit-elle, M. Servin ne
pourra pas venir aujourd'hui.

Elle complimenta chaque jeune personne,
en recevant de toutes une foule de ces caresses
féminines qui sont autant dans la voix et dans
les regards que dans les gestes; puis, elle arriva promptement auprès de Ginevra, dominée
par une inquiétude qu'elle déguisait en vain.

L'Italienne et la femme du peintre se firent un
signe de tête amical, et restèrent toutes deux
silencieuses, l'une peignant, l'autre regardant
peindre. La respiration du militaire s'entendait
facilement, mais madame Servin ne parut pas
s'en apercevoir, et sa dissimulation était si
grande, que Ginevra fut tentée de l'accuser
d'une surdité volontaire. Cependant l'inconnu
se remua dans son lit. Alors elle regarda fixement madame Servin, qui lui dit sans que son
visage éprouvàt la plus légère altération:—Votre
copie est aussi belle que l'original. S'il me fallait donner la préférence à l'un des deux morceaux, je serais fort embarrassée.

— M. Servin n'a pas mis sa femme dans la
confidence de ce mystère, pensa Ginevra, qui,
après avoir répondu à la jeune femme par un
doux sourire d'incrédulité, fredonna une *can-
zonnetta* de son pays, pour couvrir le bruit que
pourrait faire le prisonnier.

C'était quelque chose de si insolite que d'entendre la studieuse Italienne chanter, que toutes
les jeunes filles, surprises, la regardèrent.
Plus tard, cette circonstance servit de preuve
aux charitables suppositions de la haine. Madame Servin s'en alla bientôt, et la séance s'a-

cheva sans autres événemens. Ginevra laissa
partir ses compagnes sans manifester l'intention
de les suivre, et parut vouloir travailler long-
temps encore. Le désir qu'elle avait de rester
seule se trahissait à son insu; à mesure que ses
compagnes se préparaient pour sortir, elle leur
jetait des regards d'impatience. Mademoiselle
de Monsaurin devenue en peu d'heures une
cruelle ennemie pour celle qui la primait en
tout, devina, par un instinct de haine, que la
feinte assiduité de sa rivale cachait un mystère.
Elle avait été frappée plus d'une fois de l'air
attentif avec lequel Ginevra s'était mise à écouter un bruit que personne n'entendait. L'expression qu'elle surprit, en dernier lieu, dans
les yeux de l'Italienne, fut pour elle un trait de
lumière qui l'éclaira. Elle s'en alla la dernière
de toutes les écolières, et descendit chez madame Servin, avec laquelle elle causa un instant. Puis elle feignit d'avoir oublié son sac,
remonta tout doucement à l'atelier, et aperçut
Ginevra grimpée sur un échafaudage fait à la
hâte, et si absorbée dans la contemplation du
militaire inconnu, qu'elle n'entendit pas le léger bruit que produisaient les pas de sa compagne. Il est vrai, que, suivant une expression

de Walter Scott, mademoiselle de Monsaurin
marchait comme sur des œufs; elle regagna
promptement la porte de l'atelier, et toussa.
Ginevra tressaillit, tourna la tête, vit son
ennemie, rougit, s'empressa de détacher la serge pour donner le change sur ses intentions, et
descendit après avoir rangé sa boîte à couleurs.
Elle quitta l'atelier, en emportant, gravée dans
son souvenir, l'image d'une tête d'homme aussi
gracieuse que celle de l'Endymion, chef-d'œuvre
de Girodet qu'elle avait copié peu de jours auparavant.

— Proscrire un homme si jeune! Qui donc
peut-il être? Car ce n'est pas le maréchal Ney.

Ces deux phrases sont l'expression la plus
simple de toutes les idées que Ginevra com-
menta pendant deux jours. Le surlendemain,
quelque diligence qu'elle fit pour arriver la
première à l'atelier, elle y trouva mademoiselle de Monsaurin qui s'y était fait conduire en
voiture. Ginevra et son ennemie s'observèrent
long-temps; mais elles se composèrent des visages impénétrables l'une pour l'autre. Mademoiselle de Monsaurin avait vu la tête ravissante de l'inconnu, mais heureusement et
malheureusement tout à la fois, les aigles et

l'uniforme n'étaient pas placés dans l'espace
que la fente lui avait permis d'apercevoir. Alors
elle se perdait en conjectures. Tout-à-coup
M. Servin arriva beaucoup plus tôt qu'à l'ordinaire.

—Mademoiselle Ginevra, dit-il après avoir
jeté un coup-d'œil sur l'atelier, pourquoi vous
êtes-vous mise là ? Le jour est mauvais. Appro-
chez-vous donc de ces demoiselles, et descen-
dez un peu votre rideau.

Puis il s'assit auprès de la jeune fille nom-
mée Laure, dont il corrigea le travail.

— Comment donc ! s'écria-t-il, voici une
tête supérieurement faite. Vous serez une seconde Ginevra.

Le maître alla de chevalet en chevalet, gron-
dant, flattant, plaisantant, et faisant, comme
toujours, plutôt craindre ses plaisanteries que
ses réprimandes. L'Italienne n'avait pas obéi
aux observations du professeur, et restait à
son poste avec la ferme intention de ne pas
s'en écarter. Elle prit une feuille de papier et
se mit à *croquer* à la seppia la tête du pauvre reclus. Une œuvre conçue avec passion porte toujours un cachet particulier. La faculté d'imprimer aux traductions de la nature ou de la pen-

sée des couleurs vraies, constitue le génie, et
souvent la passion en tient lieu. Aussi, dans
la circonstance où se trouvait Ginevra, la per-
sécution que sa mémoire lui faisait éprouver,
ou la nécessité peut-être, cette mère des grandes choses, lui prêta-t-elle un talent surnaturel.
La tête de l'officier fut jetée sur le papier au
milieu d'un tressaillement intérieur qu'elle
attribuait à la crainte, et dans lequel un phy-
siologiste aurait reconnu la fièvre de l'inspi-
ration. Elle glissait de temps en temps un regard furtif sur ses compagnes, afin de pouvoir
cacher le lavis en cas d'indiscrétion de leur
part; mais, malgré son active surveillance, il y
eut un moment où elle n'aperçut pas le lorgnon
que son impitoyable ennemie braquait sur le
mystérieux dessin en s'abritant derrière un
grand portefeuille. Mademoiselle de Monsaurin
reconnut la figure de l'inconnu, leva brusquement la tête, et Ginevra serra la feuille de papier.

—Pourquoi êtes-vous donc restée là, malgré
mon avis, mademoiselle, demanda gravement
le professeur à Ginevra.

L'écolière tourna vivement son chevalet de
manière à ce que personne ne pût voir son lavis,
et dit d'une voix émue en le montrant à son

maître : — Ne trouvez-vous pas comme moi
que ce jour est plus favorable , et ne dois-je
pas rester là ?

M. Servin pâlit. Rien n'échappe aux yeux
perçans de la haine ; aussi, mademoiselle de
Monsaurin se mit-elle, pour ainsi dire, en tiers
dans les émotions qui agitèrent le maître et
l'écolière.

— Vous avez raison, dit M. Servin. Mais vous
en saurez bientôt plus que moi, ajouta-t-il en
riant forcément.

Il y eut une pause pendant laquelle le professeur contempla la tête de l'officier.

— Ceci est un chef-d'œuvre digne de Salva-
tor Rosa, s'écria-t-il avec une énergie d'artiste.

A cette exclamation, toutes les jeunes personnes se levèrent, et mademoiselle de Monsaurin accourut avec la vélocité du tigre qui se jette
sur sa proie. En ce moment le proscrit éveillé
par le bruit, se remua. Ginevra fit tomber son
tabouret, prononça des phrases assez incohé-
rentes, et se mit à rire. Mais elle avait plié le
portrait, et l'avait jeté dans son portefeuille avant
que sa redoutable ennemie eût pu l'apercevoir.
Le chevalet fut entouré, et M. Servin détailla
à haute voix les beautés de la copie que faisait

en ce moment son élève favorite. Tout le
monde fut dupe de ce stratagème, excepté mademoiselle de Monsaurin, qui, se plaçant en
arrière de ses compagnes, essaya d'ouvrir le
portefeuille où elle avait vu mettre le lavis.
Ginevra saisit le carton et le plaça devant elle
sans mot dire. Les deux jeunes filles s'examinèrent en silence.

— Allons, mesdemoiselles, à vos places,
dit M. Servin. Si vous voulez en savoir autant,
il ne faut pas toujours parler modes ou bals,
et baguenauder comme vous le faites.

Quand toutes les jeunes personnes eurent
regagné leurs chevalets, M. Servin s'assit auprès de Ginevra.

— Ne valait-il pas mieux que ce mystère fût
découvert par moi que par une autre? dit l'Italienne en parlant à voix basse.

— Oui, répondit le peintre. Vous êtes patriote; mais ne le fussiez-vous pas, ce serait
encore vous à qui je l'aurais confié.

Le maître et l'écolière se comprirent, et Ginevra ne craignit plus de demander : — Qui
est-ce?

— L'ami intime de Labédoyère, celui qui,
après l'infortuné colonel, a contribué le plus

à la réunion du septième avec les grenadiers
de l'île d'Elbe. Il a été à Waterloo, il était chef
d'escadron dans la Garde.

— Comment n'avez-vous pas brûlé son uniforme, son shako, et ne lui avez-vous pas
donné des habits bourgeois? dit vivement Ginevra.

— On doit m'en apporter ce soir.

— Vous auriez dû fermer notre atelier pendant quelques jours.

— Il va partir.

— Il veut donc mourir, dit la jeune fille.
Laissez-le chez vous pendant le premier moment de la tourmente. Paris est encore le seul
endroit de la France où l'on puisse cacher sûre-
ment un homme. Il est votre ami? demanda-
t-elle.

— Non, il n'a pas d'autres titres à ma recommandation que son malheur. Voici comment il m'est tombé sur les bras. Mon beau-père,
qui avait repris du service pendant cette campagne, a rencontré ce pauvre jeune homme,
et l'a très subtilement sauvé des griffes de ceux
qui ont arrêté Labédoyère. Il voulait le défendre, l'insensé!

— C'est vous qui le nommez ainsi? s'écria

Ginevra en lançant un regard de surprise au peintre qui garda le silence un moment.

— Mon beau-père est trop espionné pour pouvoir garder quelqu'un chez lui, reprit-il. Il me l'a donc nuitamment amené la semaine dernière. J'avais espéré le dérober à tous les yeux en le mettant dans ce coin, le seul endroit de la maison où il puisse être en sûreté.

— Si je puis vous être utile, employez-moi, dit Ginevra, je connais le maréchal Feltre.

— Eh bien! nous verrons, répondit le peintre.

Cette conversation dura trop long-temps pour ne pas être remarquée de toutes les jeunes filles. M. Servin quitta Ginevra, revint encore à chaque chevalet, et donna de si longues leçons qu'il était encore sur l'escalier quand sonna l'heure à laquelle ses écolières avaient l'habitude de partir.

— Vous oubliez votre sac, mademoiselle de Monsaurin, s'écria le professeur en courant après la jeune fille qui descendait jusqu'au métier d'espion pour satisfaire sa haine.

La curieuse élève vint chercher son sac, en manifestant un peu de surprise de son étourderie, mais le soin de M. Servin fut pour elle une nouvelle preuve de l'existence d'un mys-

tère dont elle avait soupçonné la gravité. Elle
avait déjà inventé tout ce qui devait être, et
pouvait dire comme l'abbé Vertot : — *Mon siége
est fait*. Elle descendit bruyamment l'escalier et
tira violemment la porte qui donnait dans l'appartement de M. Servin, afin de faire croire
qu'elle sortait ; mais elle remonta doucement,
et se tint derrière la porte de l'atelier. Quand
le peintre et Ginevra se crurent seuls, il frappa
d'une certaine manière à la porte de la man-
sarde, qui, aussitôt, tourna sur ses gonds rouil-
lés et criards. L'Italienne vit paraître un jeune
homme grand et bien fait, dont l'uniforme im-
périal lui fit battre le cœur. L'officier avait un
bras en écharpe, et la pâleur de son teint accusait de vives souffrances. En apercevant une
inconnue il tressaillit. Mademoiselle de Monsaurin, qui ne pouvait rien voir, trembla de
rester plus long-temps ; mais il lui suffisait d'a-
voir entendu le grincement de la porte, elle
s'en alla sans bruit.

— Ne craignez rien, dit le peintre à l'officier,
mademoiselle est la fille du plus fidèle ami de
l'empereur, le baron de Piombo.

Le jeune militaire ne conserva plus de doute
sur le patriotisme de Ginevra, après l'avoir vue.

— Vous êtes blessé, dit-elle.

— Oh! ce n'est rien, mademoiselle, la plaie se referme.

En ce moment, les voix criardes et perçantes des colporteurs arrivèrent jusqu'à l'atelier. — Voici le jugement qui condamne à mort.. Tous trois tressaillirent. Le soldat entendit, le premier, un nom qui le fit pâlir, il chancela et s'assit.

— Labédoyère, dit-il.

Ils se regardèrent en silence. Des gouttes de sueur se formèrent sur le front livide du jeune homme. Il saisit d'une main et par un geste de désespoir les touffes noires de sa chevelure, et appuya son coude sur le bord du chevalet de Ginevra.

— Après tout, dit-il en se levant brusquement, Labédoyère et moi savions ce que nous faisions. Nous connaissions le sort qui nous attendait après le triomphe comme après la chute. Il meurt pour la cause, et moi je me cache.

Il alla précipitamment vers la porte de l'atelier; mais plus leste que lui, Ginevra s'était élancée et lui en barrait le chemin.

— Rétablirez - vous l'empereur ? dit-elle.

Croyez-vous pouvoir relever un géant quand
lui-même n'a pas su rester debout?

— Que voulez-vous que je devienne? dit-il
en s'adressant aux deux amis que lui avait envoyés le hasard. Je n'ai pas un seul parent dans
le monde. Labédoyère était mon protecteur
et mon ami. Je suis seul. Demain je serai peut-
être proscrit ou condamné. Je n'ai jamais eu
que ma paie pour fortune. J'ai mangé mon
dernier écu pour venir arracher Labédoyère à
son sort, et tâcher de l'emmener. La mort est
donc une nécessité pour moi. Quand on est décidé à mourir, il faut savoir vendre sa tête au
bourreau. Je pensais tout à l'heure que la vie
d'un honnête homme vaut bien celle de deux
traîtres, et qu'un coup de poignard bien placé peut donner l'immortalité!

Cet accès de désespoir effraya le peintre et
Ginevra elle-même qui comprit bien le jeune
homme. Elle admira cette belle tête et cette
voix délicieuse dont la douceur était à peine
altérée par des accens de fureur. Puis, elle jeta
tout-à-coup du baume sur toutes les plaies de
l'infortuné.

— Monsieur, dit-elle, quant à votre dé-
tresse pécuniaire, permettez-moi de vous offrir

quelques cents francs. Mon père est riche, je
suis son seul enfant, il m'aime, et je suis bien
sûre qu'il ne me blâmera pas. Ne vous faites
pas scrupule d'accepter. Nos biens viennent
de l'empereur, nous n'avons pas un centime
qui ne soit un effet de sa munificence. N'est-ce
pas être reconnaissans que d'obliger un de ses
fidèles soldats? Prenez donc cette somme avec
aussi peu de façons que j'en mets à vous l'offrir.
Ce n'est que de l'argent, ajouta-t-elle d'un ton
de mépris. — Maintenant, quant à des amis,
vous en trouverez! Là, elle leva fièrement la
tête, et ses yeux brillèrent d'un éclat inusité.
— La tête qui tombera demain devant une
douzaine de fusils sauve la vôtre, reprit-elle.
Attendez que cet orage passe, et vous pourrez
aller chercher du service à l'étranger, si l'on
ne vous oublie pas, ou dans l'Armée française,
si l'on vous oublie.

Il existe dans les consolations que donne une
femme une délicatesse qui a toujours quelque
chose de maternel, de prévoyant, de complet.
Mais quand, à ces paroles de paix et d'espérance, se joignent la grâce des gestes, cette éloquence de ton qui vient du cœur, et que surtout la bienfaitrice est belle, il est difficile à un

homme de résister. Le jeune officier aspira l'a-
mour par tous les sens. Une légère teinte rose
nuança ses joues blanches, ses yeux perdirent
un peu de la mélancolie qui les ternissait, et il
dit d'un son de voix particulier :—Vous êtes un
ange de bonté ! Mais Labédoyère, ajouta-t-il,
Labédoyère !

À ce cri, ils se regardèrent tous trois en silence, et ils se comprirent. Ce n'étaient plus
des amis de vingt minutes, mais de vingt ans.

— Mon cher, reprit M. Servin, pouvez-vous
le sauver?

— Je puis le venger !

Ginevra tressaillit. Quoique l'inconnu fût
beau, son aspect n'avait point ému la jeune fille.
La douce pitié que les femmes trouvent dans
leur cœur pour les misères qui n'ont rien d'i-
gnoble, avait étouffé chez Ginevra toute autre
affection. Mais entendre un cri de vengeance,
rencontrer dans ce proscrit une âme italienne,
du dévouement pour Napoléon, de la générosité à la Corse, c'en était trop pour elle. Elle le
contempla donc avec une émotion respectueuse
qui lui agita fortement le cœur. C'était la première fois qu'un homme lui faisait éprouver un
sentiment aussi vif. Elle se plut à mettre l'âme

de l'inconnu en harmonie avec la beauté dis-
tinguée de ses traits, avec les heureuses proportions de sa taille, qu'elle admirait en artiste.
Elle avait été menée par le hasard, de la curiosité à la pitié, de la pitié à un intérêt puissant, et de cet intérêt, à des sensations si profondes, qu'elle crut dangereux de rester là plus
long-temps.

— A demain, dit-elle en laissant à l'officier
le plus doux de ses sourires pour consolation.

En voyant ce sourire, qui jetait comme un
nouveau jour sur la figure de Ginevra, l'inconnu
oublia tout pendant un instant.

—Demain, répondit-il avec tristesse, demain,
Labédoyère...

Ginevra se retourna, mit un doigt sur ses lèvres, et le regarda comme si elle lui disait :
— Calmez-vous, soyez prudent.

Alors le jeune homme s'écria : — *O Dio!
che non vorrei vivere dopo averla veduta!*
(O Dieu! qui ne voudrait vivre, après l'avoir
vue!)

L'accent particulier avec lequel il prononça
cette phrase fit tressaillir Ginevra.

—Vous êtes Corse? s'écria-t-elle en revenant
à lui, le cœur palpitant d'aise.

— Je suis né en Corse, répondit-il. Mais j'ai
été amené très jeune à Gênes ; et, aussitôt que
j'eus atteint l'âge auquel on entre au service
militaire, je me suis engagé.

La beauté de l'inconnu, l'attrait surnaturel
que lui prêtaient ses opinions bonapartistes,
sa blessure, son malheur, son danger même,
tout disparut aux yeux de Ginevra, ou plutôt
tout se fondit dans un seul sentiment, nouveau, délicieux. Ce proscrit était un enfant de
la Corse, il en parlait le langage chéri ! La jeune
fille resta pendant un moment immobile, re-
tenue par une sensation magique. Elle avait
en effet sous les yeux un tableau vivant auquel tous les sentimens humains réunis et le
hasard donnaient de vives couleurs. D'après
l'invitation de M. Servin, l'officier s'était assis
sur un divan. Le peintre avait dénoué l'écharpe
qui retenait le bras de son hôte, et s'occupait à
en défaire l'appareil afin de panser la blessure.
Ginevra frissonna en voyant la longue et large
plaie que la lame d'un sabre avait faite sur
l'avant-bras du jeune homme. Elle laissa échapper une plainte. L'inconnu leva la tête vers
elle et se mit à sourire. Il y avait quelque chose

de touchant et qui allait à l'âme dans l'attention
avec laquelle M. Servin enlevait la charpie et
tâtait les chairs meurtries, tandis que la figure
du blessé, quoique pâle et maladive, exprimait,
à l'aspect de la jeune fille, plus de plaisir que
de souffrance. Une artiste devait admirer involontairement cette opposition de sentimens,
et les contrastes que produisaient la blancheur
des linges, la nudité du bras, avec l'uniforme
bleu et rouge de l'officier. En ce moment, une
obscurité douce enveloppait l'atelier; mais un
dernier rayon de soleil vint éclairer la place
où se trouvait le proscrit, en sorte que sa noble
et blanche figure, ses cheveux noirs, ses vêtemens, tout fut inondé par le jour, effet simple
que la superstitieuse Italienne prit pour un
heureux présage. L'inconnu ressemblait ainsi
à un ange de lumière qui lui faisait entendre le
langage de la patrie, et le mettait sous le
charme des souvenirs de son enfance, pendant
que dans son cœur naissait un sentiment aussi
frais, aussi pur que son premier âge d'innocence. Elle demeura, pendant un moment bien
court, songeuse et comme plongée dans une
pensée infinie; puis, elle rougit de laisser voir
sa préoccupation, échangea un doux et rapide

regard avec le proscrit, et s'enfuit en le voyant toujours.

Le lendemain, Ginevra vint à l'atelier. Ce n'était pas un jour de leçon, le prisonnier put rester auprès de sa compatriote. M. Servin, qui avait une esquisse à terminer, permit au reclus de demeurer dans l'atelier, et servit de mentor aux deux jeunes gens qui s'entretinrent souvent en italien. Le pauvre soldat raconta les souffrances qu'il avait éprouvées pendant la déroute de Moscou. Il s'était trouvé, à l'âge de dix-neuf ans, au passage de la Bérésina, seul de son régiment, après avoir perdu, dans ses camarades, les seuls hommes qui pussent s'intéresser à un orphelin. Il peignit en traits de feu le grand désastre de Waterloo. Sa voix fut une musique pour l'Italienne. Ginevra n'avait pas été élevée à la française, elle était, en quelque sorte, la fille de la nature, et ignorait le mensonge. Elle se livrait sans détour à ses impressions, et les avouait, ou plutôt les laissait deviner sans le manége de cette petite et calculatrice coquetterie des jeunes filles de Paris. Pendant cette journée, elle resta plus d'une fois, sa palette d'une main, son pinceau de l'autre, sans que le pinceau s'abreuvât des couleurs de la palette. Les yeux atta-

chés sur l'officier et la bouche légèrement en-
tr'ouverte, elle écoutait, se tenant toujours prête
à donner un coup de pinceau qu'elle ne donnait
jamais. Elle ne s'étonnait pas de trouver tant
de douceur dans les yeux du jeune homme, car
elle sentait les siens devenir doux malgré sa
volonté de les tenir sévères ou calmes. Puis,
elle peignait ensuite avec une attention particulière et pendant des heures entières, sans
lever la tête, parce qu'il était là, près d'elle, la
regardant travailler. La première fois qu'il vint
s'asseoir pour la contempler en silence, elle
lui dit d'un son de voix ému et après une
longue pause : — Cela vous amuse donc de
voir peindre ?

Ce jour-là elle apprit qu'il se nommait Louis.
Ils convinrent, avant de se séparer, que, les
jours d'atelier, s'il arrivait quelque évènement
politique important, Ginevra l'en instruirait en
chantant, à voix basse, des airs italiens.

Le lendemain, mademoiselle de Moussaurin
apprit, sous le secret, à toutes ses compagnes
que Ginevra di Piombo était aimée d'un jeune
homme qui venait, pendant les heures consa-
crées aux leçons, s'établir dans le cabinet noir
de l'atelier.

— Vous qui prenez son parti, dit-elle à mademoiselle Planta, examinez-la bien, et vous
verrez à quoi elle passera son temps.

Ginevra fut donc observée avec une attention diabolique. On écouta ses chansons, on
épia ses regards. Au moment où elle ne croyait
être vue de personne, une douzaine d'yeux
étaient incessamment arrêtés sur elle. Ainsi
prévenues, ces jeunes filles interprétèrent dans
leur sens vrai, les agitations qui passèrent sur la
brillante figure de l'Italienne, et ses gestes, et
l'accent particulier de ses fredonnemens, et l'air
attentif dont elle écoutait des sons indistincts
qu'elle seule entendait à travers la cloison. Au
bout d'une huitaine de jours, une seule des
quinze élèves de M. Servin s'était refusée à voir
Louis par la crevasse de la cloison. Cette jeune
fille était Laure, la jolie personne, pauvre et
assidue, qui, par un instinct de faiblesse, aimait
véritablement Ginevra, et la défendait encore.
Mademoiselle Planta voulut faire rester Laure
sur l'escalier à l'heure du départ, afin de lui
prouver l'intimité de Ginevra et du beau jeune
homme en les surprenant ensemble. Laure refusa de descendre à un espionnage que la curio-

sité ne justifiait pas, et devint l'objet d'une réprobation universelle.

Le comte de Monsaurin ayant été nommé pair de France, son impertinente fille trouva qu'il était au-dessous de sa dignité de venir à l'atelier d'un peintre, et surtout d'un peintre dont les opinions avaient une teinte de patriotisme ou de bonapartisme, ce qui, à cette époque, était une seule et même chose. Elle ne revint donc plus chez M. Servin qui refusa poliment d'aller chez elle. Si mademoiselle de Monsaurin oublia Ginevra, le mal qu'elle avait semé porta ses fruits. Insensiblement, et soit par hasard, par caquetage ou par pruderie, toutes les autres jeunes personnes instruisirent leurs mères de l'étrange aventure qui se passait à l'atelier. Un jour mademoiselle Planta ne vint pas, et la leçon suivante ce fut une autre jeune fille ; enfin trois ou quatre demoiselles, qui étaient restées les dernières, ne revinrent plus. Ginevra et mademoiselle Laure, sa petite amie, furent pendant deux ou trois jours les seules habitantes de l'atelier désert. L'Italienne ne s'apercevait point de l'abandon dans lequel elle se trouvait, et ne recherchait même pas la cause de l'absence de ses compa-

gnes. Ayant inventé depuis peu des moyens de
correspondre mystérieusement avec Louis, elle
vivait à l'atelier comme dans une délicieuse retraite, seule au milieu d'un monde, ne pensant
qu'à l'officier et aux dangers qui le menaçaient.
Cette jeune fille, si admiratrice des nobles
caractères, pressait Louis de se soumettre
promptement à l'autorité royale, afin de le
garder en France. Louis ne voulait pas sortir
de sa cachette. Si les passions ne naissent et
ne grandissent que sous l'influence d'événemens extraordinaires et romanesques, on
peut dire que jamais tant de circonstances
ne concoururent à lier deux êtres par un même
sentiment. L'amitié de Ginevra pour Louis et
de Louis pour elle fit plus de progrès en un
mois qu'une amitié du monde n'en fait en dix
ans dans un salon. L'adversité est la pierre de
touche des caractères. Ginevra put donc apprécier facilement Louis et le connaître. Ils
ressentirent bientôt une estime réciproque l'un
pour l'autre. Puis, Ginevra étant plus âgée que
Louis, trouvait une douceur extrême à être
courtisée par un jeune homme déjà si grand,
si éprouvé par le sort, et qui joignait, à l'expérience d'un homme, la beauté, les grâces de

l'adolescence. De son côté, Louis ressentait un indicible plaisir à se laisser protéger en apparence par une jeune fille de vingt-cinq ans. Il y avait dans ce sentiment un certain orgueil inexplicable. Peut-être était-ce une preuve d'amour. L'union de la force et de la faiblesse, de la douceur et de la fierté, avait en Ginevra d'irrésistibles attraits, et Louis était entièrement subjugué par elle. Ils s'aimaient si profondément déjà, qu'ils n'avaient eu besoin ni de se le dire, ni de se le nier.

Un jour, et vers le soir, Ginevra entendit un signal favori. Louis frappait avec une épingle sur la boiserie, de manière à ne pas produire plus de bruit qu'une araignée qui attache son fil. Il demandait ainsi à sortir de sa retraite. L'Italienne jeta un coup-d'œil dans l'atelier, et ne voyant pas la petite Laure, elle répondit au signal. Louis ouvrit la porte, sa vue plongea sur l'atelier, il aperçut la jeune fille, et rentra précipitamment. Ginevra étonnée se leva, vit Laure, et lui dit en allant à son chevalet ; — Vous restez bien tard, ma chère. Cette tête me parait pourtant achevée. Il n'y a plus qu'un reflet à indiquer sur le haut de cette tresse de cheveux.

— Vous seriez bien bonne, dit Laure d'une

voix émue, si vous vouliez me corriger cette copie. Je pourrais conserver quelque chose de vous....

— Je veux bien, répondit Ginevra, sûre de pouvoir ainsi la congédier. Je croyais, reprit-elle en donnant de légers coups de pinceau, que vous aviez beaucoup de chemin à faire de chez vous à l'atelier.

— Oh! Ginevra, je vais m'en aller, s'écria la jeune fille d'un air triste, et pour toujours.

L'Italienne ne fut pas autant affectée de ces paroles pleines de mélancolie qu'elle l'aurait été un mois auparavant.

— Vous quittez M. Servin? demanda-t-elle.

— Vous ne vous apercevez donc pas, Ginevra, que depuis quelque temps il n'y a plus ici que vous et moi.

— C'est vrai, répondit Ginevra, frappée tout-à-coup comme par un souvenir. Ces demoiselles seraient-elles malades? se marieraient-elles? ou leurs pères seraient-ils tous arrivés à la pairie?

— Toutes ont quitté M. Servin, répondit Laure.

— Et pourquoi?

— A cause de vous, Ginevra!

—De moi! répéta l'Italienne en se levant, le front menaçant, l'air fier et les yeux étincelans.

—Oh! ne vous fâchez pas, ma bonne Ginevra, s'écria douloureusement Laure. Mais ma mère aussi veut que je quitte l'atelier. Toutes ces demoiselles ont dit que vous aviez un amant, que M. Servin se prêtait à ce qu'il demeurât dans le cabinet noir. Je ne l'ai jamais cru, je n'en ai rien dit à ma mère. Hier au soir madame Planta, qui l'a rencontrée dans un bal, lui a demandé si elle m'envoyait toujours ici. Sur la réponse affirmative de ma mère, elle lui a répété toutes les calomnies de ces demoiselles. Maman m'a bien grondée, elle a prétendu que je devais savoir tout cela, et que j'avais manqué à la confiance qui règne entre une mère et sa fille, en ne lui en parlant pas. O ma chère Ginevra! moi qui vous prenais pour modèle et à qui j'aurais tant voulu ressembler! Combien je suis fâchée de ne plus pouvoir être votre amie! Mais prenez garde! madame Planta et ma mère doivent venir demain chez M. Servin pour lui faire des reproches.

La foudre tombée à deux pas de Ginevra

l'aurait moins étonnée que cette révélation.

— Qu'est-ce que cela leur faisait? dit-elle
naïvement.

— Tout le monde trouve cela fort mal. Maman dit que c'est contraire aux mœurs...

— Et vous, Laure, qu'en pensez-vous?

La jeune fille regarda Ginevra, leurs pensées se confondirent, Laure ne retint plus ses
larmes, se jeta au cou de son amie et l'embrassa.
En ce moment, M. Servin arriva.

— Mademoiselle Ginevra, dit-il avec enthousiasme, j'ai fini mon tableau! on le vernit!
Qu'avez-vous donc? Il paraît que toutes ces
demoiselles prennent des vacances, ou sont à
la campagne.

Laure sécha ses larmes, salua M. Servin, et
se retira.

— L'atelier est désert depuis plusieurs jours,
dit Ginevra. Ces demoiselles ne reviendront
plus.

— Bah!

— Oh, ne riez pas, reprit Ginevra, écoutez-
moi. Je suis la cause involontaire de la perte
de votre réputation.

L'artiste se mit à sourire, et dit en interrompant son écolière : — Ma réputation! mais, dans

quelques jours, mon tableau sera exposé.

— Il ne s'agit pas de votre talent, dit l'Italienne. Ces demoiselles ont publié que M. Louis était renfermé ici, que vous vous prêtiez...à... notre amour...

— Il y a du vrai là-dedans, mademoiselle, répondit le professeur. Les mères de ces demoiselles sont des bégueules, reprit-il. Si elles étaient venues me trouver, tout se serait expliqué. Mais que je prenne du souci de tout cela ? la vie est trop courte!

Et le peintre fit craquer ses doigts par-dessus sa tête. Louis qui avait entendu une partie de cette conversation, accourut aussitôt.

—Vous allez perdre toutes vos écolières, s'écria-t-il, et je vous aurai ruiné.

L'artiste prenant la main de Louis et celle de Ginevra, les joignit.

— Vous vous marierez, mes enfans, leur demanda-t-il avec une touchante bonhomie.

Ils baissèrent tous deux les yeux, et leur silence fut le premier aveu qu'ils se firent.

— Eh bien! reprit M. Servin, vous serez heureux, n'est-ce pas? Y a-t-il quelque chose qui puisse payer le bonheur de deux êtres tels que vous ?

— Je suis riche, dit Ginevra, et vous me per-
mettrez de vous indemniser...

— Indemniser! s'écria M. Servin. Quand on
saura que j'ai été victime des calomnies de quelques sottes, et que je cachais un proscrit; mais
tous les libéraux de Paris m'enverront leurs
filles! Alors je serai peut-être votre débiteur.....

Louis serrait la main de son protecteur sans
pouvoir prononcer une parole; mais enfin il lui
dit d'une voix attendrie : — C'est donc à vous
que je devrai ma Ginevra et toute ma félicité.

— Soyez heureux! dit le peintre avec une
onction comique et en imposant les mains sur
la tête des deux amans, je vous unis!

Cette plaisanterie d'artiste mit fin à leur attendrissement. Ils se regardèrent tous trois en
riant. L'Italienne serra la main de Louis par
une violente étreinte et avec une simplicité
d'action digne des mœurs de sa patrie.

— Ah ça, mes chers enfans, reprit M. Servin,
vous croyez que tout ça va maintenant à merveille? Eh bien, vous vous trompez.

Les deux amans l'examinèrent avec étonnement.

— Rassurez-vous, je suis le seul que votre espièglerie embarrasse! Madame Servin est un peu *collet-monté*, et je ne sais en vérité pas comment nous nous arrangerons avec elle.

— Dieu! j'oubliais! s'écria Ginevra. Demain madame Planta et la mère de Laure doivent venir vous...

— J'entends! dit le peintre en interrompant.

— Mais vous pouvez vous justifier, reprit la jeune fille en laissant échapper un geste de tête plein d'orgueil. M. Louis, dit-elle en se tournant vers lui et le regardant avec finesse, ne doit plus avoir d'antipathie pour le gouvernement royal? — Eh bien, reprit-elle après l'avoir vu sourire, demain matin j'enverrai une pétition à l'un des personnages les plus influens du ministère de la guerre, à un homme qui ne peut rien refuser à la fille du baron de Piombo. Nous obtiendrons un pardon tacite pour le commandant Louis. Et vous pourrez, ajouta-t-elle en s'adressant à M. Servin, confondre les mères de mes charitables compagnes en leur disant la vérité.

— Vous êtes un ange, s'écria M. Servin.

Pendant que cette scène se passait à l'atelier,

le père et la mère de Ginevra s'impatientaient
de ne pas la voir revenir.

— Il est six heures, et Ginevra n'est pas encore de retour, s'écria Bartholoméo.

— Elle n'est jamais rentrée si tard, répondit
la femme de Piombo.

Les deux vieillards se regardèrent avec toutes
les marques d'une anxiété peu ordinaire. Bartholoméo, trop agité pour rester en place, se
leva et fit deux fois le tour de son salon assez
lestement pour un homme de soixante-dix-sept
ans. Grâce à sa constitution robuste, il avait
subi peu de changemens depuis le jour de
son arrivée à Paris. Malgré sa haute taille il se
tenait encore droit. Ses cheveux, devenus
blancs et rares, laissaient à découvert un crâne
large et protubérant qui donnait une haute
idée de son caractère et de sa fermeté. Sa
figure, marquée de rides profondes, avait pris
un très grand développement et gardait ce
teint pâle qui inspire la vénération. La fougue des passions régnait encore dans le feu
surnaturel de ses yeux, dont les sourcils
n'avaient pas entièrement blanchi, et qui
conservaient leur terrible mobilité. L'aspect de cette tête était sévère, mais on voyait

que Bartholoméo avait le droit d'être ainsi. Sa bonté, sa douceur n'étaient guère connues que de sa femme et de sa fille. Dans ses fonctions ou devant un étranger, il ne déposait jamais la majesté que le temps imprimait à sa figure et à sa personne, et l'habitude de froncer ses gros sourcils, de contracter les rides de son visage, et de donner une fixité à son regard, rendait son abord glacial.

Pendant le cours de sa vie politique, il avait été si généralement craint, qu'il passait pour peu sociable; mais il n'est pas difficile d'expliquer les causes de cette réputation. La vie, les mœurs et la fidélité de Piombo faisaient la censure de la plupart des courtisans. Malgré les missions délicates dont il fut chargé, et qui, pour tout autre, eussent été lucratives, il ne possédait pas plus d'une vingtaine de mille livres de rente en inscriptions sur le grand-livre. Si l'on vient à songer au bon marché des rentes sous l'empire et à la libéralité de Napoléon envers ceux de ses fidèles serviteurs qui savaient parler, il est facile de voir que le baron de Piombo était un homme d'une probité sévère. Il ne devait son plumage de baron qu'à la nécessité dans laquelle Napoléon s'était trouvé de

lui donner un titre en l'envoyant auprès d'une
puissance étrangère. Bartholoméo avait toujours professé une haine implacable pour les
traîtres dont Napoléon fut entouré. Ce fut lui
qui, dit-on, fit trois pas vers la porte du cabinet
de l'empereur, après lui avoir donné le conseil
de se débarrasser de trois hommes en France,
la veille du jour où il partit pour sa célèbre et
admirable campagne de 1814. Depuis le 8 juillet, Bartholoméo ne portait plus la décora-
tion de la légion d'Honneur. Jamais homme
n'offrit une plus belle image de ces vieux répu-
blicains, amis incorruptibles de l'empire, qui restaient comme les vivans débris des deux gouvernemens les plus énergiques que le monde ait
connus. Si le baron de Piombo déplaisait à quelques courtisans, il avait les Daru, les Drouot,
les Carnot pour amis. Aussi, quant au reste
des hommes politiques, depuis le 8 juillet surtout, s'en souciait-il autant que des bouffées
de fumée qu'il tirait de son cigare.

Bartholoméo di Piombo avait acquis, moyen-
nant la somme assez modique que *Madame*,
mère de l'empereur, lui avait donnée de ses
propriétés en Corse, l'ancien hôtel des comtes
de Givry, dans lequel il n'avait fait aucun chan-

gement. Presque toujours logé aux frais du gouvernement, il n'habitait cette maison que depuis la catastrophe de Fontainebleau. Suivant l'habitude des gens simples et de haute vertu, le baron et sa femme ne donnaient rien au faste extérieur. Leurs meubles provenaient de l'ancien ameublement de l'hôtel. Les grands appartemens, hauts d'étage, sombres et nus de cette demeure, les larges glaces encadrées dans de vieilles bordures dorées et presque noires, et ce mobilier du temps de Louis XIV, étaient merveilleusement en rapport avec Bartholoméo et sa femme, personnages dignes de l'antiquité. Sous l'empire, et pendant les cent jours, en exerçant des fonctions largement rétribuées, le vieux Corse avait eu un grand train de maison, plutôt dans le but de faire honneur à sa place que dans le dessein de briller. Sa vie et celle de sa femme étaient si frugales, si tranquilles, que leur modeste fortune était plus que suffisante à leurs besoins. Pour eux, leur fille Ginevra valait toutes les richesses du monde. Aussi, quand, en mai 1814, le baron de Piombo quitta sa place, congédia ses gens et ferma la porte de son écurie, Ginevra, simple et sans faste comme ses parens, n'eut-elle aucun regret. A l'exemple

des grandes âmes elle mettait son luxe dans la
force des sentimens, comme elle plaçait sa félicité dans la solitude et le travail. Puis, ces
trois êtres s'aimaient trop pour que les dehors
de l'existence eussent quelque prix à leurs yeux.
Souvent, et surtout depuis la seconde et effroyable chute de Napoléon, Bartholoméo et
sa femme passaient des soirées délicieuses à
entendre Ginevra toucher du piano ou chanter.
Il y avait pour eux un immense secret de plaisir dans la présence, dans la moindre parole
de leur fille. Ils la suivaient des yeux avec une
tendre inquiétude. Ils entendaient son pas dans
la cour, quelque léger qu'il pût être. Semblables à des amans, ils savaient rester des heures
entières silencieux tous trois, entendant mieux
ainsi que par des paroles l'éloquence de leurs
âmes. Ce sentiment profond était la vie des deux
vieillards et animait toutes leurs pensées. Ce
n'étaient pas trois existences, mais bien une
seule, qui semblable à la flamme d'un foyer, se
divisait en trois langues de feu. Si quelquefois
le souvenir des bienfaits et du malheur de Napoléon, si la politique du moment triom-
phaient de la constante sollicitude des deux
vieillards, ils pouvaient en parler sans rompre

la communauté de leurs pensées, Ginevra partageait leurs passions politiques. L'ardeur avec laquelle ils se réfugiaient dans le cœur de leur unique enfant était bien naturelle. Jusqu'alors, les occupations d'une vie publique avaient absorbé l'énergie du baron de Piombo. En quittant ses emplois , le Corse eut besoin de rejeter son énergie dans le dernier sentiment qui lui restait. Puis, à part les liens qui unissent un père et une mère à leur fille, il y avait peut-être, à l'insu de ces trois âmes despotiques, une puissante raison au fanatisme de leur passion réciproque : ils s'aimaient sans partage. Le cœur tout entier de Ginevra appartenait à son père, comme à elle celui de Piombo. Enfin, s'il est vrai que nous nous attachions les uns aux autres plus par nos défauts que par nos qualités, Ginevra répondait merveilleusement bien à toutes les passions de son père. De là procédait la seule imperfection de cette triple vie. Ginevra était entière dans ses volontés, vindicative, emportée comme Bartholoméo l'avait été pendant sa jeunesse. Le Corse se complut à développer ces sentimens sauvages dans le cœur de sa fille, absolument comme un lion apprend à ses lionceaux à fondre sur une proie.

Mais cet apprentissage de vengeance ne pou-
vant en quelque sorte se faire qu'au logis paternel, Ginevra ne pardonnait rien à son père,
et il fallait qu'il lui cédât. Piombo ne voyait
que des enfantillages dans ces querelles fac-
tices; mais l'enfant y contracta l'habitude de dominer ses parens. Au milieu de ces tempêtes
que Bartholoméo aimait à exciter, un mot de
tendresse, un regard suffisaient pour apaiser
leurs âmes courroucées, et ils n'étaient jamais
si près d'un baiser que quand ils se menaçaient. Cependant depuis cinq années environ, Ginevra, devenue plus sage que son père,
évitait constamment ces sortes de scènes. Sa
fidélité, son dévouement, l'amour qui triom-
phait dans toutes ses pensées et son admirable
bon sens avaient fait justice de ses colères.
Mais il n'en était pas moins résulté un bien
grand mal. Ginevra vivait avec son père et
sa mère sur le pied d'une égalité toujours funeste. Enfin, pour achever de faire connaître
tous les changemens survenus chez ces trois
personnages depuis leur arrivée à Paris, Piombo
et sa femme n'ayant point d'instruction, avaient
laissé Ginevra étudier à sa fantaisie. Au gré de
ses caprices de jeune fille, elle avait tout ap-

pris et tout quitté, reprenant et laissant chaque pensée tour à tour, jusqu'à ce que la peinture fût devenue sa passion dominante. Elle eût été parfaite, si sa mère avait été capable de diriger ses études, de l'éclairer et de mettre en harmonie les dons de la nature. Ses défauts venaient de la funeste éducation que le vieux Corse avait pris plaisir à lui donner.

Après avoir pendant long-temps fait crier sous ses pas les feuilles du parquet, le grand vieillard sonna. Un domestique parut.

— Allez au devant de mademoiselle Ginevra, dit-il.

— J'ai toujours regretté de ne plus avoir de voiture pour elle, observa la baronne.

— Elle n'en a pas voulu, répondit Piombo en regardant sa femme, qui, accoutumée depuis quarante ans à son rôle d'obéissance, baissa les yeux.

La baronne était presque septuagénaire. Elle était grande, sèche, pâle, ridée, et ressemblait parfaitement à ces vieilles femmes que Schnetz et Fleury mettent dans les scènes italiennes de leurs tableaux de genre. Elle était presque toujours silencieuse, et on l'eût prise pour une nouvelle madame Shandy, si un mot,

un regard, un geste n'avaient pas annoncé que
ses sentimens gardaient encore la vigueur et la
fraîcheur de la jeunesse. Sa toilette, dépouillée
de coquetterie, manquait souvent de goût. Elle
restait habituellement passive, plongée dans
une bergère, comme une sultane *Validé*, attendant ou admirant sa Ginevra, son orgueil et
sa vie. La beauté, la toilette, la grâce de sa
fille, semblaient être devenues siennes. Tout
pour elle était bien quand Ginevra se trouvait
heureuse. Ses cheveux avaient blanchi, et quelques mèches se voyaient toujours au-dessus
de son front blanc et ridé, ou le long de ses
joues creuses.

— Voilà quinze jours environ, dit-elle, que
Ginevra rentre un peu plus tard.

— Jean n'ira pas assez vite, s'écria l'impatient
vieillard qui croisa les basques de son habit
bleu, saisit son chapeau, l'enfonça sur sa tête,
prit sa canne, et partit.

— Tu n'iras pas loin, lui cria sa femme.

En effet, la porte cochère s'était ouverte et
fermée, et la vieille mère entendait le pas de
Ginevra dans la cour. Bartholoméo reparut
tout-à-coup portant en triomphe sa fille qui se
débattait dans ses bras.

— La voici, la Ginevra, la Ginevrettina, la Ginevrina, la Ginevrola, la Ginevretta, la Ginevra bella!..

— Mon père, vous me faites mal.

Aussitôt elle fut posée à terre avec une sorte de respect. Elle agita la tête par un gracieux mouvement pour rassurer sa mère qui déjà s'effrayait, et pour lui dire que c'était une ruse. Le visage terne et pâle de la baronne reprit comme par enchantement des couleurs et une espèce de gaieté. Piombo se frottait les mains avec une force extrême, symptôme le plus certain de sa joie. Il avait pris cette habitude à la cour, en voyant Napoléon se mettre en colère contre ceux de ses généraux ou de ses ministres qui le servaient mal ou qui avaient commis quelque faute. Les muscles de sa figure s'étaient détendus, et la moindre ride de son front exprimait la bienveillance. Ces deux vieillards offraient en ce moment une image exacte de ces plantes souffrantes auxquelles un peu d'eau rend la vie, après une longue sécheresse.

— A table, à table! s'écria le baron en présentant sa large main à Ginevra qu'il nomma Signora Piombella! autre symptôme de gaieté auquel sa fille répondit par un sourire.

— Ah ça, dit Piombo en sortant de table, sais-tu que ta mère a observé que, depuis un mois, tu restes beaucoup plus long-temps que de coutume à ton atelier? Il paraît que la peinture va nous faire tort.

— O mon père!

— Ginevra nous prépare sans doute quelque surprise, dit sa mère.

— Tu m'apporterais un tableau! s'écria le Corse en frappant dans ses mains.

— Oui, je suis très occupée à l'atelier, répondit-elle.

— Qu'as-tu donc, Ginevra? Tu pâlis! lui dit sa mère.

— Non! s'écria la jeune fille en laissant échapper un geste de résolution, non, il ne sera pas dit que Ginevra Piombo aura menti une fois dans sa vie.

En entendant cette singulière exclamation, Piombo et sa femme regardèrent leur fille d'un air étonné.

— J'aime un jeune homme, ajouta-t-elle d'une voix émue.

Puis, sans oser regarder ses parens, elle abaissa ses larges paupières, comme pour voiler le feu de ses yeux.

— Est-ce un prince? lui demanda ironique+
ment son père.

Le son de voix de Piombo fit trembler la
mère et la fille.

— Non, mon père, répondit-elle avec modestie, c'est un jeune homme sans fortune...

— Il est donc bien beau.

— Il est malheureux.

— Que fait-il?

— C'est le compagnon de Labédoyère. Il
était proscrit, sans asile. M. Servin l'a caché,
et...

— Servin est un honnête garçon, qui s'est
bien comporté, s'écria Piombo. Mais vous faites mal, vous, ma fille, d'aimer un autre homme
que votre père....

— Il ne dépend pas de moi de ne pas aimer,
répondit doucement Ginevra.

— Je me flattais, reprit son père, que ma
Ginevra me serait fidèle jusqu'à ma mort; que
mes soins et ceux de sa mère seraient les seuls
qu'elle aurait reçus; que notre tendresse n'aurait pas rencontré dans son âme de tendresse
rivale; et que...

— Vous ai-je reproché votre fanatisme pour
Napoléon? dit Ginevra. N'avez-vous aimé que

moi ? n'avez-vous pas été des mois entiers en
ambassade ; n'ai-je pas supporté courageusement vos absences ! La vie a des nécessités qu'il
faut savoir subir.

— Ginevra !

— Non, vous ne m'aimez pas pour moi , et
vos reproches trahissent un insupportable
égoïsme.

— Tu accuses l'amour de ton père , s'écria
Piombo, les yeux flamboyans.

— Mon père , je ne vous accuserai jamais ,
répondit Ginevra avec plus de douceur que sa
mère tremblante n'en attendait. Vous avez raison dans votre égoïsme, comme j'ai raison
dans mon amour. Le ciel m'est témoin que
jamais fille n'a mieux rempli ses devoirs auprès
de ses parens. Je n'ai jamais vu que bonheur
et amour là où d'autres voient souvent des
obligations. Voici quinze ans que je ne me suis
pas écartée de dessous votre aile protectrice ,
et ce fut un bien doux plaisir pour moi que de
charmer vos jours. Mais serais-je donc ingrate
en me livrant au charme d'aimer , en cherchant
un mari ?

— Ah ! tu comptes avec ton père , Ginevra !
reprit le vieillard d'un ton sinistre.

Il se fit une pause effrayante pendant laquelle personne n'osa parler. Enfin, Bartholoméo rompit le silence en s'écriant d'une voix déchirante : — Oh ! reste avec nous, reste, vierge, auprès de ton vieux père ! Je ne saurais te voir aimer un homme. Ginevra ! tu n'attendras pas long-temps ta liberté...

— Mais, mon père, songez donc que nous ne vous quitterons pas, que nous serons deux à vous aimer, que vous connaîtrez le protecteur aux soins duquel vous me laisserez ! Vous serez doublement chéri, par moi et par lui ; par lui qui est encore moi, et par moi qui suis tout lui-même.

— O Ginevra, Ginevra ! s'écria le Corse, en serrant les poings, pourquoi ne t'es-tu pas mariée quand Napoléon m'avait accoutumé à cette idée, et qu'il te présentait des ducs et des comtes ?

— Ils m'aimaient par ordre, dit la jeune fille. D'ailleurs je ne voulais pas vous quitter, et ils m'auraient emmenée avec eux.

— Tu ne veux pas nous laisser seuls, dit Piombo, mais te marier, c'est nous isoler ! je te connais, ma fille, tu ne nous aimeras plus.

— Élisa, ajouta-t-il en regardant sa femme

qui restait immobile et comme stupide, nous
n'avons plus de fille! Elle veut se marier.

Le vieillard s'assit après avoir levé les mains
en l'air, comme pour invoquer Dieu ; puis il
resta courbé, comme accablé sous sa peine.
Ginevra vit l'agitation de son père, et la modération de sa colère lui brisa le cœur. Elle
s'attendait à une crise, à des fureurs, elle n'a-
vait pas armé son âme contre la paix et la douceur paternelle.

— Mon père, dit-elle d'une voix touchante,
non, vous ne serez jamais abandonné par votre Ginevra. Mais aimez-la aussi un peu pour
elle! Si vous saviez comme *il* m'aime! Ah! ce
ne serait pas lui qui me ferait de la peine!

— Déjà des comparaisons, s'écria Piombo
avec un accent terrible. Non, je ne puis sup-
porter cette idée! reprit-il. S'il t'aimait comme
tu mérites de l'être, il me tuerait; et s'il ne t'aimait pas, je le poignarderais.

Les mains de Piombo tremblaient, ses lèvres tremblaient, son corps tremblait, et ses
yeux lançaient des éclairs. Ginevra seule pouvait soutenir son regard, car alors ses yeux s'a-
nimaient, et la fille était digne du père.

—Oh! t'aimer! quel est l'homme digne de cette

vie? reprit-il. T'aimer comme un père, n'est-ce pas déjà vivre dans le paradis? Qui donc sera jamais digne d'être ton époux?

— Lui! dit Ginevra, lui dont je me sens indigne.

— Lui? répéta machinalement Piombo. Qui, *lui?*

— Celui que j'aime.

— Est-ce qu'il peut te connaître encore assez pour t'adorer?

— Mais, mon père, reprit Ginevra éprouvant un mouvement d'impatience, quand il ne m'aimerait pas, du moment où je l'aime...

— Tu l'aimes donc? s'écria Piombo.

Ginevra inclina doucement la tête.

— Alors, tu l'aimes plus que nous.

— Ces deux sentimens ne peuvent se comparer, répondit-elle.

— L'un est plus fort que l'autre? reprit Piombo.

— Je crois que oui, dit Ginevra.

— Tu ne l'épouseras pas! Ce cri furieux fit résonner les vitres du salon.

— Je l'épouserai, répliqua tranquillement Ginevra.

— Mon Dieu! mon Dieu, s'écria la mère,

comment finira cette querelle? *Santa virgina!*
mettez-vous entre eux.

Le baron, qui se promenait à grands pas,
vint s'asseoir. Une sévérité glacée rembrunis-
sait son visage. Il regarda fixement sa fille, et lui
dit d'une voix douce et affaiblie : — Eh bien!
Ginevra! non, tu ne l'épouseras pas. Oh! ne
me dis pas oui! ce soir. Laisse-moi croire le
contraire. Veux-tu voir ton père à genoux et
ses cheveux blancs prosternés devant toi? je
vais te supplier...

— Ginevra Piombo, répondit-elle, n'a pas
été habituée à promettre et à ne pas tenir. Je
suis votre fille.

— Elle a raison, dit la baronne, nous sommes mises au monde pour nous marier.

— Ainsi vous l'encouragez dans sa désobéissance...

— Ce n'est pas désobéir, répondit Ginevra,
que de se refuser à un ordre injuste.

— Il ne peut pas être injuste quand il émane
de la bouche de votre père, ma fille! Pourquoi
me jugez-vous? La répugnance que j'éprouve
n'est-elle pas un conseil d'en haut? Je vous
préserve peut-être d'un malheur.

— Le malheur serait qu'il ne m'aimât pas.

— Toujours lui !

— Oui, toujours, reprit-elle. Il est ma vie, mon bien, ma pensée. Même en vous obéissant, il serait toujours dans mon cœur. Me défendre de l'épouser, n'est-ce pas vous faire haïr.

— Tu ne nous aimes plus, s'écria Piombo.

— Oh! dit Ginevra en agitant la tête.

—Eh bien! oublie-le, reste-nous fidèle. Après nous... tu comprends.

— Mon père, voulez-vous me faire désirer votre mort? s'écria Ginevra.

—Je vivrai plus long-temps que toi! Les enfans qui n'honorent pas leurs parens meurent promptement, s'écria son père parvenu au dernier degré de l'exaspération.

— Raison de plus pour me marier promptement et être heureuse ! dit-elle.

Ce sang-froid, cette puissance de raisonnement achevèrent de troubler Piombo. Le sang lui porta violemment à la tête, il devint pourpre. Ginevra frissonna. Elle s'élança comme un oiseau sur les genoux de son père, lui passa ses bras d'amour autour du cou, lui caressa le visage, les cheveux, et s'écria toute attendrie:
—Oh! oui; que je meure la première! Je ne te survivrais pas, mon père, mon bon père!

— O ma Ginevra, ma folle, ma Ginevrina, ma Ginevretta, répondit Piombo dont toute la colère se fondit à cette caresse, comme une glace sous les rayons du soleil.

— Il était temps que vous finissiez, dit la baronne d'une voix émue.

— Pauvre mère!

— Ah! Ginevretta! Ginevra bella!..

Et le père jouait avec sa fille comme avec un enfant de six ans. Il s'amusait à défaire les tresses ondoyantes de ses cheveux, à la faire sauter. Il y avait de la folie dans l'expression de sa tendresse. Bientôt sa fille le gronda en l'embrassant, et tenta d'obtenir par la grâce de ses jeux et en plaisantant, l'entrée de *Louis* au logis. Mais tout en plaisantant aussi, son père refusait. Elle bouda, revint, bouda encore; puis, à la fin de la soirée, elle se trouva contente d'avoir gravé dans le cœur de son père et son amour pour Louis et l'idée d'un mariage prochain Le lendemain elle ne parla plus de son amour, elle alla plus tard à l'atelier, elle en revint de bonne heure. Elle devint plus caressante pour son père qu'elle ne l'avait jamais été, et se montra pleine de reconnaissance, comme pour le remercier du consentement

qu'il semblait donner à son mariage par son
silence. Le soir, elle faisait long-temps de la
musique, et souvent elle s'écriait : — Il faudrait
une voix d'homme pour ce nocturne! Elle était
Italienne, c'est tout dire. Au bout de huit
jours, sa mère lui fit un signe, elle vint, puis
à l'oreille et à voix basse : — J'ai amené ton
père à le recevoir, lui dit-elle.

—O ma mère! vous me faites bien heureuse!

Ce jour-là, Ginevra eut donc le bonheur de
revenir à l'hôtel de son père en donnant le bras
à Louis. C'était la seconde fois que le pauvre
officier sortait de sa cachette. Les actives solli-
citations que Ginevra faisait auprès du duc de
Feltre, alors ministre de la guerre, avaient été
couronnées d'un plein succès. Louis venait
d'être réintégré sur le contrôle des officiers en
disponibilité. C'était un bien grand pas vers un
meilleur avenir. Le jeune chef de bataillon
ayant été instruit par son amie de toutes les
difficultés qui l'attendaient auprès du baron,
n'osait avouer la crainte qu'il avait de ne pas
lui plaire. Cet homme si courageux contre l'adversité, si brave sur un champ de bataille,
tremblait en pensant à son entrée dans le salon
de Piombo. Ginevra le sentit tressaillir, et cette

émotion, dont elle devinait le principe, fut
pour elle une délicieuse preuve d'amour.

— Comme vous êtes pâle, lui dit-elle, quand
ils arrivèrent à la porte de l'hôtel.

— O Ginevra! s'il ne s'agissait que de ma
vie.

Quoique Bartholoméo fût prévenu par sa
femme, de la présentation officielle de celui
que Ginevra aimait, il n'alla pas à sa rencontre et resta dans le fauteuil où il avait l'habitude d'être assis, et la sévérité de son front eut
quelque chose de glacial.

— Mon père, dit Ginevra, je vous amène
une personne que vous aurez sans doute plaisir à voir. Voici M. Louis, un soldat qui com-
battait à quatre pas de l'empereur au Mont-
Saint-Jean...

Le baron de Piombo se leva, jeta un regard
furtif sur Louis, et lui dit d'une voix sardonique : — Monsieur n'est pas décoré?

— Je ne porte pas la légion-d'honneur, répondit timidement Louis qui restait humblement debout.

Ginevra blessée de l'impolitesse de son père,
avança une chaise. La réponse de l'officier sa-
tisfit le vieux serviteur de Napoléon. Madame

Piombo s'apercevant que les sourcils de son mari reprenaient leur position naturelle, dit pour ranimer la conversation : — La ressemblance de monsieur avec Nina Porta est étonnante. Ne trouvez-vous pas que monsieur a toute la physionomie des Porta?

— Rien de plus naturel, répondit le jeune homme sur qui les yeux flamboyans de Piombo s'arrêtèrent, Nina était ma sœur...

— Tu es Luigi Porta, demanda le vieillard.

— Oui!

Bartholoméo Piombo se leva, chancela, fut obligé de s'appuyer sur une chaise, et regarda sa femme. Élisa Piombo vint à lui. Puis, les deux vieillards silencieux, se donnèrent le bras, et sortirent du salon en abandonnant leur fille avec une sorte d'horreur. Luigi Porta, stupéfait, regarda Ginevra qui devint aussi blanche qu'une statue de marbre, et resta les yeux fixés sur la porte vers laquelle son père et sa mère avaient disparu. Leur silence et leur retraite eut quelque chose de si solennel, que, la première fois peut-être, le sentiment de la crainte entra dans son cœur. Elle joignit ses mains l'une contre l'autre avec force, et dit d'une voix si émue qu'elle ne pouvait guère être entendue que par un amant : — Combien de malheur dans un mot !

— Au nom de notre amour, qu'ai-je donc dit ? demanda Luigi Porta.

— Mon père, répondit-elle, ne m'a jamais parlé de notre déplorable histoire, et j'étais trop jeune quand j'ai quitté la Corse pour la savoir.

— Nous serions ennemis ! demanda Luigi en tremblant.

— Oui. En questionnant ma mère, j'ai appris que les Porta avaient tué mes frères et brûlé notre maison. Mon père a massacré toute votre famille. Comment avez-vous survécu, vous qu'il croyait avoir attaché aux colonnes d'un lit avant de mettre le feu à la maison ?

— Je ne sais, répondit Luigi. A six ans, j'ai été amené à Gênes, chez un vieillard nommé Colonna. Aucun détail sur ma famille ne m'a été donné. Je savais seulement que j'étais orphelin, sans fortune, et que Colonna était mon tuteur. J'ai porté son nom jusqu'au jour où je suis entré au service. Comme il m'a fallu des actes pour prouver qui j'étais, alors le vieux Colonna m'a dit que moi, faible et presque enfant encore, j'avais des ennemis. Il m'a engagé à ne prendre que le nom de Luigi pour leur échapper.

— Partez, partez, Luigi, s'écria Ginevra. Je vais vous accompagner. Tant que vous êtes dans la maison de mon père, vous n'avez rien à craindre; mais prenez bien garde à vous! Aussitôt que vous en sortirez, vous marcherez de danger en danger. Mon père a deux Corses à son service, et si ce n'est pas lui qui menacera vos jours, ce seront eux.

— Ginevra, dit-il, cette haine existera-t-elle donc entre nous?

La jeune fille sourit tristement et baissa la tête. Elle la releva bientôt avec une sorte de fierté, et dit : — O Luigi, il faut que nos sentimens soient bien purs et bien sincères, pour que j'aie la force de marcher dans la voie où je vais entrer. Mais il s'agit d'un bonheur qui doit durer toute la vie, n'est-ce pas?

Luigi ne répondit que par un sourire, et pressa la main de Ginevra. La jeune fille comprit qu'un véritable amour pouvait seul dédaigner en ce moment les protestations vulgaires. L'expression calme et consciencieuse des sentimens de Luigi en annonçait en quelque sorte

la force et la durée. Alors la destinée de ces
deux époux fut accomplie. Ginevra entrevit de
bien cruels combats à soutenir ; mais l'idée d'a-
bandonner son amant, idée qui peut-être avait
flotté dans son âme, s'évanouit complètement.
Elle était à lui pour toujours. Elle l'entraîna
tout-à-coup avec une sorte d'énergie hors de
l'hôtel, et ne le quitta qu'au moment où il atteignit la maison dans laquelle M. Servin lui
avait loué un modeste logement. Quand elle
revint chez son père, elle avait pris cette
espèce de sérénité que donne une résolution
forte. Aucune altération dans ses manières
ne peignit une inquiétude. Elle leva sur son
père et sa mère, qu'elle trouva prêts à se
mettre à table, des yeux dénués de hardiesse
et pleins de douceur. Elle vit que sa vieille
mère avait pleuré, et la rougeur de ses
paupières flétries ébranla un moment son
cœur, mais elle cacha son émotion. Piombo
semblait être en proie à une douleur trop violente, trop concentrée, pour qu'il pût la trahir
par des expressions ordinaires. Les gens servi-
rent le dîner auquel personne ne toucha. L'horreur de la nourriture est un des symptômes
qui trahissent les grandes crises de l'âme. Tous

trois se levèrent sans qu'aucun d'eux se fût adressé la parole. Quand Ginevra fut placée entre son père et sa mère dans leur grand salon sombre et solennel, Piombo voulut parler, mais il ne trouva pas de voix; il essaya de marcher, et ne trouva pas de force. Il revint s'asseoir, et sonna.

— Jean, dit-il enfin au domestique, allumez du feu, j'ai froid.

Ginevra tressaillit et regarda son père avec anxiété. Le combat qu'il se livrait devait être horrible, sa figure était bouleversée. Ginevra connaissait l'étendue du péril qui la menaçait, mais elle ne tremblait pas; tandis que les regards furtifs que Bartholoméo jetait sur sa fille semblaient annoncer qu'il craignait en ce moment le caractère dont il avait si complaisamment développé la violence. Entre eux, tout devait être extrême. Aussi, la certitude du changement qui pouvait s'opérer dans les sentimens du père et de la fille, animait-elle le visage de la baronne d'une expression de terreur.

— Ginevra, dit enfin Piombo sans oser la regarder, vous aimez l'ennemi de votre famille.

— Cela est vrai! répondit-elle.

—Il faut choisir entre lui et nous. Notre *vendetta* fait partie de nous-mêmes. Qui n'épouse pas ma vengeance, n'est pas de ma famille.

— Mon choix est fait, répondit-elle encore d'une voix calme.

La tranquillité de la jeune fille trompa Bartholoméo.

— O ma chère fille, s'écria-t-il.

Puis des larmes, les premières et les seules qu'il répandit dans sa vie, humectèrent ses paupières.

— Je serai sa femme, dit brusquement Ginevra.

Bartholoméo eut comme un éblouissement; mais il reprit son sang-froid, et répliqua : — Cela ne sera pas de mon vivant, je n'y consentirai jamais.

Ginevra garda le silence.

— Mais, dit le baron en continuant, songes-tu que Luigi est le fils de celui qui a tué tes frères?

— Il avait six ans au moment où le crime a été commis, il doit en être innocent, répondit-elle.

— Un Porta! s'écria Bartholoméo.

— Mais, ai-je jamais pu partager cette haine?

dit vivement la jeune fille. M'avez-vous élevée
dans cette croyance qu'un Porta était un monstre? Pouvais-je penser qu'il restât un seul de
ceux que vous aviez tués? N'est-il pas naturel
que vous fassiez céder votre *vendetta* à mon
amour?

— Un Porta! dit Piombo. Mais si son père
t'avait trouvée dans ton lit, tu ne vivrais pas,
il t'aurait donné cent fois la mort.

— Cela se peut, répondit-elle, mais son fils
m'a donné plus que la vie. Sa seule vue m'ap-
porte un bonheur sans lequel il n'y a pas de
vie. Il m'a appris à sentir! J'ai peut-être vu
des figures plus belles encore que la sienne,
mais aucune ne m'a autant charmée; j'ai peut-
être entendu des voix... non, non, jamais
de plus mélodieuses. Il m'aime! Il sera mon
mari.

— Jamais, dit Piombo, j'aimerais mieux te
savoir morte, Ginevra!

Il se leva, se mit à parcourir à grands pa
le salon, et laissa échapper ces paroles après
des pauses qui peignaient toute son agitation :
— Vous croyez peut-être faire plier ma volonté?
Détrompez-vous. Je ne veux pas qu'un Porta
soit mon gendre. Telle est ma sentence. Qu'il

ne soit plus question de ceci entre nous. Je
suis Bartholoméo di Piombo, entendez-vous,
Ginevra?

— Attachez-vous quelque sens mystérieux à
ces paroles, demanda-t-elle froidement.

— Oui, elles signifient que j'ai un poignard,
et que je ne crains pas les hommes.

La jeune fille se leva.

—Eh bien! dit-elle, je suis Ginevra di Piombo, et je déclare que dans six mois je serai la
femme de Luigi Porta.—Vous êtes un tyran,
mon père, ajouta-t-elle après une pause effrayante.

Bartholoméo serra ses poings, et frappa sur
le marbre de la cheminée : — Ah! nous sommes
à Paris, dit-il en murmurant.

Puis il se tut, se croisa les bras, pencha la
tête sur sa poitrine, et ne prononça plus une
seule parole pendant toute la soirée. La jeune
fille affecta un sang-froid incroyable après avoir
prononcé son arrêt. Elle se mit au piano, chanta,
joua des morceaux ravissans avec une grâce et
un sentiment qui annonçaient une parfaite liberté d'esprit, triomphant ainsi de son père
dont le front ne paraissait pas s'adoucir. Le
vieillard ressentit cruellement cette injure tacite.

Il recueillit en ce moment un des fruits amers
de l'éducation qu'il avait donnée à sa fille. Le
respect est une barrière qui protège autant un
père et une mère qu'un enfant, en évitant à
ceux-là des chagrins ; à ceux-ci, des remords.
Le lendemain Ginevra voulut sortir à l'heure
où elle avait coutume de se rendre à l'atelier,
et trouva la porte de l'hôtel fermée pour elle.
Ginevra inventa bientôt un moyen d'instruire
Luigi Porta des sévérités dont elle était victime. Une femme de chambre qui ne savait pas
lire fit parvenir au jeune officier la lettre que
lui écrivit Ginevra. Pendant cinq jours les
deux amans surent correspondre, grâces à ces
ruses qu'on sait toujours machiner à vingt ans.
Le père et la fille se parlèrent rarement.
Tous deux gardaient au fond du cœur un principe de haine. Ils souffraient, mais orgueilleu-
sement et en silence. Reconnaissant combien
étaient forts les liens d'amour qui les attachaient
l'un à l'autre, il essayaient de les briser, mais
sans pouvoir y parvenir. Nulle pensée douce ne
venait plus comme autrefois faire briller les
traits sévères de Bartholoméo quand il contemplait sa Ginevra. La jeune fille avait quelque
chose de farouche en regardant son père. Le

reproche siégeait sur ce front d'innocence. Elle
se livrait bien à d'heureuses pensées, mais parfois des remords semblaient ternir ses yeux. Il
n'était même pas difficile de deviner qu'elle ne
pourrait jamais jouir tranquillement d'une félicité qui faisait le malheur de ses parens. Chez
Bartholoméo comme chez sa fille, toutes les ir-
résolutions causées par la bonté native de leurs
âmes devaient néanmoins échouer devant leur
fierté et devant la rancune particulière aux
Corses. En effet, ils s'encourageaient l'un et
l'autre dans leur colère, et fermaient les yeux
sur l'avenir. Peut-être aussi se flattaient-ils
mutuellement que l'un céderait à l'autre.

Le jour de la naissance de Ginevra, sa mère,
désespérée de cette désunion qui prenait un
caractère grave, médita de réconcilier le père
et la fille, grâces aux souvenirs de cet anniversaire. Ils étaient réunis tous trois dans la
chambre de Bartholoméo. Ginevra devina l'intention de sa mère à l'hésitation peinte sur son
visage et sourit tristement. En ce moment un
domestique annonça deux notaires accompagnés
de plusieurs témoins. Ils entrèrent. Bartholoméo regarda fixement ces hommes dont les
figures froidement compassées avaient quelque

chose de blessant pour des âmes aussi passionnées que l'étaient celles des trois principaux
acteurs de cette scène. Le vieillard se tourna
vers sa fille d'un air inquiet, il vit sur son visage un sourire de triomphe qui lui firent soup-
çonner quelque catastrophe, et il affecta de
garder, à la manière des sauvages, une immobilité mensongère en regardant les deux notaires avec une sorte de curiosité calme. Les
étrangers s'assirent après y avoir été invités par
un geste du vieillard.

— Monsieur est sans doute M. le baron de
Piombo, demanda le plus âgé des notaires.

Bartholoméo s'inclina. Le notaire fit un léger mouvement de tête et regarda la jeune fille
avec la sournoise expression d'un Garde du
commerce qui surprend un débiteur. Puis, il
tira sa tabatière, l'ouvrit, y prit une pincée de
tabac, et se mit à la humer à petits coups, en
cherchant les premières phrases de son discours, puis en les prononçant il fit des repos
continuels (manœuvre oratoire que ce signe
— représentera très imparfaitement).

— Monsieur, dit-il, — nous sommes envoyés vers vous, — mon collègue et moi, —
pour accomplir le vœu de la loi, et — mettre

un terme aux divisions qui — paraîtraient —
s'être introduites — entre vous et mademoiselle votre fille, — au sujet — de — son —
mariage avec Luigi Porta, — mon client.

Cette phrase assez pédantesquement débi-
tée, parut probablement trop belle au notaire
pour qu'on pût la comprendre d'un seul coup.
Il s'arrêta, en regardant Bartholoméo avec une
expression particulière aux gens d'affaires, et
qui tient le milieu entre la servilité et la fami-
liarité. Habitués à feindre beaucoup d'intérêt
pour les personnes auxquelles ils parlent, les
notaires finissent par faire contracter à leur
figure une grimace qu'ils revêtent et quittent
comme leur petit *pallium* officiel. Ce masque
de bienveillance, dont il est si facile de saisir
le mécanisme, irrita tellement Bartholoméo
qu'il lui fallut rappeler toute sa raison pour ne
pas jeter le notaire par les fenêtres. Une expression de colère se glissa dans toutes ses rides; et,
en la voyant, l'homme de la loi se dit en lui-
même : — Je produis de l'effet!

— Mais, reprit-il d'une voix mielleuse,
monsieur le baron, dans ces sortes d'occasions,
notre ministère commence toujours par être
essentiellement conciliateur. — Daignez donc

avoir la bonté de m'entendre ! — Il est évident
que mademoiselle Ginevra Piombo atteint aujourd'hui même — l'âge auquel il suffit de faire
des actes respectueux pour qu'il soit passé outre
à la célébration d'un mariage, malgré le défaut
de consentement des parens. Or, — il est d'usage
dans les familles — qui jouissent d'une certaine
considération, — qui appartiennent à la société,
— qui conservent quelque dignité, — auxquelles il importe enfin de ne pas donner au public le secret de leurs divisions, — et qui d'ailleurs ne veulent pas se nuire à elles-mêmes en
frappant de réprobation l'avenir de deux jeunes
époux (car — c'est se nuire à soi-même !) — il
est d'usage, — dis-je, — parmi ces familles ho-
norables — de ne pas laisser subsister des actes
semblables — qui — restent, qui — sont des monumens d'une division qui — finit — par cesser. — Du moment, monsieur, où une jeune
personne a recours aux actes respectueux, elle
annonce une intention trop décidée, pour
qu'un père et — une mère, ajouta-t-il en se
tournant vers la baronne, puissent espérer de
la voir suivre leurs avis. — Alors la résis-
tance paternelle étant nulle — par ce fait —
d'abord. — Puis, étant infirmée par la loi, il est

constant que tout homme sage, après avoir
fait une dernière remontrance à son enfant
— lui donne la liberté de.....

Le notaire s'arrêta, en s'apercevant qu'il aurait pu parler deux heures sans obtenir de réponse. Il éprouva d'ailleurs une émotion particulière à l'aspect de l'homme qu'il essayait de
convertir. Il s'était fait une révolution extraordinaire sur le visage de Bartholoméo. Toutes
ses rides contractées lui donnaient un air de
cruauté indéfinissable, et il jetait sur le notaire
un regard de tigre. La baronne était muette
et passive. Ginevra, calme et résolue, attendait, elle savait que la voix du notaire était
plus puissante que la sienne, et alors elle semblait s'être décidée à garder le silence. Au moment où l'homme de loi se tut, cette scène devint
si effrayante, que les témoins étrangers trem-
blèrent, jamais peut-être ils n'avaient été
frappés par un semblable silence. Les notaires
se regardèrent comme pour se consulter, se
levèrent et allèrent ensemble à la croisée.

—As-tu jamais rencontré des cliens fabri-
qués comme ceux-là? demanda le plus âgé à
son confrère.

— Il n'y a rien à en tirer! répondit le plus

jeune. A ta place, moi, je m'en tiendrais à la
lecture de mon acte. Le vieux ne me paraît pas
amusant. Il est colère, et tu ne gagneras rien à
vouloir *discuter* avec lui...

Alors le vieux notaire chargé des intérêts de
Luigi lut un papier timbré contenant un pro-
cès-verbal rédigé à l'avance, et demanda froidement à Bartholoméo quelle était sa réponse.

— Il y a donc en France des lois qui détrui-
sent le pouvoir paternel, demanda le Corse.

— Monsieur, dit le notaire de sa voix mielleuse.

— Qui arrachent une fille à son père?

— Monsieur!

— Qui privent un vieillard de sa dernière
consolation?.

— Monsieur, votre fille ne vous appartient
que...

— Qui le tuent?

— Monsieur, permettez?

Rien n'est plus affreux que le sang-froid et
les raisonnemens exacts d'un notaire au milieu
des scènes passionnées où ils ont coutume
d'intervenir. Les figures que Piombo voyait
lui semblèrent échappées de l'enfer. Sa rage
froide et concentrée ne connut plus de bornes

au moment où la voix calme et presque flûtée
de son petit antagoniste prononça ce fatal —
. « *permettez.* » Il sauta sur un long poignard
suspendu à un clou au-dessus de sa cheminée, et s'élança sur sa fille. Les deux notaires se jetèrent entre lui et Ginevra; mais il ren-
versa brutalement les deux conciliateurs en leur
montrant une figure en feu et des yeux flamboyans qui paraissaient plus terribles que ne
l'était la clarté du poignard. Quand Ginevra se
vit en présence de son père, elle le regarda
fixement d'un air de triomphe, s'avança lentement vers lui, et s'agenouilla.

—Non! non! je ne saurais, dit-il en lançant si
violemment son arme, qu'elle alla s'enfoncer
dans la boiserie.

— Eh bien grâce! grâce! dit-elle. Vous hé-
sitez à me donner la mort et vous me refusez
la vie? O mon père, jamais je ne vous ai tant
aimé, accordez-moi Luigi? Je vous demande votre consentement à genoux, une fille peut s'humilier devant son père. Mon Luigi ou la
mort!

L'irritation violente qui la suffoquait l'empêcha de continuer; elle ne trouvait plus de voix.
Ses efforts convulsifs disaient assez qu'elle était

entre la vie et la mort. Bartholoméo la repoussa durement.

— Fuis, dit-il. La Luigi Porta ne saurait être Ginevra Piombo. Je n'ai plus de fille ! Je n'ai pas la force de te maudire ; mais je t'abandonne, et tu n'as plus de père. Ma Ginevra Piombo est enterrée là ! s'écria-t-il d'un son de voix profond en se pressant fortement le cœur. — Sors donc, malheureuse, ajouta-t-il après un moment de silence. Sors, et ne reparais plus devant moi. Puis, il prit Ginevra par le bras, l'entraîna, et la conduisit silencieusement hors de la maison.

— Luigi, s'écria Ginevra en entrant dans le modeste appartement où était l'officier, mon Luigi ! nous n'avons d'autre fortune que notre amour.

— Nous sommes plus riches que tous les rois de la terre, répondit-il.

— Mon père et ma mère m'ont abandonnée, dit-elle avec une profonde mélancolie.

— Je t'aimerai pour eux.

— Nous serons donc bien heureux, s'écria-t-elle avec une gaieté qui avait quelque chose d'effrayant.

— Oh ! oui.

Le lendemain du jour où Ginevra quitta la
maison de son père, elle alla prier madame
Servin de lui accorder un asile et sa protection
jusqu'à l'époque fixée par la loi pour son mariage avec Luigi Porta. Là, commença pour
elle l'apprentissage des chagrins que le monde
sème autour de ceux qui ne suivent pas ses
usages. Très affligée du tort que l'aventure de
Ginevra faisait à son mari, madame Servin reçut
froidement la fugitive, et lui apprit par des
paroles poliment circonspectes, qu'elle ne devait pas compter sur son appui. Trop fière pour
insister, Ginevra, étonnée d'un égoïsme auquel
elle n'était pas habituée, alla se loger dans
l'hôtel garni le plus voisin de la maison où de-
meurait Luigi. Luigi Porta vint passer ses journées aux pieds de sa fiancée. Son jeune amour,
la pureté de ses paroles dissipaient les nuages
que la réprobation paternelle amassait sur le
front de Ginevra. Il lui peignait l'avenir si beau,
qu'elle finissait par sourire, sans néanmoins
oublier la rigueur de ses parens.

Un matin, la servante de l'hôtel lui remit plusieurs malles qui contenaient des étoffes, du
linge, et une foule de choses nécessaires à une
jeune femme qui se met en ménage. Elle recon-

nut dans cet envoi la prévoyante bonté d'une
mère. En visitant ces présens, elle trouva une
bourse où la baronne avait mis la somme qui
appartenait à sa fille, en y joignant le fruit de
ses économies. L'argent était accompagné d'une
lettre où elle la conjurait d'abandonner son funeste projet de mariage, s'il en était encore
temps. Il lui avait fallu des précautions inouïes
pour faire parvenir ces faibles secours à Ginevra.
La mère y suppliait sa fille de ne pas l'accuser
de dureté, si par la suite elle la laissait dans
l'abandon; car elle craignait de ne pouvoir plus
l'assister. Elle la bénissait, lui souhaitait de
trouver le bonheur dans ce fatal mariage, si elle
persistait, en lui assurant qu'elle ne pensait qu'à
sa fille chérie. En cet endroit, des larmes avaient
effacé plusieurs mots de la lettre.

— O ma mère! ma mère! s'écria Ginevra
tout attendrie. Elle éprouvait le besoin de se
jeter à ses génoux, de la voir et de respirer l'air
bienfaisant de la maison paternelle. Elle s'é-
lançait déjà, quand Luigi entra. Elle le regarda,
et sa tendresse filiale s'évanouit, ses larmes se
séchèrent, elle ne se sentit pas la force d'a-
bandonner Luigi. Il était si malheureux et si
aimant! Etre l'espoir d'une noble créature, l'ai-

mer, et l'abandonner! ce sacrifice est une trahi-
son dont les jeunes ames sont incapables.
Ginevra eut la générosité d'ensevelir sa douleur au fond de son ame.

Enfin le jour du mariage arriva. Ginevra ne
vit personne autour d'elle. Luigi avait profité
du moment où elle s'habillait pour aller chercher les témoins nécessaires à la signature de
leur acte de mariage. Ces témoins étaient de
braves gens. L'un, ancien maréchal-des-logis
de hussards, avait contracté, à l'armée, envers
Luigi, de ces obligations qui ne s'effacent jamais du cœur d'un honnête homme. Il s'était
mis loueur de voitures et possédait quelques
fiacres. L'autre, entrepreneur de maçonnerie,
était le propriétaire de la maison où les nouveaux
époux devaient demeurer. Chacun d'eux se fit accompagner par un ami. Ils vinrent avec Luigi
prendre la mariée. Peu accoutumés aux grimaces
sociales, et ne voyant rien que de très simple
dans le service qu'ils rendaient à Luigi, ces gens
s'étaient habillés proprement, mais sans luxe,
en sorte que rien n'annonça le joyeux cortège
d'une noce. Ginevra, elle-même, s'était mise
très simplement afin de se conformer à sa fortune. Cependant sa beauté avait quelque chose

de si noble et de si imposant, qu'à son aspect
la parole expira sur les lèvres des témoins qui
se croyaient obligés de lui adresser un compli-
ment. Ils la saluèrent avec respect, elle s'inclina,
ils la regardèrent en silence et ne surent plus
que l'admirer. Cette réserve jeta du froid entre
eux. La joie ne peut éclater que parmi des gens
qui se sentent égaux. Le hasard voulut donc
que tout fût sombre et grave autour des deux
fiancés. Rien ne refléta leur félicité. L'église
et la mairie n'étaient pas très éloignées de l'hôtel.
Luigi et sa fiancée, suivis des témoins que leur
imposait la loi, voulurent y aller à pied, dans une
simplicité qui dépouilla de tout appareil cette
grande scène de la vie sociale. Ils trouvèrent dans
la cour de la mairie une foule d'équipages qui annonçaient nombreuse compagnie. Ils montè-
rent, et arrivèrent à une grande salle où les
mariés dont le bonheur était indiqué pour ce
jour-là, attendaient assez impatiemment le maire
du quartier. Ginevra s'assit près de Luigi au
bout d'un grand banc, et leurs témoins restèrent debout, faute de sièges.

Deux mariées pompeusement habillées de
blanc, chargées de rubans, de dentelles, de
perles, et couronnées de bouquets de fleurs

d'oranger dont les frais boutons tremblaient
sous leur voile, étaient entourées de leurs familles joyeuses, et accompagnées de leurs
mères qu'elles regardaient d'un air à la fois
satisfait et craintif. Tous les yeux réfléchissaient
leur bonheur, et chaque figure semblait leur
prodiguer des bénédictions. Les pères, les témoins, les frères, les sœurs allaient et venaient,
comme un essaim de papillons se jouant dans
un rayon de soleil prêt à disparaître. Chacun
semblait comprendre la valeur de ce moment
fugitif où, dans la vie, le cœur se trouve entre
deux espérances : les souhaits du passé, et les
promesses de l'avenir. A cet aspect, Ginevra
sentit son cœur se gonfler, et pressa le bras de
Luigi, qui lui lança un regard. Une larme roula
dans les yeux du jeune Corse, il ne comprit
jamais mieux qu'alors tout ce que sa Ginevra
lui sacrifiait. Cette larme précieuse fit oublier
à la jeune fille l'abandon dans lequel elle se
trouvait. L'amour versa des trésors de lumière
entre les deux amans qui ne virent plus qu'eux
au milieu de ce tumulte. Ils étaient là, seuls,
dans cette foule, tels qu'ils devaient être dans
la vie. Leurs témoins, indifférens à la cérémonie,
causaient tranquillement de leurs affaires.

— L'avoine est bien chère, disait le maréchal-des-logis au maçon.

— Elle n'est pas encore si renchérie que le
plâtre, proportion gardée, répondit l'entrepreneur.

Et ils firent un tour dans la salle.

— Comme on perd du temps ici, s'écria le
maçon en remettant dans sa poche une grosse
montre d'argent.

Luigi et Ginevra, serrés l'un contre l'autre,
semblaient ne faire qu'une même personne.
Certes, un poëte aurait admiré ces deux têtes
ravissantes, unies par un même sentiment,
également colorées, mélancoliques et silencieuses, en présence de deux noces bourdon-
nantes, devant quatre familles tumultueuses,
étincelantes de parure, de diamans, de fleurs,
et dont la gaieté avait quelque chose de pas-
sager. Tout ce que ces groupes bruyans et
splendides mettaient de joie en dehors, Luigi
et Ginevra l'ensevelissaient au fond de leurs
cœurs. D'un côté, le fracas le plus terrestre; de
l'autre, le silence des joies paisibles de l'âme;
la terre et le ciel. Mais la tremblante Ginevra
ne sut pas entièrement dépouiller les faiblesses
de la femme. Superstitieuse comme une Ita-

lienne, elle voulut voir un présage dans ce
contraste, et garda au fond de son cœur un sentiment d'effroi, invincible autant que son amour.
Tout-à-coup, un employé ouvrit une porte à
deux battans, l'on fit silence, et sa voix retentit
comme un glapissement, en appelant M. Luigi
Porta et mademoiselle Ginevra di Piombo. Ce
moment causa quelque embarras aux deux
fiancés. La célébrité du nom de Piombo attira
l'attention, les spectateurs cherchèrent cette
noce qui semblait devoir être somptueuse. Ginevra se leva, ses regards foudroyans d'orgueil
imposèrent à toute la foule, elle donna le bras à
Luigi, et marcha d'un pas ferme. Les témoins la
suivaient. Un murmure d'étonnement qui alla
en croissant, un chuchotement général vint rappeler à Ginevra que le monde lui demandait
compte de l'absence de ses parens. La malédic-
tion paternelle la suivait partout.

— Attendez les familles, dit le maire à l'employé qui lisait promptement l'acte.

— Le père et la mère protestent, répondit
flegmatiquement le secrétaire.

— Des deux côtés? reprit le maire.

— L'époux est orphelin.

— Où sont les témoins?

— Les voici ! répondit encore le secrétaire,
en montrant les quatre hommes immobiles et
muets qui, les bras croisés, ressemblaient à
des statues.

— Mais, s'il y a protestation, dit le maire.

— Les actes respectueux ont été légalement
faits, répliqua l'employé en se levant pour
transmettre au fonctionnaire les pièces anne-
xées à l'acte de mariage.

Ce débat bureaucratique eut quelque chose
de flétrissant. C'était en peu de mots toute une
histoire. La haine des Porta et des Piombo, de
terribles passions furent analysées, inscrites
sur une page de l'état civil, comme, sur la
pierre d'un tombeau, sont gravées, en quelques lignes, les annales d'un peuple, et souvent
même en un mot : Robespierre, ou Napoléon.

Ginevra tremblait. Semblable à la colombe
qui, traversant les mers, n'avait que l'arche
pour poser ses pieds, elle ne pouvait réfugier
son regard que dans les yeux de Luigi. Tout
était sombre et froid autour d'elle. Le maire
avait un air improbateur et sévère, et son
commis regardait les deux époux avec une curiosité malveillante. Rien n'eut jamais moins
l'air d'une fête. Comme toutes les choses

de la vie humaine quand elles sont dépouillées
de leurs accessoires , c'était un fait simple en
lui-même, immense par la pensée. Après quelques interrogations auxquelles les époux répon-
dirent, après quelques paroles marmotées par
le maire, et après l'apposition de leurs signatu-
res sur le registre, Luigi et Ginevra furent unis.
Ils traversèrent deux haies de parens joyeux
auxquels ils n'appartenaient pas, et qui s'impatientaient presque du retard que leur causait
ce mariage si triste en apparence. Quand la
jeune fille se trouva dans la cour de la mairie
et sous le ciel, un soupir s'échappa de son sein.

— Oh! toute ma vie, toute une vie de soins
et d'amour suffira-t-elle pour reconnaître le
courage et la tendresse de ma Ginevra! lui dit
Luigi.

A ces mots, que des larmes de bonheur ac-
compagnaient , la mariée oublia toutes ses
souffrances. Elle avait souffert de se présenter
devant le monde, en réclamant un bonheur
que sa famille refusait de sanctionner.

— Pourquoi les hommes se mettent-ils donc
entre nous, dit-elle avec une naïveté de sentiment qui ravit le pauvre Luigi.

Le plaisir rendit les deux époux plus légers.

Ils ne voyaient ni ciel, ni terre, ni maisons, et semblaient avoir des ailes en allant à l'église. Enfin ils arrivèrent à une petite chapelle obscure et devant un autel sans pompe, où un vieux prêtre célébra leur union. Là, comme à la mairie, ils furent entourés par les deux noces qui les poursuivaient de leur éclat. L'église, pleine d'amis et de parens, retentissait du bruit que faisaient les carrosses, les bedaux, les suisses, les prêtres. Les autels brillaient de tout le luxe ecclésiastique, les couronnes de fleurs d'oranger qui paraient les statues de la Vierge avaient été renouvelées. On ne voyait que fleurs, que parfums, que cierges étincelans, que coussins de velours brodés d'or. Il semblait que Dieu fût complice de cette joie d'un jour. Quand il fallut tenir au-dessus des têtes de Luigi et de Ginevra ce symbole d'union éternelle, ce joug de satin blanc, doux, brillant, léger pour les uns, et de plomb pour le plus grand nombre, le prêtre chercha mais en vain les jeunes garçons qui remplissent ce joyeux office : deux des témoins les remplacèrent. L'ecclésiastique fit à la hâte une instruction aux époux sur les périls de la vie, sur les devoirs qu'ils enseigneraient un jour à leurs enfans; et, à ce su-

jet, il glissa un reproche indirect sur l'absence
des parens de Ginevra. Puis, après les avoir
unis devant Dieu, comme le maire les avait unis
devant la loi, il acheva sa messe et les quitta.

— Dieu les bénisse! dit le hussard au maçon sous le porche de l'église. Jamais deux
créatures ne furent mieux faites l'une pour
l'autre. Les parens de cette fille-là sont des in-
firmes. Je ne connais pas de soldat plus brave
que le major Louis! Si tout le monde s'était
comporté comme lui, *l'autre* y serait encore.

La bénédiction du soldat, la seule qui, dans
ce jour, leur eût été donnée, répandit comme
un baume sur le cœur de Ginevra.

— Adieu, mon brave! dit Luigi au maréchal, je te remercie.

— Tout à votre service, mon major. Ame, individu, chevaux et voitures, tout est à vous.

Ils se séparèrent en se serrant la main, et
Luigi remercia cordialement son propriétaire.

— Comme il t'aime, dit Ginevra.

Luigi entraîna vivement la jeune fille à la
maison qu'ils devaient habiter, et ils atteignirent bientôt leur modeste appartement. Là,
quand la porte fut refermée, Luigi prit sa
femme dans ses bras en s'écriant : — O ma Gi-

nevra! car maintenant tu es à moi, ici est la
véritable fête. Ici, reprit-il, tout nous sourira.

Ils parcoururent ensemble les trois chambres
dont leur logement était composé. La pièce
d'entrée servait de salon et de salle à manger.
A droite se trouvait une chambre à coucher ;
à gauche un grand cabinet que Luigi avait fait
arranger pour sa chère femme. Là étaient les
chevalets, la boîte à couleurs, les plâtres, les
modèles, les mannequins, les tableaux, les
portefeuilles, enfin tout le mobilier de l'artiste.

— Je travaillerai là, dit-elle avec une expression enfantine.

Elle regarda long-temps la tenture, les meubles, et toujours elle se retournait vers Luigi
pour le remercier. En effet, il y avait une sorte
de magnificence dans ce petit réduit. Une bi-
bliothèque contenait les livres favoris de Ginevra. Au fond était un piano. Elle s'assit sur un
divan, attira Luigi près d'elle, et lui serrant
la main : — Tu as bon goût, dit-elle d'une
voix caressante.

— Tes paroles me font bien heureux, dit-il.

— Mais voyons donc tout, demanda Ginevra, à laquelle Luigi avait fait un mystère des
ornemens de cette retraite.

Alors ils allèrent vers une chambre nuptiale,
fraîche, et blanche comme une vierge.

— Oh ! sortons, sortons, dit Luigi en riant.

— Mais je veux tout voir.

Et l'impérieuse Ginevra visita l'ameublement
avec le soin curieux d'un antiquaire examinant
une médaille. Elle toucha les soieries, et passa
tout en revue avec le contentement naïf d'une
jeune mariée qui déploie les richesses de sa
corbeille.

— Nous commençons par nous ruiner, dit-
elle d'un air moitié joyeux, moitié chagrin.

— C'est vrai ! tout l'arriéré de ma solde est
là, répondit Luigi. Je l'ai vendu à un juif.

— Pourquoi ? reprit-elle d'un ton de reproche où perçait une satisfaction secrète. Crois-
tu que je serais moins heureuse sous un toit ?
Mais, reprit-elle, tout cela est bien joli, et
c'est à nous.

Luigi la contemplait avec tant d'enthousiasme
qu'elle baissa les yeux et lui dit : — Allons voir
le reste.

Au-dessus de ces trois chambres et sous les
toits, il y avait un cabinet pour Luigi, une
cuisine et une chambre de domestique. Ginevra fut satisfaite de son petit domaine. Cepen-

dant la vue s'y trouvait bornée par le large mur
d'une maison voisine, et la cour d'où venait
le jour était sombre. Mais les deux amans
avaient le cœur si joyeux, mais l'espérance
leur embellissait si bien l'avenir, qu'ils ne
surent voir que de charmantes images dans
leur mystérieux asile. Ils étaient au fond de
cette vaste maison et perdus dans l'immensité
de Paris, comme deux perles, dans leur nacre,
au sein des profondes mers. Pour tout autre,
c'eût été une prison ; pour eux, ce fut un paradis. Les premiers jours de leur union appar-
tinrent à l'amour. Il leur fut trop difficile de se
vouer tout-à-coup au travail et ils ne surent
pas résister au charme de leur propre passion.
Luigi restait des heures entières couché au pied
de sa Ginevra, admirant la couleur de ses cheveux, la coupe de son front, le ravissant enca-
drement de ses yeux, et la pureté, la blancheur des deux arcs sous lesquels ils s'agitaient
lentement en exprimant le bonheur d'un amour
satisfait. Ginevra caressait la chevelure de son
Luigi, sans se lasser de contempler, suivant une
de ses expressions, la *beltà folgorante* de son
époux, la finesse de ses traits ; toujours séduite
par la noblesse de ses manières, comme elle le

séduisait toujours par la grace des siennes. Ils
jouaient comme des enfans avec des riens, et
ces riens les ramenaient toujours à leur passion.
Ils ne cessaient leurs jeux que pour tomber
dans toute la rêverie du *far niente*. Alors, un
air chanté par Ginevra leur reproduisait encore
les nuances délicieuses de leur amour. Puis ils
allaient, unissant leurs pas comme ils avaient
uni leurs âmes, parcourant les campagnes, retrouvant leur amour partout ; dans les fleurs,
sur les cieux, au sein des teintes ardentes du
soleil couchant ; ils le lisaient jusque sur les
nuées capricieuses qui se combattaient dans
les airs. Une journée ne ressemblait jamais à la
précédente, leur amour allait croissant parce
qu'il était vrai. Ils s'étaient éprouvés en peu de
jours, et avaient instinctivement reconnu que
leurs âmes étaient de celles dont les richesses inépuisables semblent toujours promettre
de nouvelles jouissances pour l'avenir. C'était
l'amour dans toute sa naïveté, avec ses intermi-
nables causeries, ses phrases inachevées, ses
longs silences, son repos oriental et sa fougue.
Luigi et Ginevra avaient tout compris de l'a-
mour. N'est-il pas comme la mer qui, vue su-
perficiellement ou à la hâte, est accusée de

monotonie par les âmes vulgaires, tandis que
certains êtres privilégiés peuvent passer leur vie
à l'admirer, en y trouvant sans cesse de chan-
geans phénomènes qui les ravissent.

Cependant, un jour, la prévoyance vint tirer
les jeunes époux de leur Eden. Il était devenu
nécessaire de travailler pour vivre. Ginevra qui
possédait un talent particulier pour imiter les
vieux tableaux, se mit à faire des copies, et se
forma une clientelle parmi les brocanteurs. De
son côté, Luigi chercha très activement de l'oc-
cupation, mais il était bien difficile à un jeune
officier dont tous les talens se bornaient à bien
connaître la stratégie, de trouver de l'emploi
à Paris. Enfin un jour que, lassé de ses vains
efforts, il avait le désespoir dans l'âme, en
voyant que le fardeau de leur existence tombait
tout entier sur Ginevra, il songea à tirer parti
de son écriture qui était fort belle. Avec une
constance dont sa femme lui donnait l'exemple, il alla solliciter les avoués, les notaires,
les avocats de Paris. La franchise de ses manières, sa situation intéressèrent vivement en
sa faveur, et il obtint assez d'expéditions pour
être obligé de se faire aider par des jeunes gens.
Insensiblement il éleva un bureau d'écritures.

Le produit de ce bureau, le prix des tableaux
de Ginevra finirent par mettre le jeune ménage
dans une aisance dont les deux époux étaient
fiers, car elle provenait de leur industrie. Ce
fut pour eux le plus beau moment de leur
vie. Les journées s'écoulaient rapidement entre
les occupations et les joies de l'amour. Le soir,
quand ils avaient bien travaillé ils se retrou-
vaient avec bonheur dans la petite cellule de
Ginevra. La musique les consolait de leurs
fatigues. Jamais une expression de mélancolie
ne vint obscurcir les traits de la jeune femme,
et jamais elle ne se permit une plainte. Elle savait toujours apparaître à son Luigi, le sourire
sur les lèvres, et les yeux rayonnans. Tous
deux caressaient une pensée dominante qui
leur eût fait trouver du plaisir aux travaux
les plus rudes. Ginevra se disait qu'elle travaillait pour Luigi; et Luigi pour Ginevra.
Parfois, en l'absence de son mari, la jeune
femme songeait au bonheur parfait qu'elle aurait eu, si cette vie d'amour s'était écoulée en
présence de son père et de sa mère. Elle tombait alors dans une mélancolie profonde, en
éprouvant toute la puissance des remords. De
sombres tableaux passaient comme des ombres

dans son imagination. Elle voyait son vieux père seul, ou sa mère pleurant le soir et dérobant ses larmes à l'inflexible Piombo. Ces deux têtes blanches et graves, se dressaient soudain devant elle, il lui semblait qu'elle ne devait plus les contempler qu'à la lueur fantastique du souvenir. Cette idée la poursuivait comme un pressentiment. Elle célébra l'anniversaire de son mariage en donnant à son mari un portrait qu'il avait souvent désiré, celui de sa Ginevra. Jamais la jeune artiste n'avait rien composé d'aussi remarquable. A part une ressemblance parfaite, l'éclat de sa beauté, la pureté de ses sentimens, le bonheur de l'amour y étaient rendus avec une sorte de magie. Le chef-d'œuvre fut inauguré. Ils passèrent encore une autre année au sein de l'aisance. Alors l'histoire de leur vie peut se faire en trois mots : *Ils étaient heureux.* Il ne leur arriva donc aucun événement qui mérite d'être rapporté.

Au commencement de l'hiver de l'année 1819, les marchands de tableaux conseillèrent à Ginevra de leur donner autre chose que des copies. Ils ne pouvaient plus les vendre avantageusement par suite de la concurrence. Madame Porta reconnut le tort qu'elle avait eu de ne

pas s'exercer à peindre des tableaux de genre
qui lui auraient acquis un nom. Elle entreprit
de faire des portraits ; mais elle eut à lutter
contre une foule d'artistes encore moins riches
qu'elle ne l'était. Cependant, comme Luigi et
Ginevra avaient amassé quelque argent, ils ne
désespérèrent pas de l'avenir. A la fin de l'hiver
de cettemême année Luigi travailla sans relâche.
Lui aussi avait des concurrens : le prix des
écritures était tellement baissé, qu'il ne pouvait plus employer personne, et se trouvait
dans la nécessité de consacrer plus de temps
qu'autrefois à son labeur pour en retirer la
même somme. Sa femme avait fini plusieurs tableaux qui n'étaient pas sans mérite ; mais les
marchands achetaient à peine ceux des artistes en
réputation. Ginevra les offrit à vil prix, sans
pouvoir les vendre. Leur situation eut quelque
chose d'épouvantable. Leurs âmes nageaient
dans le bonheur; l'amour les accablait de ses
trésors, et la pauvreté se levait comme un
squelette au milieu de cette moisson de plaisir.
Ils se cachaient l'un à l'autre leurs inquiétudes.
Au moment où Ginevra se sentait près de
pleurer en voyant son Luigi souffrant, elle le
comblait de caresses. De même Luigi gardait

un noir chagrin au fond de son cœur, en exprimant à Ginevra le plus tendre amour. Ils cherchaient une compensation à tous leurs maux dans l'exaltation de leurs sentimens, et leurs paroles, leurs joies, leurs jeux s'empreignaient d'une espèce de frénésie. Ils avaient peur de l'avenir. Quel est le sentiment dont la force puisse se comparer à celle d'une passion qui doit cesser le lendemain, tuée par la Mort ou par la Nécessité? Quand ils se parlaient de leur indigence, ils éprouvaient le besoin de se tromper l'un et l'autre, et saisissaient avec une égale ardeur le plus léger espoir.

Une nuit, Ginevra chercha vainement Luigi auprès d'elle, et se leva tout effrayée. Une faible lueur qui se dessinait sur le mur noir de la petite cour lui fit deviner que Luigi travaillait pendant la nuit. Il attendait que sa femme fût endormie avant de monter à son cabinet. Quatre heures sonnèrent. Le jour commençait à poindre. Ginevra se recoucha, et feignit de dormir. Luigi revint. Il était accablé de fatigue et de sommeil. Elle regarda douloureusement cette belle figure sur laquelle les travaux et les soucis imprimaient déjà quelques rides. Des larmes roulèrent dans les yeux de la jeune femme.

—C'est pour moi , dit-elle, qu'il passe les
nuits à écrire...

Une pensée sécha ses larmes. Elle songeait à
imiter Luigi. Le jour même elle alla chez un riche marchand d'estampes, et à l'aide d'une lettre de recommandation qu'elle se fit donner
par un brocanteur pour le négociant, elle obtint
de lui l'entreprise de ses coloriages. Le jour
elle peignait et s'occupait des soins du ménage;
puis quand la nuit arrivait, elle coloriait des
gravures. Ainsi, ces deux jeunes gens, épris d'a-
mour, n'entraient au lit nuptial que pour en
sortir. Ils feignaient tous deux de dormir , et,
par dévouement, se quittaient aussitôt que l'un
avait trompé l'autre. Une nuit , Luigi succom-
bant à l'espèce de fièvre que lui causait un travail sous le poids duquel il commençait à plier,
se leva pour ouvrir la lucarne de son cabinet.
Il respirait l'air pur du matin , et semblait
oublier ses douleurs à l'aspect du ciel , quand
en abaissant ses regards, il aperçut une forte
lueur, sur le mur qui faisait face aux fenêtres
de l'appartement de Ginevra. Il devina tout ,
descendit , marcha doucement , et surprit sa
femme au milieu de son atelier, enluminant
des gravures.

— Oh! Ginevra! Ginevra! s'écria-t-il.

Elle fit un saut convulsif sur sa chaise et rougit.

— Pouvais-je dormir, dit-elle, tandis que tu t'épuisais de fatigue?

— Mais c'est à moi seul qu'appartient le droit de travailler ainsi.

— Puis-je rester oisive, répondit la jeune épouse dont les yeux se mouillèrent de larmes, quand je sais que chaque morceau de pain nous coûte presque une goutte de ton sang? Je mourrais si je ne joignais pas mes efforts aux tiens. Tout ne doit-il pas être commun entre nous, plaisirs et peines?

— Elle a froid, s'écria Luigi avec désespoir. Ferme donc mieux ton schall sur ta poitrine, ma Ginevra, la nuit est humide et fraîche.

Ils vinrent devant la fenêtre. La jeune femme était dans les bras de son mari. Elle appuya sa tête sur le sein de son bien aimé. Là, tous deux ensevelis dans un silence profond, regardèrent le ciel qui s'éclairait lentement. Des nuages d'une teinte grise se succédaient rapidement, et l'orient devenait de plus en plus lumineux.

— Vois-tu, dit Ginevra, c'est un présage! Nous serons heureux.

— Oui, au ciel, répondit Luigi avec un sourire amer. Oh! Ginevra! toi qui méritais tous
les trésors de la terre!

— J'ai ton cœur, dit-elle avec un accent de
joie.

— Ah! je ne me plains pas, reprit-il en la
serrant fortement contre lui. Et il couvrit de
baisers ce visage délicat qui commençait à
perdre la fraîcheur de la jeunesse, mais dont
l'expression était si tendre et si douce qu'il ne
pouvait jamais le voir sans être consolé.

— Quel silence! dit Ginevra. Mon ami, je
trouve un grand plaisir à veiller! Il respire dans
la nuit quelque chose de majestueux. Il y a je
ne sais quelle puissance dans cette idée : tout
dort et je veille!

— O ma Ginevra, ce n'est pas d'aujourd'hui
que je sens combien ton âme est délicatement
gracieuse! Mais voici l'aurore, viens dormir.

—Oui, répondit-elle, si je ne dors pas seule.
J'ai bien souffert la nuit où je me suis aperçue
que mon Luigi veillait sans moi!

Le courage avec lequel ces deux jeunes époux
combattaient le malheur reçut pendant quelque
temps sa récompense ; mais l'évènement qui
met ordinairement le comble à la félicité des

ménages leur devint funeste. Ginevra eut un
fils. Il était, pour se servir d'une expression po-
pulaire, *beau comme le jour*. Le sentiment de
la maternité doubla les forces de la jeune femme.
Luigi emprunta pour subvenir aux dépenses
des couches de Ginevra, en sorte que, dans les
premiers momens, elle ne sentit pas tout le
malaise de sa situation. Ils se livrèrent tous
deux au bonheur d'élever un enfant. Ce fut leur
dernière félicité. Ils luttèrent d'abord courageusement, comme deux nageurs, qui unissent leurs
efforts pour rompre un courant; mais parfois
aussi, ils s'abandonnaient à une apathie, semblable à ces sommeils qui précèdent la mort.
Bientôt ils se virent obligés de vendre leurs bijoux. La pauvreté se montra tout-à-coup, non
pas hideuse, mais vêtue simplement. Elle était
douce, sa voix n'avait rien d'effrayant, elle
ne traînait après elle ni désespoir, ni lambeau,
ni spectres; mais elle faisait perdre le souvenir
et les habitudes de l'aisance. Elle usait les ressorts de l'orgueil. Puis, vint la misère dans toute
son horreur, insouciante de ses haillons et fou-
lant tous les sentimens humains. Sept ou huit
mois après la naissance du petit Paolo, l'on aurait eu de la peine à reconnaître dans la mère

qui allaitait cet enfant malingre l'original de
l'admirable portrait, devenu le seul ornement
d'une chambre nue et déserte. Ginevra était
sans feu, au milieu de l'hiver. Les gracieux contours de sa figure avaient disparu. Ses joues
étaient blanches comme de la porcelaine, ses
yeux semblaient avoir pâli. Elle regardait en
pleurant son enfant amaigri, décoloré, et ne
souffrait que de cette jeune misère. Luigi debout et silencieux n'avait pas le courage de sourire à son fils.

— J'ai couru tout Paris, disait-il d'une voix
sourde. Je n'y connais personne, et comment
oser demander à des indifférens? *Hardi,* mon
pauvre Hardi, le brave maréchal-des-logis est
impliqué dans une conspiration, et il a été mis
en prison! D'ailleurs, il m'a prêté tout ce dont
il pouvait disposer! Quant à notre propriétaire, il ne nous a rien demandé depuis un an.

— Mais nous n'avons besoin de rien, répondit doucement Ginevra en affectant un air
calme.

— Chaque jour qui arrive, reprit Luigi avec
terreur, amène une difficulté de plus.

La faim était à leur porte. Luigi prit tous les
tableaux de Ginevra, le portrait, plusieurs meu-

bles dont on pouvait encore se passer, et vendit tout à vil prix. La somme qu'il en obtint prolongea l'agonie du ménage pendant quelques momens. Dans ces jours de malheur, Ginevra montra toute la sublimité de son caractère et de sa résignation, elle supporta stoïquement les atteintes de la douleur. Son âme énergique la soutenait contre tous les maux. Elle travaillait d'une main défaillante, auprès de son fils mourant, expédiait les soins du ménage avec une activité miraculeuse, et suffisait à tout. Elle était même heureuse encore, quand elle voyait, sur les lèvres de Luigi, un sourire d'étonnement à l'aspect de la propreté qu'elle faisait régner dans l'unique chambre où ils s'étaient réfugiés.

— Mon ami, lui dit-elle un soir qu'il rentrait fatigué, je t'ai gardé ce morceau de pain.

— Et toi? »

— Moi, j'ai dîné! cher Luigi, je n'ai besoin de rien. Prends!

Et la douce expression de son visage le pressait encore plus que sa parole, d'accepter une nourriture dont elle se privait. Luigi l'embrassa par un de ces baisers de désespoir qui se donnaient, en 1793, entre amans, à

l'heure où l'on montait à l'échafaud. En ces momens suprêmes, deux êtres se voient cœur à
cœur. Aussi le malheureux Luigi, comprenant
tout-à-coup que sa femme était à jeun, parta-
gea-t-il la fièvre qui la dévorait. Il frissonna,
et sortit en prétextant une affaire pressante. Il
aurait mieux aimé prendre le poison le plus
subtil, plutôt que d'éviter la mort en mangeant
le dernier morceau de pain qui se trouvait
chez lui. Il sortit sans satisfaire sa faim, et se
mit à errer dans Paris au milieu des voitures
les plus brillantes, au sein de ce luxe insultant
qui éclate partout. Il passa vite devant les
boutiques des changeurs où l'or étincelait.
Puis il résolut de se vendre, de s'offrir comme
remplaçant pour le service militaire, en espérant
que ce sacrifice sauverait Ginevra, et que,
pendant son absence, elle pourrait rentrer en
grâce auprès de Bartholoméo. Il alla donc
trouver un de ces hommes qui font la traite des
blancs, et il éprouva une sorte de bonheur
à reconnaître en lui un ancien officier de la
garde impériale.

— Il y a deux jours, lui dit-il d'une voix
lente et faible, que je n'ai mangé! Ma femme
meurt de faim, et ne m'adresse pas une

plainte. Elle expirerait en souriant, je crois!
De grâce, mon camarade, ajouta-t-il avec un
sourire amer, achète-moi d'avance. Je suis robuste, je ne suis plus au service, et je...

L'officier donna une somme à Luigi, en à
compte sur celle qu'il s'engageait à lui procurer. L'infortuné poussa un rire convulsif, quand
il tint une poignée de pièces d'or. Il courut de
toute sa force vers sa maison, haletant, et criant
parfois : — O ma Ginevra! Ginevra!

Il commençait à faire nuit quand il arriva
chez lui. Il entra tout doucement, craignant
de donner une trop forte émotion à sa femme
qu'il avait laissée faible. Les derniers rayons
du soleil pénétrant par la lucarne, venaient
mourir sur le visage de Ginevra qui dormait
assise sur une chaise en tenant son enfant sur
son sein.

— Réveille-toi, ma chère Ginevra, dit-il
sans s'apercevoir de la pose de son enfant,
qui, en ce moment, conservait un éclat surnaturel.

En entendant cette voix, la pauvre mère ouvrit les yeux, rencontra le regard de Luigi, et
sourit; mais Luigi jeta un cri d'épouvante. Ginevra était tout-à-fait changée. A peine la re-

connaissait-il. Il lui montra par un geste d'une
sauvage énergie l'or qu'il avait à la main. La
jeune femme se mit à rire machinalement, et
tout-à-coup elle s'écria d'une voix affreuse :
— Louis! l'enfant est froid.

Elle regarda son fils et s'évanouit, leur fils
était mort. Luigi prit sa femme dans ses bras
en lui laissant son enfant qu'elle serrait avec
une force incompréhensible; et après l'avoir posée sur le lit, il sortit pour appeler au secours.

— O mon Dieu! dit-il à son propriétaire
qu'il rencontra sur l'escalier, j'ai de l'or, et
mon enfant est mort de faim. Sa mère se meurt,
aidez-nous!

Il revint comme un désespéré vers Ginevra
et laissa l'honnête maçon occupé, ainsi que
plusieurs voisins, de rassembler tout ce qui
pouvait soulager une misère inconnue jusqu'a-
lors, tant les deux époux l'avaient soigneusement cachée par un sentiment d'orgueil. Luigi
avait jeté son or sur le plancher, et s'était age-
nouillé au chevet du lit où gisait Ginevra.

— Mon père, s'écriait-elle dans son délire,
prenez soin de mon fils et de Luigi.

— O mon ange, calme-toi, lui disait Luigi

en l'embrassant, de beaux jours nous attendent.

Cette voix et cette caresse lui rendirent quelque tranquillité.

— Oh mon Louis, reprit-elle en le regardant avec une attention extraordinaire, écoute-
moi bien. Je sens que je meurs. Ma mort est
naturelle, je souffrais trop, et puis un bonheur
aussi grand que le mien devait se payer. Oui,
mon Luigi, console-toi. J'ai été si heureuse,
que si je recommençais à vivre, j'accepterais
encore notre destinée. Je suis une mauvaise
mère, je te regrette encore plus que je ne regrette mon enfant.—Mon enfant, ajouta-t-elle
d'un son de voix profond. Deux larmes se dé-
tachèrent de ses yeux mourans, et soudain elle
pressa le cadavre qu'elle n'avait pu réchauffer.

—Donne ma chevelure à mon père, en souvenir de sa Ginevra, reprit-elle. Dis-lui bien
que je ne l'ai jamais accusé... Sa tête tomba sur
le bras de son époux.

—Non, tu ne peux pas mourir! s'écria Luigi.
Le médecin va venir. Nous avons du pain!
Ton père va te recevoir en grâce. La prospérité
s'est levée pour nous. Reste, mon ange de
bonté!

Mais ce cœur fidèle et plein d'amour devenait froid. Ginevra tournait instinctivement les
yeux vers celui qu'elle adorait , quoiqu'elle ne
fût plus sensible à rien. Des images confuses
s'offraient à son esprit, prêt à perdre tout souvenir de la terre. Elle savait que Luigi était là ,
car elle serrait toujours plus fortement sa main
glacée, et semblait vouloir se retenir au-dessus
d'un précipice où elle croyait tomber.

—Mon ami, dit-elle enfin , tu as froid, je vais
te réchauffer là.

Elle voulut mettre la main de son mari sur
son cœur, mais elle expira. Deux médecins, un
prêtre , des voisins entrèrent en ce moment
en apportant tout ce qui était nécessaire pour
sauver les deux époux et calmer leur désespoir.
Ils firent beaucoup de bruit d'abord , mais
quand ils furent entrés , un affreux silence régna dans cette chambre.

Pendant que cette scène avait lieu , Bartholoméo et sa femme étaient assis dans leurs fauteuils antiques , chacun à un coin de la vaste
cheminée dont l'ardent brasier réchauffait à
peine l'immense salon de leur hôtel. La pendule marquait minuit. Depuis long-temps les
deux époux avaient perdu le sommeil. En ce

moment, ils étaient silencieux comme deux
vieillards tombés en enfance et qui regardent
tout sans rien voir. Leur salon désert, mais
plein de souvenirs pour eux, était faiblement
éclairé par une seule lampe près de mourir.
Sans les flammes pétillantes du foyer, ils eussent été dans une obscurité complète. Un de
leurs amis venait de les quitter. La chaise sur
laquelle il s'était assis pendant sa visite se
trouvait entre les deux époux. Piombo avait
déjà jeté plus d'un regard sur cette chaise, et
ses regards pleins d'idées se succédaient comme
des remords. La chaise vide était celle de
Ginevra. Élisa Piombo épiait les expressions
qui passaient sur la blanche figure de son mari.
Quoiqu'elle fût habituée à deviner les sentimens du Corse, d'après les changeantes révolutions de ses traits, ils étaient tour à tour si
menaçans et si mélancoliques, qu'elle ne pouvait plus lire dans cette ame incompréhensible.
Bartholoméo succombait-il sous les puissans
souvenirs que réveillait cette chaise? Etait-il
choqué de voir qu'elle venait de servir pour la
première fois à un étranger, depuis le départ
de sa fille? L'heure de sa clémence, cette heure
si vainement attendue jusqu'alors, avait-elle

sonné? Ces réflexions agitèrent successivement
le cœur d'Élisa Piombo. Il y eut un instant où
la physionomie de son mari devint si terrible
qu'elle trembla d'avoir osé employer une ruse
même aussi simple pour faire naître l'occasion
de parler de Ginevra. En ce moment la bise
chassa si violemment les flocons de neige sur
les persiennes, que les deux vieillards entendirent un léger bruissement. La mère de Ginevra frissonna et baissa la tête pour dérober
ses larmes à l'implacable Piombo. Tout-à-coup
un soupir sortit de la poitrine du vieillard. Sa
femme le regarda, il était abattu. Alors elle
osa parler de sa fille pour la seconde fois depuis trois ans.

— Si Ginevra avait froid, s'écria-t-elle doucement.

Piombo tressaillit.

— Elle a peut-être faim, dit-elle en continuant.

Le Corse laissa échapper une larme.

— Elle a un enfant, et ne peut pas le nour-
rir parce que son lait s'est tari, reprit vivement
la mère avec l'accent du désespoir.

— Qu'elle vienne, qu'elle vienne! s'écria

Piombo. O mon enfant chéri! Mon enfant, tu as vaincu, Ginevra.

La mère se leva comme pour aller chercher sa fille. En ce moment la porte s'ouvrit avec fracas, et un homme dont le visage n'avait plus rien d'humain surgit tout-à-coup devant eux.

—*Morte!* Nos deux familles devaient s'exterminer l'une par l'autre, cria-t-il. Et voilà tout ce qui reste d'elle, dit-il en posant sur une table la longue chevelure noire de Ginevra.

Les deux vieillards frissonnèrent comme s'ils eussent reçu une commotion de la foudre, et ne virent plus Luigi.

—Il est mort, s'écria lentement Bartholoméo en regardant à terre.

TABLE

—

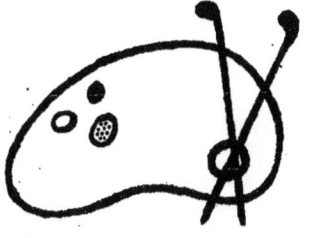